7
고블린 슬레이어
GOBLIN SLAYER!
He does not let anyone roll dice.

"아니야!"
"그렇군. 저것이,
코끼리인가."

© 2018 Noboru Kannatuki

파티는 더욱이 앞으로 나아갔다— 아니.
기어이 탑의 옥상,
그 끄트머리까지 내몰렸다
해야 할까.

Contents

GOBLIN SLAYER!
He does not let anyone roll the dice.

제2장 『카미키리마루, 남쪽 강으로』

Goblin Slayer
He does not let anyone roll the dice.

마차에서 내리자마자, 여름의 더위와 함께 귀가 울릴 정도의 소란이 파티를 맞이해 주었다.

돌바닥 위를 활보하는 사람들의 왕래. 잡담. 도시를 흐르는 수로의 재잘거림. 바람 소리.

압도될 정도의 활기를 느낀 소치기 소녀는 한순간 축제 같은 거라도 하는지 착각할 지경이었다.

"우, 와아……."

"괜찮으세요?"

무심코 휘청거린 그녀를 부드러운 손이 살며시 받쳐 주었다.

"어, 으응, 뭐……."

지난 1년 동안 완전히 친해진 친구에게 고개를 끄덕이며 대답했다.

오늘도 변함없이 몸가짐을 단정하게 갖춘, 모험가 길드의 접수원이었다.

하얗고 청초한 여름용 옷. 그녀가 관직에 있는, 다시 말해서 귀족 아가씨란 것을 떠올리게 만들었다.

평소의 제복 차림하고는 다르지만, 그렇기에 더욱 인상이 눈에 띄는 것이리라.

"사람이 너무 많아서, 좀 어지러웠어……."

아하하 웃으면서, 접수원은 고블린 슬레이어 일행에게 차가운 홍차를 따라주었다.

구분된 접수처에 늘어놓은 잔이 하나, 둘, 셋, 넷.

엘프 궁수와 여신관 사이에 끼인 것처럼 끌려온 고블린 슬레이어.

마지막으로 자기 앞에 잔을 놓은 접수원 아가씨는 볼에 손을 대고서 호오, 녹아내리는 한숨을 흘렸다.

"그건 그렇고, 결혼식인가요? 멋지네요……."

"맞아."

엘프 궁수가 다 안다는 표정으로 참 고지식하게 고개를 끄덕거렸다.

"언니가 노처녀가 되지 않아서 정말 다행이야."

"나이가 얼마나 되나요?"

"그러니까……."

엘프 궁수가 손가락을 꼽으며 고개를 부르르 떨었다.

"8천 조금 넘던가?"

그『조금』도 아마 세 자릿수일 거라고 짐작하면서, 접수원은 쓴웃음을 지었다.

"엘프 여러분 이야기를 듣다 보면, 나이를 신경 쓰는 게 바보 같아진다니까요."

그리고 한숨. 정말이지 스스로 자기 무덤을 팠으니 대책이 없다.

"저기, 그게……."

여신관이 애매하게 입을 열었지만 그녀는 고작 열여섯이 된 참이었다.

연상에게 뭐라고 말을 해야 할지, 성직자라고는 하지만 난제였다.

그리고 적어도 그녀의 눈에 접수원은 나이를 신경 써야 할 법한 모습으로는 보이지 않았다.

“……예쁘시, 니까. 그렇게 신경 쓰지 않으셔도……?”

결국 무난한 배려의 말이 나오자 접수원이 생긋 미소를 지었다.

“후훗. 고마워요.”

엘프 궁수는 태평한 기색으로 손을 내저으며 잔의 홍차를 한 모금 마셨다.

“맞아맞아. 용이나 코끼리랑 쥐의 나이를 비교해봤자 의미가 없잖아. 그런 법이야.”

“코끼리.”

문득 고블린 슬레이어가 투구를 흔들며 고개를 기울였다.

“라는 건.”

“……코끼리 몰라?”

흐흥. 엘프 궁수가 자랑스레 기다란 귀를 흔들었다.

그녀는 커다랗게 양손을 벌리고, 공중에 정체 모를 생물의 윤곽선을 그리기 시작했다.

“기둥 같은 다리, 밧줄 같은 꼬리, 부채 같은 귀, 벽 같은 몸통, 창 같은 송곳니, 옥좌 같은 등, 넝쿨 같은 코를 가진 커다란 짐승이야.”

“……짐승?”

“아, 색은 회색이야.”

“전혀 모르겠군.”

흐음. 신음한 고블린 슬레이어는 홍차를 벌컥벌컥 들이켰다.

접수원은 무척 기쁜 표정으로 그것을 보더니 후후, 웃음소리를 흘렸다.

“기회가 있으면 몬스터 매뉴얼의 『엘리펀트』를 보여드릴게요. 그래서…….”

쓰윽. 접수원의 시선이 흐르는 것처럼 움직였다. 손에 든 서류를 파라락 넘기면서 확인.

“고블린 퇴치 의뢰를 분배해달라……고 하셨는데요.”

“네. 고블린 슬레이어 씨를 데리고 가야 하니까요.”

여신관은 태연하게 말했다. 생긋 꽃피는 웃음도 흔들림 없었다.

“나라고, 딱히 가기 싫은 건 아니다.”

고블린 슬레이어가 들이켠 잔을 덜컥 소리를 내며 탁자에 놓았다.

“그러나, 고블린을 내버려둘 생각이 없을 뿐이다.”

“그래요, 그래. 그렇겠죠…….”

여전히 담담한, 단정적인 어조. 접수원의 볼이 살며시 느슨해졌다.

괴팍하다고 보는 사람도 있다. 듬직하다고 생각하는 사람도 있다. 그녀는 말할 것도 없이 후자였다.

“특히 봄부터 여름에 걸쳐서 고블린은 만만찮다. 짜증이 나서 그럴지도 모르겠다만.”

“애당초 그럼 만만한 계절이라는 게 있어?”

“……흐음.”

엘프 궁수가 태클을 걸자 고블린 슬레이어가 팔짱을 끼고 신음했다.

“그렇지만.”

그런 두 사람을 유쾌한 기색으로 보며 접수원이 중얼거렸다.

“여름에는 고블린 퇴치가 그렇게까지 많지는 않아요.”

"그런가요?"

"네."

여신관이 고개를 갸웃거리자 접수원이 고개를 끄덕였다.

—의뢰는, 그렇단 거지만요.

그러나 접수원은 그 이상은 설명하지 않고 의미도 없이 서류를 파라락 넘겼다.

누군가의 말로를 논한다는 것은, 결혼식의 초대를 하러 온 사람에게 실례일 것이다.

여름— 그것은 다시 말해서 고블린에게 가을이 아니란 것이다.

아직 논밭에는 푸릇푸릇한 이삭이 달려있고, 당연히 아직 수확되지 않았다.

아무리 고블린 놈들이 식량을 갖고 싶어도 마을을 공격해서 얻을 수 있는 것이 적었다.

따라서 녀석들이 노리는 것은 여행자거나, 방목이나 유목을 하는 가축 사육자와 약초꾼 등이었다.

그에 비해 고블린 놈들의 상태는 어떤가?

봄이라면 모를까, 여름이 되면 비도 많이 내리고 역겨운 햇살이 강하다. 동굴에서 사는 것도 괴롭다.

고블린 놈들이 주거 환경을 신경 쓰지야 않겠지만, 놈들은 언제나 무언가에 화를 내고 있었다.

화를 내는 이유가 늘어나면 당연히— 흉폭함도 늘어난다.

여름, 가도나 광야에서 고블린에게 공격을 받은 여행자의 말로는 비참하다.

고블린 놈들에게 음식을 비축해두는 지혜는 없겠지만, 비축을 해도 금방 상한다.

하릴없이 가지고 놀면서 시간을 때운 다음, 뒷일을 생각지 않고 무작정 먹을 수 있는 만큼 먹어 버릴 것이다.

남자든, 여자든, 마지막에는 뼈도 남지 않는다.

—그것마저도 흔히 있는 일, 이긴 하지만요.

사실, 여행자의 소식이 끊어지는 것은 여름에만 있는 일이 아니며 드물지도 않다.

애당초 고블린 처럼 기도하지 않는 자(Non-Prayer)만 굶주린 것은 아니니까.

산적, 도적, 강도가 된 용병 집단— 기타 등등.

다시 말해서 이 세상에는 위기가 많았다.

이걸로 왕이나 나라의 치세를 비판하는 자도 있지만, 그것은 역사를 모르기 때문이다.

유사 이래 아직까지, 위험이 전혀 없었던 시대는 도래하지 않았다.

그리고 언제나 자원은 유한하다.

접수원이 아는 한, 지금의 왕은 잘하는 편이다……라고 생각했다.

괜한 전쟁을 일으키지도 않고, 마신의 잔당을 상대로 나라를 지키고 있다.

—일단은 평화, 로우니까요.

전란과 전란 사이에 있는 것뿐이다, 라고 할 수도 있지만.

그러나, 반복해서 말하지만 자원은 유한하며 위험은 끊이지 않는다.

여행자가 행방불명이 되었다고 길드에 의뢰가 들어오는 일은 드물다.

애당초 소식이 끊어졌다고 알려지지 않으면 이야기가 진행되지도 않는다.

알려졌다고 해도 의뢰인이 없으면 모험가 길드는 움직일 수 없다.

안타깝지만 그것은 모험가 길드의 결점이기도 했다.

따라서 모험가가 움직이는 것은 여행자의 가족 등이 의뢰를 했을 때…….

—아니면, 모험가가 사람이 좋을 때, 겠죠.

“그러나 고블린이 나타나는 것은 변함이 없다.”

고블린 슬레이어가 그런 접수원 아가씨의 내심을 전혀 신경 쓰지 않고 말했다.

“하지만.”

그것을 딱, 순순히 의문을 입에 담는 식으로 여신관이 잘라 버렸다.

“혼자서 전부 할 수 있는 것도, 해야만 하는 것도 아니죠?”

“…….”

고블린 슬레이어가 입을 다물었다.

그가 난처할 때 보여주는 버릇이다. 몇 년이나 지켜봐 온 접수원은 자연스레 알고 있었다.

—실제로, 어떤 의미로는 알기 쉬운 사람이니까요.

무심코 키득, 웃음소리가 흐르자 고블린 슬레이어의 철 투구가 그녀를 돌아보았다.

아무것도 아니에요. 가볍게 손을 흔들어 얼버무리고 한숨.

“실제로 저희들도 고블린 슬레이어 씨 한 사람에게 전부 맡길 수는 없으니까요.”

“뭐, 그렇게 됐으니까요.”

어흠. 여신관이 귀여운 헛기침을 했다.

“부탁드릴 수 있을까요?”

“네, 상관없어요. 가만 놔두면 이 사람이 쉬지도 않으니까요.”

“너도 마찬가지지?”

“아야.”

문득 등 뒤에서 머리를 찰싹 두드리자 접수원이 소리를 냈다.

어느샌가 옆자리의 동료― 서류철을 손에 든 감독관이 그녀 등 뒤에 서 있었다.

“하아.”

감독관은 보란 듯이 한숨을 쉬더니 이번에는 서류철로 가볍게 자기 어깨를 두드렸다.

“휴가 제대로 받은 게 대체 얼마 전이야?”

“휴, 휴일은 분명히 지키고 있으니까요……?”

접수원은 머리를 누르면서 올려다보는 시선으로 힘없이 반론했다.

그런 그녀에게 감독관이 다시 한 번 질색하며 한숨을 흘렸다.

“그러면 결혼식도 가야지. 이 아이는 널 초대하러 온 거잖아?”

곧장, 접수원이 뭐라 말할 틈도 없이 엘프 궁수가 불쑥 몸을 내밀었다.

“물론이지!”

엘프 궁수는 힘차게 고개를 끄덕이고 전혀 주저 없이 단언했다.

“친구인걸!”

희색이 만면한 엘프 궁수에게 접수원은 뭐라 말하기 어려운 애매한 표정으로 볼을 긁적였다.

손가락으로 빙그르, 빙글빙글, 엮은 머리채를 만지작거렸다. 그다지 좋은 버릇이 아닌 건 알고 있었다.

"우, 으으음, 마음은 고맙습니다만……."

—아니, 하지만, 여기서 안 간다고 해버리면…….

엘프 궁수는 물론이고, 여신관이나 고블린 슬레이어에게도 미안한 일이 아닐까?

힐끔 곁눈질로 그의 철 투구를 보았다. 안쪽의 표정은 여전히 알 수 없었지만.

"그러니까, 휴가를 가라니까."

"아읏!"

또 다시 서류철 일격이었다.

통증에 으그그 신음하는 접수원의 옆에서 감독관이 얼굴에 직원의 미소를 붙였다.

"아, 그러면— 고블린 슬레이어 씨?"

"뭔가."

"아."

접수원이 입을 여는 것도 개의치 않고, 감독관은 그녀의 손에서 서류를 빼앗았다.

파라락 넘겨보니 예상대로였다. 가까운 곳에서 들어온 고블린 퇴치 의뢰가 몇 장.

"일단 쌓여 있는 일을 정리하면 좋은 건, 둘 다 마찬가지니까요……."

감독관은 그것을 한데 둘둘 말더니 두루마리처럼 만들어 고블린 슬레이어에게 내밀었다.

"얘가 안심하고 쉴 수 있도록, 두세 건 정도 고블린의 소굴을 없애줄래요?"

"물론이다."

거부할 이유가 없다. 그는 망설이 없이 결단적인 손놀림으로 그 의뢰서를 받았다.

말없이 펼치고 내용을 점검한다. 보수 따위는 눈길도 주지 않는다. 중요한 것은 정보다. 고블린의 전력이다.

"괜찮겠나?"

잠시 지나 그가 낮은 목소리로 묻자, 엘프 궁수는 한껏 표정을 찌푸리면서 기다란 귀를 추욱 늘어뜨렸다.

"……드워프들은 어떨지 모르지만, 이래 놓고 내가 안 간다고 할 리 없잖아."

"나는 딱히 상관없다."

"있잖아요, 고블린 슬레이어 씨."

여신관이 예쁜 모양의 눈썹을 찌푸리며 고블린 슬레이어를 돌아보았다.

전부터 몇 번이나 말씀 드렸지만요. 하얗고 가는 검지를 척 세웠다.

"선택지가 없는 건 의논이라고 안 한다고 했죠?"

§

"이극, 이아아아아아아아악?!"

황혼의 핏빛으로 물든 예배당에서, 목을 졸린 닭처럼 비참한 여자의 비명이 메아리 쳤다.

아무리 몰려들어봤자 아가씨 한 명에게 몰려드는 고블린의 수는 한계가 있다.

고블린의 체구가 작더라도 양손과 입에 머리칼까지 합해도 한 번에 대여섯 마리 정도가 한도였다.

그러나 지금, 제단에 묶여 있는 아가씨에게 몰려드는 고블린의 수는 가볍게 열을 넘고 있었다.

정조를 빼앗기는 것뿐 아니라, 잔혹한 욕망을 한 몸으로 받고 있는 아가씨의 모습은 가엾다고 할 수밖에 없었다.

엉망으로 짓눌려서 예배당에 탁한 비명을 울리고 있는 여자는 누더기가 된 여행복을 입고 있었다.

고블린 놈들 틈에서 살짝 보이는 팔다리는 햇살에 그을렸고, 그에 걸맞게 단련되어 있었다.

그녀는 여행자였다.

이 수도원— 지식신을 모시는 작은 문고(文庫)에 묵고 있던 여행자다.

이제 와서는 여행의 목적도, 이 문고에 숙소를 빌린 이유도 알 수 없으리라.

지식의 보고였을 문고는 더 이상 흔적도 없었다.

갖가지 사정으로 생가를 떠나 예배당에 들어온 처녀들. 그녀들이 쌓아 올린 지식은 이미 유린당했다.

귀중한 지식을 기록한 서책 따위는 고블린들이 찢어버렸고, 더럽혔고, 대충 불살라 버렸다.

텅 빈 서고에는 이제 생각지도 못했던 능욕에 정신이 부서진 수녀들이 굴러다니고 있었다.

지금까지 그 모습을 보았음에도 아직 날뛰는 여행자는, 고블린에게는 팔팔한 먹잇감이었다.

수녀를 지키려고 했는지 자신이 도망치고자 했는지— 고블린은 후자라고 단정했다.

그러나 그녀의 명예를 위해서 말해둔다면, 여행자는 자신의 몸을 아끼지 않고 검을 휘두르며 용감하게 싸웠다.

포위되어 거꾸러지고, 사방에서 두들겨 맞고, 팔이 부러질 때까지였지만.

지금은 살해당한 몇 마리의 응보를 며칠에 걸쳐서 받아내고 있는 와중이었다.

마지막까지 아껴둔 이유는 수녀의 말로를 본 그녀가 겁먹는 모습을 보며 즐기기 위해서였다.

고블린 놈들은 여행자 아가씨가 도망칠 거라고는 생각지도 못했다. —아니.

도망칠 수 있을 리 없다고 단정하고 있었다.

고블린은 종종, 근거도 없으면서 자신감이 과하다.

자신이 하는 일이 결코 실패할 리 없다고, 그렇게 확신하는 것이다.

혹시 만에 하나라도 실패하는 경우가 있다면——.

"GOORRIRRROG!!"

"히극! 아윽, 가, 아, 그, 마안돼어……윽?!"

그것은, 이런 바보 같은 녀석들이 방해를 했기 때문이다.

고블린 놈들에게 이 작은 문고에 모인 사람들은 모두 바보로 보였다.

재미도 없는 영문을 모를 것만 쌓아두고, 먹을 것은 미약했다.

흄(인간)이란 것은 의미불명인 짓을 한다, 라며 고블린 놈들은 깔깔 웃었다.

놈들이 이 문고에 담긴 의미 따위 알 리가 없으리라.

지식이나 지혜는 속세에서 태어난 것이지만, 속세에 물들어선 안 된다.

가도에서 약간 벗어난 숲 속, 이 문고가 남몰래 세워진 것은 그런 신앙 때문이었다.

작은 문고라고 해서 딱히 괴물이나 강도에 대한 대비가 없는 것은 아니었다.

돌로 만든 방벽이 있고, 여행하는 모험가나 용병들이 머무는 일도 있었다.

그러나 오래도록 비바람을 맞은 방벽 일부가 무너지는 일도, 있다.

그리고 머무는 자가 한 사람밖에 없는 일도, 있다.

그래서 고블린이 노린 것일까?

어째서 고블린이 공격한 것일까?

물어보아도, 앞으로 영원히, 지식신이 대답을 이끌어주는 일은 없으리라.

고블린이란 천재지변과 같아서 어디선가 불쑥 나타나는 법이다.

그것이 어쩌다가 이 때, 이 장소였던 것뿐이다.

"아윽끄아아아아아?!"

이제는 향연의 자리가 된 문고— 지식신의 예배당 한구석.

제물이 된 아가씨의 비명을 귀로 즐기면서, 한 마리 고블린이 예배당 구석에서 팔꿈치를 괴고 있었다.

한껏 장난감 삼은 다음에는 아껴뒀다가 임신 주머니로 쓸까? 아니면 얼른 먹어 치울까?

십중팔구, 저 아가씨는 먹어 치울 것이다. 고블린은 그리 생각했다.

다른 임신 주머니에게 먹일 사료도 필요하고, 무엇보다 죽이지 못하면 재미없고 후련하지도 않다.

"끄아아아아아아아악?!"

새되고 탁한 절규. 성급한 누군가가 부러진 팔에 도끼칼을 내리치거나 한 모양이다.

"GROB! GOOROORB!!"

"GOORROB!"

그 누군가를 누군가 밀치자 변명을 하고, 몸부림치는 여자의 꼴사나운 모습을 비웃는 소리가 예배당에 메아리 쳤다.

이건 안 된다.

죽은 여자도 가지고 놀 방법이야 얼마든지 있지만, 살아 있는 동안 즐길 수 있는 건 지금뿐이다.

고블린은 혀로 입술을 핥은 다음, 그 두개골에 들어찬 작은 머리로 진지하게 생각했다.

어떻게든 자연스레 새치기를 해서 순서를 얼버무리고, 살아 있는 동안 즐겨야 한다.

아가씨는 물론이고, 자신이 제친 동포의 사정 따위 고블린은 알 바가 아니었으리라.

연대감은 있었다. 동료 의식도 있었다. 그렇지만 그들이 우선하는 것은 언제나 자신이었다.

어떻게 자신이 이득을 보고, 편하고, 올바른 입장에 있으며, 나쁜— 맘에 안 드는 놈을 죽일 것인가?

동료가 살해당했다는 명목을 내세우며 죽을 때까지 즐길 수 있다면 더 이상 불만은 없었다.

"GROOROB!"

"GRO! GOORB!!"

그 고블린은 적당히 한 마리를 붙들어 시비를 걸더니 소리를 쳤다.

나는 망을 봤으니까 너희들도 망을 봐야 한다.

망을 안 본 녀석이 즐기는 건 치사하다. 너는 지저분한 놈이다.

그 고블린은 자기 사정 좋게 돌아가는 사고회로로 설교를 하고, 섣부른 놈의 어깨를 붙잡아 밀쳐냈다.

"으극, 아, 끼이익?! 시, 이, 제, 죽…… 으……윽."

"GROB! GOOROBB!"

동포와 가여운 아가씨의 항의를 무시한 고블린이 그녀를 얼마나 잔혹하게 가지고 놀 것인지는 논하지 않으리라.

중요한 것은, 때문에 놈들이 **눈치를 못 챘다**, 라는 점이다.

"GRRRRR……."

따돌림 받아 불평을 흘리는 고블린에게 어둠 속에서 팔이 뻗었다.

이상할 정도로 소리가 없는 그 팔은 뱀처럼 고블린의 목을 휘감아서 거꾸러뜨렸다.

"——B……?!"

그리고 고블린이 뭐라고 소리치기도 전에 그 목젖을 나이프가 찢어냈다.

그르르륵. 피거품을 뿜으며 익사하는 고블린의 입을 누르면서 숨이 끊어질 때까지 몇 초.

고블린의 시체를 긴 의자 뒤로 아무렇게나 굴려 버리고, 그 팔의 주인이 그림자 속을 향해 손을 흔들었다.

지저분한 가죽 갑옷, 싸구려 철 투구, 어중간한 길이의 장검을 허리에 찼고, 팔에는 자그마한 원형 방패를 고정시킨 남자.

고블린 슬레이어였다.

그가 부르자, 이어서 리자드맨 승려가 꼬리를 꿈틀거리며 걸어 나왔다.

그 뒤에는 엘프 궁수, 여신관, 그리고 드워프 도사가 따랐다. 다들 발소리는커녕 옷이 스치는 소리도 안 난다.

이유는 오로지 하나. 석장을 양손으로 단단히 쥐고, 눈을 감은 채 기도를 바치는 소녀.

"《자비 깊은 지모신이여, 우리들이 널리 받아들일 수 있는 정적을 내려주소서》."

여신관의 《사일런트(침묵)》가 불러온, 기적의 정적이었다.

지금까지 몇 마리의 고블린을 상대한 그녀의 성의는 검붉게 더럽혀져 있었다.

그러나 여신관은 그것을 신경 쓰는 기색도 없이 그때마다 무릎을 짚고서 기도를 바쳤다.

그 신심이 있는 덕분에 모험가들은 정적으로 수호를 받고 있는 것인데…….

그에 비해서 엘프 궁수는 당장이라도「우에에에」하며 울음을 터뜨릴 것 같은 표정이었다.

향주머니를 쓴다고 해도 고블린의 배설물과 간장에서 베어 나온 즙이란 것은 그녀의 예민한 감각을 괴롭힌다.

누가 뭐래도 튀어 오르는 그것이 의복을 더럽히는 것은 막을 수가 없고, 냄새도 밴다.

—어째서 신들은 소리만 지워주는 거지?

냄새나 얼룩도 지워주면 좋을 텐데.

엘프 궁수는 눈물이 맺힌 눈으로 원망스럽게, 예배당에 모셔진 신상을 보았다.

별들의 움직임을 바라보고 서적으로 기록하는 지혜로운 자의 우상.

물론, 엘프 궁수가 막무가내로 하는 질문에 대답은 돌아오지 않는다.

—당신 대신 신자를 구해주는 거니까, 조금쯤은 은혜를 바라도 되지 않아?

이건 너무 불손한가? 엘프 궁수는 기다란 귀를 움찔 떨고서 주목나무 대궁에 화살을 느슨하게 메겼다.

모험가 파티는 어려움 없이 예배당으로 침입을 성공했다.

적의 수는 고블린이 스물하고 조금 더. 즐기는 와중. 지금을 놓칠 수는 없다.

고블린 슬레이어 일행은 서로 고개를 끄덕이고, 재빨리 신호를 보냈다.

"——."

"——."

우선 선수를 취한 것은 드워프 도사였다.

드워프 도사는 허리의 화주를 입에 머금자마자 기세 좋게 술을 뿜어냈다.

술방울이 곧장 흩뿌려져 안개가 되더니, 흔들거리며 예배당을 뒤덮기 시작했다.

"《마시라, 노래하라, 술의 정령(스피릿). 노래하고 춤추고 잠에 빠져, 술 마시는 꿈을 보여주거라》."

《드렁크(만취)》에 걸린 고블린이 비틀거리며 기울어지자마자 고블린 슬레이어가 뛰쳐나갔다.

긴 의자를 뛰어넘어 곧장 돌바닥 위를 달리더니 허리의 검을 재빨리 뽑았다.

소리도 없이 공중을 꿰뚫은 검은 《사일런트》의 기적 바깥을 빠져나가자마자 휘잉 바람을 갈랐다.

이 정도면 아무리 바보라고 하는 고블린 놈들이라도 이상함을 깨달았으리라.

"GOOROB! GOROOOB!!"

"GRRORB!!"

몇 마리가 손가락질하며 소리를 질렀지만 이미 늦었다.

허리를 흔들고 있던 고블린이 자신의 뒤통수에서 입 안까지 박힌 것의 정체를 깨달았을까?

완전하게 연수가 파괴된 고블린이 거품을 뿜고, 지저분한 금색 눈동자가 빙그르 흰자를 드러냈다.

"GOOROOROOOB?!"

"하나."

뛰어들자마자 원형 방패로 가까운 한 마리를 때려눕히는 고블린 슬레이어.

그는 비틀거리는 고블린의 허리에서 반월도를 뽑아내고 녀석에게 파고들어 목을 찔러 죽였다.

"둘."

튀는 피를 방패로 막아내며 칼을 뽑아내자 아가씨를 뒤덮고 있던 고블린이 무너졌다.

고블린 슬레이어는 시체 아래, 피로 더럽혀진 채 움찔거리며 경련하는 아가씨를 한 번 보았다.

"……살아는 있군."

고블린의 수법은 예상이 간다. 포로가 된 그녀를 방패로 삼는다면 귀찮은 일밖에 안 생긴다.

그러나 몸부림치는 움직임은 통증과 출혈에 따른 쇼크 탓이었다.

아직 살아는 있다. 그러나 그리 오래 못 버틴다. 평소처럼 시간이 없다.

고블린 슬레이어는 방심하지 않고, 침입자에게 적의를 드러내는 고블린 놈들을 노려보았다.

"서둘러라!"

"그러면, 가겠네……!"

"네, 네!"

리자드맨 승려가 즉시 여신관을 들쳐 올리더니, 돌바닥에 발톱을 박으며 달렸다.

흄에게는 있을 수 없는 앞으로 기울어진 자세였지만 길게 흔들리는 꼬리로 균형을 유지한다.

"GOROOOB! GROBB!"

"GGOOORB!"

물론 고블린 놈들도 그냥 보고 있을 리 없었다.

비틀비틀 휘청거리며 몽롱한 의식이라도, 여자와 아이를 보면 용서치 않는다.

하물며 달리는 리자드맨은 양손으로 여신관을 안고 있어서 손이 봉쇄되어있으니—.

"이이이이아아아아아앗!!"

"GOOROB?!"

그렇지만 두 손이 막혀 있더라도 강인한 발톱과 송곳니와 꼬리가 있으면 무슨 문제가 있으랴?

용이란 본래 무기를 쓰지 않는다.

"GROOB?!"

"GOBORB?!"

드래곤(용)에게는 손을 대지 말라는 격언을, 고블린 놈들은 몰랐던 것이 틀림없다.

꼬리와 갈고리 발톱이 각각 고블린을 호되게 때리고 말 그대로 쓸어버렸다.

이걸로 치명타가 되지야 않지만 여신관을 제단으로 보내는 데는 충분하다.

"소승은 전위에 서면 되겠는가?"

"부탁하지."

짧은 대화를 나누면서, 고블린 슬레이어는 고블린의 두개골에 때려 박은 반월도를 놓았다.

"GROBBB……?!"

그리고 무너지는 고블린의 손에서 조잡한 곤봉을 빼앗았다. 거칠게 다루기에는 충분했다.

"그러면 신관 선생. 이쪽은 맡기시게."

"네, 부탁드릴게요!"

가볍게 여신관을 내려놓은 리자드맨 승려는 꼬리로 고블린을 견제하면서 기괴한 손놀림으로 합장을 했다.

"《영도룡(伶盜龍)(린타오롱)의 갈고리인 날개여. 찢어발기고, 하늘을 날아, 사냥을 이루라》!"

손바닥 안의 송곳니가 순식간에 연마되더니 《용아도(龍牙刀)(샤프 클로)》가 되고, 리자드맨 승려가 포효했다.

"이이이이이이이이아아아아앗!!!!"

"GOORBGG?!?!"

그는 승려라지만 무승, 신관 전사 쪽이다. 종족이 달랐다면 성기사로서 이름을 날렸으리라.

날카롭고 빠르고 적절하게 급소에 무기를 찌르는 고블린 슬레이어와 대조적으로, 전장을 종횡무진하며 크게 날뛴다.

수녀들의 피와 고블린 놈들의 오물로 더럽혀진 예배당에, 지저분한 고블린 놈들의 피바람이 불어닥쳤다.

"……좋아!"

한편 여신관도 다시 양손으로 석장을 쥐고 기특하게 고개를 끄덕이더니 자신의 전장으로 돌아섰다.

시익시익. 갈라지는 숨소리를 내면서 괴로워하는 아가씨 옆에서 피와 오물을 신경 쓰지 않으며 무릎을 짚고 앉았다.

너무나도 무참한 참상이다. 위장에서 치밀어 오르는 것을 감정과 함께 삼켰다.

—몇 번을 봐도, 익숙해지지 않아요……. 그렇지만…….

익숙해져선 안 된다고, 강하게 생각했다. 그리고 그럴 때마다 그녀의 신앙이 단련된다.

"《자비 깊은 지모신이여, 부디 이자의 상처를 그 손으로 어루만지소서》……!"

여신관은 매달리는 것처럼 석장을 쥐고서, 천상에 거하는 지모신에게 마음으로 기도를 바쳤다.

부디 이 사람의 상처를 치유해주소서. 목숨을 이어주소서. 구해주소서.

오래도록 탄원할 기회가 없었던 《힐(소회복)》의 기적.

그리고 마음씨 고운 지모신은 사랑스런 신도의 기도에 확실하게 응했다.

옅은 빛이 거품처럼 퐁퐁 생겨나더니, 아가씨의 상처로 날아가 출혈을 억제하기 시작한 것이다.

물론 잃어버린 체력이 돌아오지는 않는다.

마음과 몸의 상처는 신의 기적으로도 간단히 치유되지 않는다.

그러나, 당장 죽지는 않는다.

"고블린 슬레이어 씨, 이쪽은 이제 괜찮아요……!"

"좋다."

고블린 슬레이어는 즉시 허리의 가방에서 달걀을 하나 끄집어내더니 고블린에게 던졌다.

"GOOROOROB?!"

"GOOROBOROOB?!?!"

기분 나쁜 연기가 퍼지며 곧장 솟아오르는 비명.

지금까지 제멋대로 여자를 괴롭히던 고블린 몇 마리가 눈물을 흘리며 몸부림치고 바닥을 굴러다녔다.

부서진 달걀 껍질에는 고블린 슬레이어 특제 최루가루가 가득 차 있었다.

인질 아가씨의 상처에 오폭할 가능성을 생각해서 쓰지 못했지만 이제 우려할 것은 없었다.

"여덟— 아홉!"

곤봉을 던지고 빼앗은 검의 녹슨 칼날은 한 합마다 갈라지고 부서진다.

고블린 슬레이어는 개의치 않고, 쓰다가 버릴 심산으로 한 번 쓸어서 고블린의 목을 찢어냈다.

피이. 피리 소리와 비슷한 울림과 함께 고블린이 피를 뿜어내며 겹쳐 쓰러졌다.

"GBBB……!"

"GORBG! GGOOBBG!"

순식간에 아군이 반으로 줄자 고블린 놈들은 겁을 먹고 물러났다.

그러나 기껏 잡은 먹잇감을 내던지고 도망치는 것은 아쉽다.

그리고 저 계집아이와 엘프 아가씨도 거꾸러뜨려 유린해주면 어떻게 될까? 욕망도 품는다.

그러나 앞으로 나선 이 흄 전사와 리자드맨 승려를 넘어서는 것은 어렵다.

그러면—.

"GROOB!"

"GORB!"

그 순간, 몇 마리 고블린이 무기를 내던지고 돌아보지도 않으며 달리기 시작했다.

태세를 재정비할 셈일까? 아니면 도망치는 것인지— 아니다.

"**방패**를 가지러 간다!"

고블린 슬레이어는 재빨리 상황을 파악하고 외쳤다.

전선에서 떨어져 달리기 시작한 몇 마리 고블린 놈들이 가는 곳은 돌바닥에 있는 지하 입구.

임신 주머니로 삼고자 붙잡아둔 여자들을 지하의 창고에서 끌어내 고기 방패로 삼을 심산이리라.

"정말이지, 악취미야. 그렇게는 못하지— 에잇……!"

다음 순간, 고블린의 무릎에 화살이 돋았다.

엘프 궁수가 긴 의자 뒤에서 가차 없이 나무 눈 화살을 쏜 것이다.

"GROB! GROORB?!"

"GOOROB?!"

쉴 틈도 없이 3연사. 비명을 지르면서 무너지는 고블린이 동시에 세 마리.

처음부터 머리를 쏘는 것은 쉽지만, 언제나 치명적 실패(펌블)의 눈은 있는 법이다.

지금은 확실하게 움직임을 막는 것을 우선해야 한다. 그리고 차분하게 노리는 편이 좋다.

듬뿍. 엘프 궁수는 눈 한 번 깜빡일 시간을 들여서 조준을 맞추고 고블린의 눈두덩을 화살로 꿰뚫었다.

"오르크볼그! 이쪽은 신경 쓰지 않아도 돼!"

"어디 보자. 그러면 계단은 내가 확보를 하마."

주문술사로서 역할은 이미 다했다. 그렇다면 이제부터는 육체노동.

묵직한 몸놀림에 반해서 경쾌하게, 드워프 도사는 계단으로 달려갔다.

어느샌가 허리에서 손도끼를 뽑아 단단히 쥐고 있는 것을 보면 과연 숙련자였다.

"GOOROOB!"

"GRRRRORB!"

이제 고블린 놈들의 진퇴는 여기서 결정되었다.

그들은 미약한 방벽 틈으로 안에 침입했지만, 이제는 반대로 포위되었다.

신입 모험가들 대부분이 그런 것처럼 고블린 놈들도 생각지 못한다.

우리들은 죽이는 쪽이지 살해당하는 쪽이 아니다. 그것은 절대적이고, 반대 입장이 될 거라 생각 못한다.

고블린 슬레이어는 그것을 잘 알고 있었다. 과거의 그도 그랬으니까.

"열넷…… 열다섯!"

"키이에에에에에에!!"

고블린 슬레이어가 곤봉으로 고블린의 두개골을 부수고, 창을 빼앗아 들어 목을 찔러 죽였다.

리자드맨 승려가 손톱, 손톱, 송곳니, 꼬리를 주저 없이 종횡무진으로 휘둘러 고블린을 피바람으로 바꾼다.

본래 은 등급 모험가가 4명, 강철 등급 모험가가 1명.

그리고 무엇보다 이쪽에는 고블린 슬레이어가 있다.

그저 예배당을 점거한 고블린 20여 마리 정도에게 질 이유가 있을 리 없다.

그에게 있어 문제는, 언제나 얼마나 재빠르고 확실하게 압살하여 인질을 구할 것인가였다.

§

"스물하고 셋, 이군."

싸움은 그리 시간이 지나지 않아 끝났다.

해가 저물고, 어둠 속에 가라앉는 문고. 점점이 촛대에 밝혀진 불들 말고 광원다운 광원이 없었다.

그것을 의지해서, 고블린 슬레이어는 담담하게 작업을 계속했다.

고블린 놈들의 시체를 하나씩 무기로 찔러 생사를 확인하고 예배당 구석에 쌓아 올렸다.

피와 썩은 냄새, 오물의 냄새가 휘몰아지고 검붉게 물든 그곳에 과거의 성역이었던 모습은 없었다.

고블린 놈들의 노림수가 무엇이었든, 이 영역은 완전히 모독을 당했다고 볼 수 있으리라.

문고에서 일하던 수녀는 스무 명 조금 더.

살아남은 수녀는 열 명쯤 될까말까.

나머지 열 명의 모습은 냄비에 남아 있는 고기와 뼈를 빼고서 이제 어디에도 보이지 않았다.

지금은 지하 창고에 내려선 리자드맨 승려가 한 사람씩 짊어져 예배당으로 데려오고 있었다.

"자, 정신을 똑바로 차리시게. 밤이 밝으면, 좀 더 차분해질 장소에 갈 수 있다네."

"……죄송합니다. 정말로……."

"모시는 신은 다르다 해도, 원숭이도 본래는 도마뱀. 그렇다면 우리들은 동포가 아니겠는가?"

"……후후. 리자드맨께선…… 이상한 말씀을 하시는군요……."

지저분함과 초췌함은 숨길 길이 없지만 담요로 둘러싸인 그녀들은 희미하게 웃고 있었다.

그러나 한결같이 발목에 붕대가 감겨 있는 것을 보면, 일어서서 걸을 수 없는 것이 명백했다.

여신관은 한순간 입술을 깨물었다. 녹슨 칼날로 힘줄을 끊어내는 아픔을, 그녀는 아직 몰랐다.

"……이제 괜찮으니까요. 금방, 도시까지 돌아갈 수 있어요……."

"고……습, 니……다……."

"말하지 마세요. 지금은 푹 쉬지 않으면 안 돼요."

여신관은 긴 의자 사이를 움직이며 눕혀놓은 여행자와 수녀를 정성스레 돌보고 있었다.

앞으로 어떻게 될까, 굳이 입에 담는 사람은 없었다.

—많은 편이다.

고블린 슬레이어는 그렇게 생각했다.

제정신을 유지하고, 자해도 않고, 괴롭힘 끝에 살해당하지 않은 자가 이만큼 있었다.

—이 문고는 운이 좋았다, 라고 말할 수 있었다.

결사적인 마음으로 검을 휘둘렀을 여행자 덕분에 한 명의 수녀가 난리를 피할 수 있었다.

그녀는 다른 신전으로 심부름을 갔었다가 마침 돌아온 참에 이 사태와 마주쳤다.

가도로 돌아가서, 모험가 길드에 호소하여 의뢰를 내고, 모험가들이 올 때까지…… 며칠.

그렇기에 고블린 슬레이어 일행은 **늦지 않았다**.

여행자가 몸을 던져 벌어준 약간의 시간이 그 며칠을 가져온 것이다.

만약 여행자가 신전을 버리고 도망쳤다면, 무기를 휘두르지 않고 얼른 포기했다면.

수녀는 도망치지도 못하고, 사태가 발각되는 것은 보다 치명적인 사태가 된 다음이었으리라.

"……스물세 마리로군."

그는 스스로도 믿지 않는 말투로 중얼거리며 피가 묻은 창을 내던졌다.

창은 예배당 구석에 방치된, 잔반이 든 냄비 옆으로 소리를 내며 굴러갔다.

대신 그는 고블린의 시체에서 적당한 검을 약탈하여 칼집에 집어넣고 허리에 찼다.

그리고 난 다음에야, 고블린 슬레이어는 긴 의자에 털썩 자리 잡고 앉았다.

"인질이나 서적이 없었다면, 불을 붙이는 것이 빨랐겠지만."

고블린 슬레이어는 깊숙하게 한숨을 쉬었다.

"……에이. 그런 말 마세요."

사박사박. 작은 발소리를 내면서 걸어온 여신관에게 그가 철 투구를 움직이지 않고 시선을 향했다.

한차례 치료가 끝난 모양이다. 그녀는 피로 더럽혀진 볼을 느슨히 풀고서 기특하게 미소를 지었다.

기적을 두 번 행사하여 피로할 텐데, 그것을 겉으로 드러내지 않고자 노력하고 있었다.

"그리고, 또 혼날걸요? 불을 붙이는 거 금지! 라고요."

여신관이 귀 옆에 검지를 내밀고 쫑긋쫑긋 흔들어 보였다.

익살을 부린다. ―무리를 해서, 일지도 모른다.

고블린 슬레이어는 알 수 없었다.

투구 틈, 촛불의 희미한 음영에서 미묘한 표정을 읽어낼 수는 없었다.

"그래."

고블린 슬레이어는 그렇게만 말하고 투구 속에서 눈을 감았다.

물론 길게 휴식을 취할 셈은 없었다.

호흡을 정돈하고, 의식을 한순간 느슨하게 풀었다가 다시 긴장하기 위해서다.

고블린은 아직 있다. 이곳에는 없더라도, 어딘가에. 방심할 수 있는 장소 따위 없다.

"……그러나, 고생했다."

"그거야……."

여신관이 말을 고르는 것처럼 공중으로 시선을 보냈다.

"……그런 일도, 있는 거라고, 생각해요."

"……그런가."

"신들조차, 뭐든지 다 할 수 있는 건 아닌걸요."

그렇게 말하고, 그녀는 조금 사양하는 기색으로 고블린 슬레이어 옆에 살포시 앉았다.

가죽 갑옷이 없었다면 바로 옆에 있는 이 소녀의 체온을 느낄 수 있었으리라.

철 투구를 통해서 미약하게 들리는 호흡 소리에 고블린 슬레이어는 살짝 눈을 떴다.

"그 여행자 아가씨는, 어떻지?"

"이제야 잠들었어요……. 지금 당장 어떻게 되진 않아요. 다만, 피가 부족하니까요."

"그러면, 내일이군."

여신관은 고블린 슬레이어가 짧게 한 말의 의도를 금세 깨달았다.

움직이는 건 내일. 그건 다시 말하자면 이곳에서 밤을 보낸다는 것이기도 했다.

구조한 여자들을 걷도록 할 수는 없으리라. 마차나 짐수레가 필요했다.

이 정도 수의 사람들을 데리고 밤에 이동하는 것은 위험하다. 특히 대책이 없으면 더욱 그렇다.

"그러니, 너는 조금 쉬어둬라."

"……네."

고개를 끄덕인 여신관이 살며시 눈을 감았다.

그녀도 설마 잠들 리는 없겠지만, 눈을 감고 있기만 해도 휴식은 된다.

살짝 기대는 것처럼 어깨에 걸린 무게를, 고블린 슬레이어는 거부하지 않았다.

"헌데……."

성큼. 리자드맨 승려가 발소리를 죽이고 가만히 두 사람 곁으로 다가섰다.

그는 신중한 동작으로 주위를 둘러보고 낮은 목소리로 속삭였다.

"……요즘 들어 고블린 놈들이 다소 꾀가 생긴 느낌이 있다네."

"그리 생각하나."

"소승의 감이 올바르다면."

그는 전투에 타고난 리자드맨 특유의, 싸움에 대한 흥분이 차오른 기색으로 빠르게 말했다.

"지난번 고블린 팔라딘 이후부터, 란 인상을 받고 있다네."

"동감이다."

고블린 슬레이어는 고개를 끄덕였다.

"놈들도 지혜를 얻기 시작했다……?"

학습을 막기 위해서 암살을 반복해 왔다고 생각했는데.

—어쩌면, 지금까지 상대한 것은 말단에 지나지 않았다는 걸까?

아니. 고블린 슬레이어는 고개를 옆으로 저었다.

우두머리를 없애면 모든 것이 끝난다는, 그런 알기 쉬운 일이 있을 수는 없었다.

그런 일은 이미 10년 전 옛날에 이해하지 않았던가?

"이쪽도 좀 더 방법을 생각해야 하겠군……."

그때 드워프 도사가 짐을 안고서 성큼성큼 걸어왔다.

"정말이지. 고블린 놈들이란, 물건의 가치란 것을 모르는구나."

먼지가 섞인 공기를 두르고 있는 이유는 그가 창고를 뒤졌기 때문이리라.

물론 그들은 무뢰배가 아니다. 약탈이 아니라, 안부를 확인하기 위해서였다.

그렇지만 리자드맨 승려는 흥미롭게 안구를 빙그르 돌렸다.

"무사한 서적이 있었던가?"

"놈들이 쓰레기라고 생각지 않은 것뿐이니라."

덜컹. 덜컥. 긴 의자에 거듭해 올린 것은 석판— 아니, 점토판이었다.

종이책보다 거추장스럽지만 신화시대, 고대에서부터 전해지는 기술은 아직도 건재한 모양이다.

"고블린 놈들은 굴러다니는 바닥돌과 구별을 못하는지도 모르겠네."

리자드맨은 손톱을 뻗어서, 상하지 않도록 신중한 손놀림으로 그 표면을 쓰다듬었다.

상당히 오래된 문헌인 모양인지 리자드맨 승려도 문자를 읽을 수가 없는 기색이었다.

비기하학적으로 꿈틀거리는 문자들은 현기증을 일으키는 무늬처럼 생겼다.

"뭐, 읽을 수 없는 이상 소승도 큰 차이는 없다네. 어쨌든지, 무사한 것이 있었다면 좋은 일일세."

"나중에 제대로 조사를 해보지 않으면 모르겠지만…… 뭐, 나중이구나."

"그래."

고블린 슬레이어가 긍정했다.

"바깥은 어떻지?"

"길쭉귀 처녀가 한 바퀴 돌고 있다. 밤눈도 밝고, 그 말괄량이는 탐색자(레인저)로서는 상급이 아니더냐?"

달리 더 고블린이 있으면 발견을 할 게야. 드워프 도사가 그렇게 말하고 술병을 내밀었다.

고블린 슬레이어는 그것을 받아 벌컥 한 입. 투구 틈으로 사양 않고 들이켰다.

목을 확 태우는 술기운의 열은 피로로 흐려진 의식을 깨워준다.

"……너희들도 술법을 사용한 만큼, 쉬어둬라."

"너도 좀 쉬거라. ……말은 했다만, 그럴 수도 없구나. 우리들은 전위가 부족하니 말이다."

말하면서 드워프 도사도 사양 않고 벌컥, 한 모금 들이켜더니 다음으로 리자드맨 승려에게 병을 돌렸다.

"호오오."

그는 맛있는 기색으로 눈웃음을 짓고는 성대하게 술을 들이켰다.

턱을 따라 흐르는 방울을 혀로 핥고서 크흐, 한숨.

"치즈가 있으면 좋겠군."

"돌아간 다음인 게지."

드워프 도사가 리자드맨 승려의 어깨를 두드렸다.

"이래선 돌아가는 길도 정신차리고 있어야 할 테니."

"일단 오늘 밤은 괜찮을 거라고 생각해."

문틈에서 시원스런 목소리가 날아들었다.

끼익. 삐걱대는 소리와 함께 문이 열리고, 밤 고양이 같은 그림자가 예배당 안으로 스르륵 미끄러져 들어왔다.

몸을 부르르 떤 그녀— 엘프 궁수는 기다란 귀를 쫑긋쫑긋 가볍게 흔들었다.

"근처를 한 바퀴 돌고 왔는데, 여기서 나간 고블린의 발자국은 없었어."

"확실한가."

고블린 슬레이어가 낮은 목소리로 물었다.

"확실해."

그녀는 날카롭게 대답했다.

엘프 궁수는 표정을 찌푸리며 볼에 묻은 마른 피를 손가락으로 긁어내 떨궜다.

"그러니까 돌아가는 길에 다른 놈들이 발견되지 않으면, 고블린은 이걸로 끝."

"그런가."

고블린 슬레이어는 짧게 대답하더니 예배당 구석에 쌓인 시체의 산으로 눈길을 향했다.

20여마리의 고블린. 그들이 정리하고 죽인 고블린 놈들.

그리고 다음으로 긴 의자를 침대 대신 삼아서 잠든 상처 입은 여자들.

—끝이라고?

"…………그런가."

한 번 더 낮게 중얼거리고, 고블린 슬레이어는 희미하게 몸을 움직였다.

그리고 자신에게 기대어 있는 여신관의 가녀린 어깨를 살며시 흔들었다.

"일어나라. 돌아왔다."

"……우. 아. 아, 네!"

그녀는 몸을 움찔 떨고는 튕겨 오르듯 일어섰다.

황급히 고개를 붕붕 젓고 눈가를 비비더니, 졸음에 빠지려던 의식을 확실하게 깨웠다.

"그러면, 깨끗하게 할게요. 여러분도, 저기……."

지저분해졌으니까요. 라는 말은 입 밖으로 나오지 않고, 그녀가 안으로 집어삼켰다.

석장을 손에 들고 긴 의자 위에서 잠든 여자들 사이로 걸어간 그녀를 엘프 궁수가 뒤따랐다.

중앙으로 나선 여신관은 그 자리에서 슥 무릎을 짚더니 매달리듯 두 손으로 석장을 쥐었다. 기도하는 자세다.

"《자비 깊은 지모신이여, 부디 그 손으로, 우리들의 더러움을 정화해 주소서》."

경건한 신도의 기도에 응답하여 천상에서 뻗어온 보이지 않는 손이 아가씨들의 피부에 닿았다.

비단이나 깃털로 몸을 사르륵 쓰다듬은 것처럼 간지러움을 동반한 편안함.

그러자 이게 어찌된 일일까? 순식간에 그녀들 모두의 지저분함이 대기 속으로 녹아 들어가지 않는가?

오물도, 핏자국도, 옷에 달라붙은 검붉은 얼룩까지 모든 것이.

기분 탓인지 여자들의 볼에서도 긴장이 풀리고 편안하게 변화했다.

"우~응."

엘프 궁수가 고양이처럼 눈을 가늘게 뜨고 커다랗게 기지개를 켰다.

"이거 참 좋다. 멱이라도 감은 느낌이야. 새롭게 받은 기적이었나?"

아까 불평했던 건 신에게 사과해야겠네. 엘프 궁수가 키득키득 웃었다.
그 말의 의미는 이해 못했지만, 여신관은 「네」 하고 기쁜 기색으로 고개를 끄덕였다.
"강철 등급으로 승급한 걸 신관장님한테 보고했더니, 의식을 해주셔서……."
"하지만, 꽤 수수한 걸로 받았네. 좀 더 화려한 것도 있지 않아?"
"……필요성이 절실해서요."
"아아."
여신관이 엘프 궁수의 눈길을 피하며 중얼거리자, 그녀가 납득하며 표정을 찌푸렸다.
기도하는 자가 받을 수 있는 기적은 신이 고르는 것이라고 하지만, 소망하면 그것을 내려주는 경우도 종종 있다.
《퓨리파이(정화)》의 기적이었다.
신성한 위업으로 더러움을 없앤다. 말하자면 그뿐인 술법이다.
굳이 기도 한 번 분량을 배당하면서까지 아껴둘 술법일까……?
그렇지만 모험하는 와중에 의복이나 몸을 하루에 한 번 정화하는 것은 여성으로서는 기쁜 일이다.
그리고 더러운 물이나 독기 등을 어느 정도 정화할 수 있으니 익혀둬서 손해는 없었다.
물론, 손익만 가지고 신들이 내려주는 기적을 가늠하는 것은 그저 모독일 뿐이지만.
"…………."
여신관은 가만히 가녀린 가슴을 누르고 심호흡을 한 번 했다. 눈을 깜빡이고 입술을 깨물었다.

익숙해져 버렸다.

결혼 이야기로 들떠서 소란을 떤 다음, 이 고블린의 소행을 보고서 무참한 아가씨들의 모습을 보고서.

마음은 미약하게 술렁거리고, 허세를 피운 거지만 농담을 하나 둘 말할 수 있다.

1년 전에는 생각도 못했던 일이다.

"좋은 기적이로군."

그런 그녀의 어깨에 묵직하고 투박한 손이 툭, 올라갔다.

퍼뜩 고개를 들어서 보니 지저분한 철 투구가 보인다. 그 말 한마디로, 가슴이 뛰었다.

"쓸모가 있다."

그리고 여신관은 뭐라 말하기 어려운 표정으로 한심스레 눈썹을 늘어뜨렸다.

§

붉디붉은 저녁 해가 광야의 끝으로 가라앉는다.

여름의 석양. 서풍이 더위를 떨쳐내듯 불어서 목초의 바다에 잔파도를 일으키며 빠져나간다.

바람에 휘날리는 머리칼을 가볍게 누르며 소치기 소녀는 볼을 쓰다듬는 감촉에 기분 좋게 눈을 감았다.

"좋~아, 다들 돌아가자~."

그렇게 외치자 근처에서 제각각 풀을 먹고 있던 소들이 울음소리를 내며 고개를 들었다.

어슬렁거리며 걸어온 소들은 무리를 이루어 그대로 외양간에 돌아갈 것이다.

본래 소란 것은 그런 습성을 가진 생물이다.

그래서 소치기 소녀가 뭔가 개입할 필요는 없지만, 그녀의 일이 없는 것은 아니다.

소의 수를 세고 모두 제대로 외양간에 돌아왔는지 확인하는 것은 중요한 일이다.

아무리 매일 아침 그가 울타리를 점검해준다지만 무슨 문제가 일어나지 않으리란 법이 없다.

여우나 늑대의 습격뿐만 아니라, 소가 길을 잃는 경우도 없는 것은 아니다.

그리고 외양간으로 돌아오면 돌아온 대로, 이번에는 이쪽에서 식사를 줘야 한다.

무엇보다도 소와 말은 소중한 재산이다. 아무리 살펴줘도 부족하지 않았다.

"……응, 모두 제대로 있구나."

손가락을 꼽아 세어본 소의 머릿수를 확인하고, 소치기 소녀는 「좋아」 하고 활기차게 고개를 끄덕였다.

소꿉친구인 그가 모험에 나선지 오늘로 이틀이 된다.

그는 모험가니, 당연히 그런 날도 있다.

돌아오지 않는 날. 기다리기만 하는 날.

언젠가, 계속 기다리기만 해야 하는 날이 올지도 모른다.

그는 모험가니, 당연히 그런 날도…….

—이런 생각을 했다간 괜히 마음만 상하고, 끝이 없어.

"그러니까 일은 중요하지, 중요해. 어라—."

또, 바람이 불었다.

휘이잉, 소리를 내면서 빠져나간 여름 바람은 갖가지 냄새도 실어 온다.

파릇하게 우거진 풀의 냄새. 멀리 도시 쪽에서 풍겨오는 저녁 식사 냄새. 소들의 냄새.

"응……."

그리고, 녹슨 철 같은 냄새.

지난 몇 년 동안 완전히 익숙해져버린 냄새였다.

외양간으로 가던 소들의 뒤에서 발길을 멈춘 소치기 소녀는 빙글 돌아보았다.

저 멀리 가도에서 이쪽을 향해, 성큼성큼 거침없는 발걸음으로 걸어오는 검은 그림자.

지저분한 가죽 갑옷, 싸구려 철 투구, 어중간한 길이의 장검을 허리에 찼고, 팔에는 자그마한 원형 방패를 고정시킨 모습.

소치기 소녀는 눈웃음을 지었다. 그리고, 평소처럼 미소를 지었다.

"어서 와, 수고했어?"

"그래."

그가 고개를 끄덕였다.

"다녀왔다."

소치기 소녀는 종종 걸음으로 그의 곁에 다가갔다.

숨을 가볍게 들이쉬고, 내쉰다. 그의 움직임에 위화감은 없었다. 자연스럽게 볼이 느슨해졌다.

"다친 데는 없구나. 다행이야, 다행."

"그래."

고개를 끄덕이더니, 걷기 시작하는 걸음걸이는 아까보다 느릿했다. 소치기 소녀는 옆에 나란히 서서 걷기 시작하다가…….

"……음."

살짝 표정을 찌푸렸다.

그의 냄새를 맡을 수 있다면 내 냄새도 맡을 수 있는 거 아닐까?

조금 신경 쓰여서 소매 냄새를 맡아보았다. 스스로는 알 수 없었다.

—하긴, 이제 와서 새삼스레.

"……있지. 그러고 보니 모험가들은 지저분해지면 어떻게 해?"

"갈아입을 수 있을 때는 갈아입는다. 몸을 닦는다. 주문이나 기적을 사용하는 자도 있다."

"흐응……."

"고블린이 체취 때문에 눈치를 챌 때도 있다. 바람이 부는 방향에 위치하는 건 어리석은 짓이다."

그렇구나—. 고개를 끄덕인 소치기 소녀는 그를 끼고서 훌쩍, 반대쪽으로 위치를 바꾸었다.

"뭐지?"

그가 물었다.

"신경 쓰지 마."

손을 내저으며 대답했다.

"저녁은, 어떡할 거야? 먹고 왔어?"

"아니."

"그러면, 집에서 먹어야지. 스튜면 돼?"

"그래."

그러면서 투구를 세로로 흔드는 동작과 낮은 목소리. 평소보다 약간 가벼운 느낌이었다.

그저 그것뿐이지만, 소치기 소녀는 준비한 보람이 있다는 생각이 들어버린다…….

—나도 참, 쉽다니까…….

생각은 하지만, 딱히 나쁜 기분이 안 드니까 어쩔 수가 없다. 이거면 되는 거다.

"하지만, 너 좀 지쳐 있지."

"……."

대답이 없었다. 난처할 때 입을 다무는 버릇은 여전했다.

소치기 소녀는 키득 웃고서 미약하게 몸을 숙이더니, 아래쪽에서 들여다보는 것처럼 투구를 보았다.

철 투구 너머, 어떤 표정인지는 안 보이지만 대강 짐작은 간다.

"힘들었어?"

"……편한 일 따위 없다."

"그렇네."

여름의 저녁 햇살에 두 사람의 그림자가 길게 뻗었다.

소들은 외양간으로 돌아갔다. 이제 돌아가기만 하면 된다.

이렇게 둘이 함께 걸어서 집으로 가는 것은 어렸을 때부터 세어 보면 몇 번째일까?

옛날에는 별 차이가 없었던 것 같은데, 지금 그림자의 길이는 그가 조금 더 길다.

"그러고 보니."

"응~?"

소치기 소녀는 그림자를 보며 목소리만으로 대답했다.

아주 약간 걸음을 바꾸어 그와 자신의 그림자가 겹치도록 고심했다.

딱히 의미는 없다. 그저, 어렸을 때도 자주 했었지. 문득 떠올랐을 뿐이다.

"결혼식이 있는 모양이다."

"결혼식……?"

그건. 소치기 소녀는 무심코 그를 돌아보았다.

입에 담았지만, 아무래도 익숙하지 않은 말이라 마치 이국의 말 같았다.

결혼식. 결혼. 누군가와 한 가족이 되는 것. 생애를 함께하는 것.

"결혼식, 이라……. 초대 받았어?"

"그래."

조용히 중얼거린 말에 그가 짧게 대답했다.

"내."

그는 한 번 말을 끊었다.

"파티에, 엘프가 있다."

"아아."

소치기 소녀는 눈웃음을 지었다. 밝고 활기찬 탐색자 아가씨.

"그 애구나."

"그 녀석의, 언니와 사촌 오빠다."

"그렇구나."

"너도 초대해 달라고, 하더군."

"……괜찮아?"

"그건 내가 정할 일이 아니다."

으음. 소치기 소녀는 신음했다.

목장. 일. 며칠을 비워도 괜찮을까?

여름은 바쁘다. 가을도 그렇다. 봄도. 겨울도. 1년 언제든지 비바람과 날씨에 작물과 가축이 걱정이다.

그렇지만— 아아, 그렇지만.

—엘프의 결혼식!

그것은 참으로, 가슴 속 깊은 곳이 근질거리는 울림이었다.

어렸을 적, 꿈속에서나 보았던 것이었다.

요정들이 춤추고, 예쁜 옷에 들어본 적도 없는 음악. 아름다운 신부와 신랑.

그것은 동화책에서나 읽을 수 있고, 결코 그 이상이 되지 못할 것이었다.

그리고 지금은 없는 고향에서도, 지금 살고 있는 목장에서도, 오래 떨어진 적이 없었다.

어딘가 가고 싶다고 생각한 것은 참으로 오랜만이었다.

"괜찮, 으려나?"

그것이 마치 나쁜 일인 것처럼, 소치기 소녀는 조용히 중얼거렸다.

"백부님에겐, 내가 이야기를 하지."

"……응."

무심코 흘러나온 미덥지 못한 말에 대한, 무뚝뚝하지만 상냥함이었을까?

아마도 그렇다. 소치기 소녀는 단정했다. 분명 그렇다. 그게 더 기쁘다.

겹쳐진 그림자를, 그녀는 아주 약간 비껴냈다.

붉은 초원에 검게 뻗은 윤곽의 손과 손만 잘 겹치도록.

"……결혼, 이라."

집이 가깝다.

둘이서 걷기에는 짧은 거리. 마음을 나누기엔 충분한 거리. 말을 나누기에는………….

"그런 거 생각은?"

"……."

그는 한순간 입을 다물었다. 난처할 때 늘 나오는 버릇이다.

"어렵군."

그렇구나. 소치기 소녀는 그렇게 중얼거리며 빙글 뒤로 돌아섰다.

등 뒤로 손을 깍지 끼고 뒤로 걸으면서, 그를 올려다보며 「그럼 말야」라고 입술을 움직여 속삭였다.

"어렸을 때, 어른 되면 나랑 결혼하자고 약속했다면, 어때?"

"……."

철 투구 너머로, 소치기 소녀는 희미한 한숨 소리를 들었다.

"그런 약속을 한 기억이 없다."

"아차, 들켜버렸네."

아하하하. 소치기 소녀는 웃었다. 웃고서, 또 빙글 등을 돌려 걷기 시작했다.

그림자가 떨어진다. 손이 떨어진다. 새삼. 그렇다. 새삼스럽다면 새삼스럽다.

—해뒀으면 좋았을걸.

어째선지 저녁놀에 눈이 따가워서, 그녀는 몇 번인가 눈을 깜빡거렸다.

막간 「여자와 아이들은 움직임이 둔하다는 이야기」

Goblin Slayer
He does not let anyone roll the dice.

"헉…… 허억, 헉, 헉, 허……읏!"

그녀는 숨을 몰아쉬면서 녹색의 지옥 속을 넘어질 듯 달렸다.

밀림의 정체 모를 풀잎이나 가지, 돌에 맨발이 상처를 입었다. 짧은 옷자락에서 뻗은 사지도 피에 젖어 있었다.

햇살은 나무들에 가려 있지만, 어슴푸레한 세상은 대단히 무더워 땀이 심하게 났다.

달리는 동안 목이 말라 따끔거렸지만, 제대로 마실 수 있는 물 따위 어디에 있는지도 알 수 없었다.

먹을 것도 마찬가지. 열매도 벌레도 풀도, 어느 것을 먹어야 괜찮을지 알 수 없었다.

아니, 그것을 말하자면, 애당초 그녀는 어느 쪽을 향해서 달리고 있는 건지도 알지 못했다.

태양이 보이지 않아 방향도 알 수 없었다. 북쪽은 아니다, 라고 생각하지만 자신이 없었다.

밀림 속, 짐승의 소리, 새 소리, 나무들이 스치는 소리. 모든 것이 혼연일체가 되어 그녀를 감쌌다.

기척이나 무언가, 그런 불명료한 것은 애당초 그녀는 알 수 없었다…….

—이럴 거면 나도 탐색자 훈련을 받을걸 그랬어.

"아야, 윽……."

머리칼이 피부에 달라붙는 것이 기분 나빠서, 무심코 이마의 땀을 손으로 닦았더니 상처가 쓰라려서 후회했다.

—어째서 이렇게 됐을까?

생각해봤자 답은 나오지 않는다. 물어볼 상대는 이미 없었다. 헤어져 버렸으니까.

생각이 얕았다고 비웃는 것은 간단하리라.

운이 나빴을 뿐이라고 하는 것은 과연 위안이 될까?

실제로 그녀와 동료들은 모험에 도전하여, 실패하고, 도망쳤다. 그뿐이었다.

"……하다못해, 무기가 있으면……."

뗏목이 전복되고 강가에서 정신이 들었을 때는 이미 늦어 있었다. 장비를 잃고, 동료도 없었다.

그래도 그녀가 포기하지 않고 달리는 것은, 그녀가 모험가이기 때문이었다.

모험가는 포기하지 않는 법이다.

상황에 불평을 하는 것은 모험가의 권리지만, 상황에 도전하지 않는 자는 모험가가 아니다.

그리고 무엇보다도, 상황은 절망적이지만 결정적이지는 않다.

동료의 안부는 알 수 없었다. 그렇다면, 합류할 수 있는 가능성이 있다는 것이다.

—언니라면, 괜찮을 거야. ……언니라면.

그녀는 함께 행동하던 언니를 떠올리고 볼이 느슨해졌다.

마지막으로 본 것은 뗏목 위였다. 기울어지는 뗏목에서 굴러 떨어지는 그녀를 향해 손을 내밀던 모습.

파티 안에서 지휘를 맡았고, 모두에게 두터운 신뢰를 받은 그녀는 무술사(드루이드)였다.

자연을 벗으로 삼고 있으니, 분명 괜찮아.

그렇게 자신에게 들려주며 그녀는 열심히 밀림 속을 달렸다.

—그렇지, 강을 따라서 움직이자.

추적자를 생각하면 위험할지도 모르지만, 나무들 사이를 도망쳐 다니는 것보다는 낫다.

그렇다. 그녀는 도망치고 있었다. 살기 위해서, 필사적으로.

그렇기에 **놈들**도 그것을 알고 있었음이 틀림없다.

"——힉?!"

물줄기 소리를 의지하여 나무들을 헤쳐 나가고, 또 다시 강으로 나온 그녀는 무심코 억눌린 비명을 질렀다.

그녀가 직면한 것은 기이한 모습의 물체였다.

때까치가 꿰어놓은 먹이. 혹은 어린애가 장난을 친 개구리. 실에 휘감겨 버린 꼭두각시 인형.

그것은 사람이었다.

엉덩이에 말뚝을 박아 입까지 꿰뚫어버린, 역겨운 처형을 당한 시체였다.

그것이 몇 개나 몇 개나, 검은 그림자 인형극처럼 우스꽝스런 모습으로 이어지고 있었다.

"뭐, 으…… 우엑, 에에……엑."

현실미가 없는 광경. 그러나 그녀의 위는 반사적으로 경련하여 내용물이 역류하고 있었다.

입 속에 퍼지는 쓴 맛. 그러고 보니 마지막으로 먹은 건 생선구이였다. 꼬치로 꿰어서 불에 익힌 것.

"오, 에……엑."

견디지 못하고 웅크린 그녀가, 그것이 실수였다는 것을 깨달았을 때는 이미 늦었다.

이미 주위에는 **놈들**의 기척이 꿈틀거리고 있었다.

기척을 지우고 있었던 것이 아니다. 놈들이 그런 재주를 부릴 수 있을 리 없다.

다만 그녀가 그것을 깨닫지 못했을 뿐이다.

"히, ……시, 러…… 아, 아아……악?!"

황급히 움직이려고 했을 때, 이미 작은 그림자가 무수하게 그녀를 덮치고 있었다.

올라타서 깔아뭉개고, 철퍼덕 튀어 오른 진흙이 입 속으로 들어왔다.

—숨이 막혀……?!

그것은 반사적인 움직임이었다. 그녀는 필사적으로 팔다리를 파닥거리고, 휘두르고, 걷어찼다.

물론, 다수 앞에서는 덧없는 저항이다. 결말은 이미 알고 있었다.

"힉?!"

매도하는 소리와 함께 다리를 붙잡히고, 확 벌어지는 감각에 그녀는 굳어진 소리를 냈다.

보란 듯이 난잡하게 만든 뾰족한 나뭇가지를 겨누자 핏기가 가시는 것을 스스로도 알 수 있었다.

"시, 싫…… 싫어, 싫어싫어. 싫어어엇! 그런 거, 그런, 식으로 죽는, 거 싫……악?!"

—어째서 이렇게 됐지?

그녀는 알 수 없었다.

그녀들이 멍청했다고 말하며 비웃는 것은 간단하리라.

운이 나빴을 뿐이라고 해도 과연 위로가 될까?

어쨌든지, 기어이 그녀는 눈앞의 그것이 자신의 언니라는 것을 알지 못했다.

자신의 동료들이란 생각은 하지도 못했다.

그녀가 이해한 것은, 자신이 어떻게 죽게 되는 것인가 하는 것뿐이었다.

제2장 『카미키리마루, 남쪽 강으로』

마차에서 내리자마자, 여름의 더위와 함께 귀가 울릴 정도의 소란이 파티를 맞이해 주었다.

돌바닥 위를 활보하는 사람들의 왕래. 잡담. 도시를 흐르는 수로의 재잘거림. 바람 소리.

압도될 정도의 활기를 느낀 소치기 소녀는 한순간 축제 같은 거라도 하는지 착각할 지경이었다.

"우, 와아……."

"괜찮으세요?"

무심코 휘청거린 그녀를 부드러운 손이 살며시 받쳐 주었다.

"어, 으응, 뭐……."

지난 1년 동안 완전히 친해진 친구에게 고개를 끄덕이며 대답했다.

오늘도 변함없이 몸가짐을 단정하게 갖춘, 모험가 길드의 접수원이었다.

하얗고 청초한 여름용 옷. 그녀가 관직에 있는, 다시 말해서 귀족 아가씨란 것을 떠올리게 만들었다.

평소의 제복 차림하고는 다르지만, 그렇기에 더욱 인상이 눈에 띄는 것이리라.

"사람이 너무 많아서, 좀 어지러웠어……."

“수도에는 훨씬 사람이 많아요. 이 정도는 약과죠.”

“용케 숨이 안 막히네…….”

나는 무리겠어. 소치기 소녀가 불평하자 접수원은 키득키득 웃으며 익숙한 기색으로 내렸다.

과연. 분명히 바람에 나부끼는 머리채를 누르는 모습이 참으로 도회지 여성다웠다.

—나하고는 다르네…….

소치기 소녀가 살며시 한숨을 쉬어 버리는 것도 어쩔 수 없으리라. 그녀는 뼛속부터 시골뜨기다.

차림새를 다소 보통 때와 바꿔보기는 했으나 접수원 정도의 변화는 없었다.

그렇다고 어머니의 드레스를 또 입는 것은 창피했다. —결국 이런 차림이었다.

그렇지만, 그렇게 풀이 죽어 있을 수만도 없었다.

소치기 소녀는 터벅터벅 마차 뒤로 가서 짐칸에 달라붙었다. 짐을 내려야 하니까.

그런데—.

“내가 하지.”

불쑥. 옆에서 투박한 가죽 장갑이 뻗으며 무뚝뚝한 말과 함께 나무 상자를 잡았다.

돌아보니 지저분한 철 투구의 모험가, 고블린 슬레이어였다.

“조금 쉬어라.”

“괜찮다니까—.”

소치기 소녀는 소꿉친구에게 휘휘 손을 내저었다.

"말을 타거나, 짐마차를 타는 거, 익숙하니까. 난 이래 봬도 체력이 좋아!"

"그렇다 해도, 이 짐은, 내가 할 일이다."

흐음. 소치기 소녀가 중얼거렸다. 과연, 자기가 할 일은 중요하다.

"그럼, 내 짐만 내가 내릴게."

"그래."

고개를 끄덕인 그의 동작에 어째선지 떠오른 웃음을 감추지도 않고, 소치기 소녀는 가방을 붙잡았다.

고블린 슬레이어가 일하는 모습을 처음으로 보았다. 그것도 고블린 퇴치가 아닌 일이다.

목장 일 돕는 걸 부탁했을 때와 딱히 뭔가 변화가 있는 것은 아니지만 묘하게 신선했다.

방해가 되지 않도록 역의 구석으로 가서 서 있자, 옆에 나란히 선 접수원이 생글생글 웃었다.

6년 동안 알고 지내면서 알게 된 것이 한 가지. 이 미소는 억지로 가져다 붙인 것이 아니었다.

"접수원 씨도 일하는 모습을 자주 보는 건 아니구나?"

"평소에는 계속 길드에서 사무작업을 하니까요."

"그렇구나. ……그렇네."

"아아, 딱 한 번 있기는 했어요……."

심장이 멈추는 줄 알았어요. 그렇게 말하는 그녀에게 소치기 소녀가 「흐응」 하고 입술을 삐죽거렸다.

그러는 동안에도 작업은 착착 진행되었다.

"이거야 원~ 1년만에 왔건만, 변화가 없으니 별일은 없다고 해야 할 것인고?"

고블린 슬레이어가 나무 상자를 짐칸에서 끌어내자, 그것을 드워프 도사가 가볍게 받아냈다.

키가 작은 것에 반비례하는 것처럼, 드워프는 대개 튼튼하고 듬직하다.

드워프 도사도 예외는 아니었다. 그는 차례차례 짐을 쌓아 올리면서도 숨결 하나 흐트러지지 않았다.

"덤으로 여자 셋이 모이면 뭐라고 하더라마는, 넷이나 있으면 이쪽 입지가 좁아지는구나."

"핫핫핫핫핫. 화사하니 좋지 않은가?"

짐을 운반용으로 준비한 짐수레에 싣는 것은 리자드맨 승려의 일이었다.

종족 차이를 제쳐놓더라도 신관 전사— 무승으로서 길러온 근육이 붙은 체구였다.

그는 고블린 슬레이어가 짐을 내리는 것보다 빠른 속도로 짐수레에 나무 상자를 실어 버렸다.

"그리고 여성의 꼼꼼함을 얕보아선 안 된다네. 안 그런가? 신관 선생."

"딱히 그런, 대단한 일은……."

"어허. 포장은 참으로 중요한 일. 점토판이 깨져 버려서는 **큰일**이 아닌가?"

쑥스러운 기색으로 볼을 긁적이던 여신관은 칭찬을 듣자 더욱 부끄러운 기색으로 고개를 숙여 버렸다.

"대단한 일은 아니니까요……. 지푸라기나 대팻밥 같은 걸, 함께 넣은 것뿐이니까요."

짐이란 것은 지난번 그 문고에서 회수한 점토판이었다.

구조된 수녀들이 말하기로는 유적에서 발굴된 무엇인가로, 내용은 아직 해독하지 못했다.

그렇다면 아무 준비도 없는 변경 도시에 내버려둘 수는 없었다.

예언 같은 것이거나, 고대의 비법이 기록되어 있거나, 숨겨진 역사의 진실이거나…….

정체 모를 고문서가 재앙을 부르는 것은 요즘 시대에 제법 많이 있는 일이다.

자연스럽게 물의 도시에 있는 법의 신전에 맡기는 것이 안전하다고 이야기가 흘러갔다.

"흐흥. 일 똑바로 해, 드워프."

마차에서 훌쩍 가볍게 뛰어내린 엘프 궁수가 씨익, 눈을 가늘게 뜨고 드워프 도사의 어깨를 두드렸다.

"나는 이제부터 언니의 선물을 사러 갈 거니까."

"오냐오냐. 정말이지. 경사스런 일만 아니라면 그 엉덩이를 또 한 번 두들겨 줄 것을……."

"잠깐……!"

사삭. 엘프 궁수는 재빨리 살집 적은 엉덩이를 감싸고 물러나더니 「우우~으」 하며 드워프 도사를 노려보았다.

그녀가 이렇게 노닥거릴 수 있는 것도 물의 도시가 안전하기 때문이었다.

작년에는 달랐다.

여신관은 그리움과도, 공포와도 다른 감정으로 문득 눈을 가늘게 떴다.

지난여름, 이 땅을 남모르게 공격한 소귀 재해와의 싸움은 아직도 생생하게 기억에 남아 있었다.

고블린과 싸우다가 자칫하면 모두 죽을뻔했으니까.

"……."

개중에서도 생사의 경계를 넘나든 고블린 슬레이어가 천천히 시선을 돌렸다.

"……고블린의 기척은, 없군."

그래서, 자신들이 한 일의 성과를 직접 눈으로 보는 것은 나쁜 기분이 아니었다.

1년만에— 그렇다, 벌써 1년이 됐다.

1년을 거쳐 또 다시 찾아온 물의 도시는 모든 것이 변함없고 평안함 속에서 돌아가고 있었다.

여행자나 행상인이 오고 가며, 지고신을 섬기는 신관들이 발 빠르게 달려가고, 어린애가 부모와 함께 걷는다.

자유기사나 마술사가 운송중에 경호원이 필요 없느냐며 각자의 무훈을 자랑했다.

운송업자나 상인이 빠르게 거래에 관한 대화를 나누고, 사뿐사뿐 걷는 귀부인이 길을 간다.

고블린은 없었다.

고블린 슬레이어에게는, 그것만으로 충분했다.

그리고 고블린이 없는 이상 이곳에서 그가 할 일은 없었다.

—그런데, 나는 여기 있군.

그것을, 그는 어떻게 받아들이면 좋을지 조금 생각했다.

고블린 퇴치가 아닌 의뢰는 흥미가 있어도 볼 여유 따위 없었다.

하물며 이렇게 짐을 나르는 의뢰 따위 받아본 적이 있을 리 없었다.

물의 도시를 지나는 강을 상류로 거슬러 올라가 남쪽으로 가면, 걷는 것보다 빠르게 엘프의 숲으로 나갈 수 있다.

그렇다면 노잣돈 벌이도 할 겸이란 명목을 들어서 덤으로 운반 의뢰를 받은 것이다.

길드의 의뢰라면 물의 도시를 오고 가는 길드의 마차를 쓸 수 있다.

보수가 들어오면 여행의 예산도 벌 수 있다.

그리고 「고블린 놈들이 노릴 가능성이 있는」 점토판을 단단히 지킬 수 있다.

고블린 슬레이어에게는 과연, 모든 것이 납득되는 일들이었다.

"그러면 여러분. 저는 이쪽 길드 분들한테 인사를 하고, 의뢰 달성 보고를 하고 올게요."

그 모든 것이, 타이밍을 재다가 생긋 웃는 표정을 갖다 붙인 접수원 아가씨의 솜씨였다.

이렇게 계획을 짜는 거라면 공무원들만큼 적절한 직업도 딱히 없으리라.

그저 의뢰를 받은 장소로 가서, 탐색하고, 괴물을 쓰러뜨린 뒤 귀환하는 예정이라면 모를까.

"이제는 짐 나르기, 여관, 배편을 알아보고, 그리고 선물이군요. 신부의 취향은……."

"엘프에 대한 건 엘프한테 묻는 게 제일이니라. 안 그런고? 길쭉귀 처녀."

"그야 그렇지."

엘프 궁수는 드워프 도사에게 자신만만하게 고개를 끄덕였다.

기다란 귀를 우아하게 파르르 흔들고는.

"그리고, 나도 오랜만에 고향에 돌아가는 거니까. 숲의 씨족들에게 줄 선물이 필요해."

"아, 그, 그러면, 나도……."

조심조심, 옆에서 이야기를 듣고 있던 소치기 소녀가 풍만한 가슴 옆에 손을 들었다.

"아니 저기. 이런 장소 자주 오는 게 아니니까 말야……. 쇼핑을 좀 하고 싶다 싶어서."

그 말은 보기 드물게 어쩐지 미덥지 못했다. 시선도 흘끔흘끔 진정되지 못하며 흔들리고 있었다.

엘프 궁수는 눈을 깜빡이더니.

"나한테 맡겨—!"

턱. 가녀린 가슴을 두드리면서 받아 들였다.

"난 이래 봬도, 전에 이 도시에 온 적 있으니까, 안내를 해줄게!"

"그러면— 여관 잡고, 배편을 잡고 하는 게 끝나면, 우리도 그쪽으로 가마."

그 자신만만한 기색을 수상쩍게 바라보며 드워프 도사가 자랑스런 하얀 수염을 쓰다듬었다.

“모루 처녀 혼자서는, 들떠서 무슨 짓을 저지를지 알 수가 없으니.”

“뭐라고—!”

눈을 치켜뜨고 덤벼드는 엘프 궁수에게 신이 나서 말대답을 하는 드워프 도사.

시끌시끌, 투닥투닥. 물의 도시의 활기에도 지지 않는 평소의 대화였다.

길 가는 사람들이 희한하게 바라보자 리자드맨 승려가 유쾌한 기색으로 눈을 돌렸다.

“소승들은 짐꾼이라 생각하면 된다네. 힘은 있으니 말일세.”

“죄송합니다. 언제나 이래저래 신세를 져서…….”

“허허, 당치도 않네.”

소치기 소녀가 송구한 기색으로 고개를 숙이자 리자드맨 승려는 합장하며 대답했다.

“평상시부터 맛있는 치즈를 대접 받고 있는 답례 같은 걸세. 신경 쓰지 마시게.”

“후후, 그러면 저도 수속이 끝나면 합류하도록 할까요?”

어느샌가 등 뒤로 돌아왔는지 소치기 소녀의 어깨에 접수원 아가씨가 손을 올렸다.

땋은 머리채에서 향수처럼 달콤한 향이 살며시 풍기고 있었다.

상스럽지 않도록, 희미하게. 아주 약간 풍기는 그것은 소치기 소녀하고는 인연이 없었다.

—좋겠다.

한순간 조금 생각한 것이 표정에 드러나 버린 모양이다.

"꾸미고 싶은 거죠. 여자니까요."

바로 옆에서 장난스런 미소를 지은 접수원의 표정에 소치기 소녀는 체념하고 두 손 들었다.

"아하하하……. 응, 부탁할게요."

그래요, 그래. 웃으며 고개를 끄덕인 접수원의 시선이 흐르듯이 움직였다.

다음 표적은 말할 것도 없었다.

뭔가 말하고 싶은 듯, 그러나 말하지 못하고 꼬물꼬물 어색하게 서 있는 여신관이었다.

"당신도 어떤가요? 축제 때 입은 의상 같은 것도 무척 귀여웠는데요."

"우읏?!"

허둥거리면서 「저는, 그런 거」라거나 「안 어울리니까요」라고 하면서 여신관이 당황하여 손을 흔들었다.

그러나 도망치려고 하는 앞에 이미 소치기 소녀가 대기하고 있었다.

그녀는 풍만한 가슴으로 감싸며 여신관을 끌어안았다.

"그러면 안 돼. 나도 어울릴지 아닐지 모르는걸. 그건 이유가 안 되겠지?"

"우, 우우……. 사, 살살…… 부탁드릴게요?"

부들부들 떨면서 애원하는 모습이 작은 동물 같아서, 소치기 소녀는 여동생 같은 그녀에게 고개를 끄덕였다.

그렇지만 뭐, 그녀도 꾸미는 거나 유행에는 둔하니 접수원에게 맡기게 되겠지만…….

"…………."

고블린 슬레이어는, 그렇게 서로를 놀리는 아가씨들 쪽을 묵묵히 보고 있었다.

소치기 소녀는 애당초 성격도 그렇지만 완전히 녹아들어 있었다.

밝게, 웃으면서, 빙글빙글 움직이면서, 즐거운 기색으로.

그는 숨을 내쉬었다. 후, 힘이 빠진 숨결이었다.

"……선물이나, 옷 같은 것은, 잘 모른다."

그렇게 툭 말하고, 고블린 슬레이어는 짐수레의 손잡이를 들어 올렸다.

"어허."

그것을 깨달은 리자드맨 승려가 철썩 꼬리를 흔들었다.

"짐을 나르시는 것인가? 이것저것 다른 일을 끝낸 다음이라도 괜찮지 않으신가."

"만에 하나, 고블린 놈들이 이 점토판이란 것을 노렸다고 한다면."

그것은 그로서는 보기 드문, 어쩐지 변명 같은 울림의 말이었다.

"얼른 나르는 편이 좋을 거다."

"……괜찮으시겠는가?"

"괜찮고말고."

그는 철 투구를 흔들었다.

"당연히 괜찮다."

"흐음……."

쉬익. 리자드맨 승려는 생각에 잠겨 숨을 내쉬었다.

그러나 잠시 지나 긴 목을 느긋하게 옆으로 흔들더니 「허면」이라며 턱을 열었다.

"여관이 정해지면, 신전으로 누군가 사람을 보내겠네."

"부탁하지."

고블린 슬레이어는 짐수레를 끌며 걷기 시작했다.

여신관이 삐걱대는 바퀴 소리를 깨달았을 때, 그의 등은 이미 멀리 저 너머에 작게 보이고 있었다.

§

운하에 흐르는 물소리를 귀에 담으면서 하염없이 짐수레를 끌었다.

길을 오가는 사람들의 시선이 볼품없는 모험가에게 꽂히고 금세 지나갔다.

너무하다면 너무한 차림이지만, 새내기 중에서도 밑바닥의 부류라고 생각했으리라.

하긴 미궁을 탐색하는 것처럼 완전무장을 한 모험가가 영치기영차 짐수레를 끌고 있었으니까.

하천과 배, 태고의 도읍을 이용한 미려한 도시에 어울리지 않는 모습에 소리 죽인 웃음도 들렸다.

고블린 슬레이어에게는 상관없는 일이었다.

기억에 때려 박은 길을 따라서 걷기를 얼마간.

그는 하천을 따라 서 있는, 백아의 원기둥으로 구성된 웅장하고 화려한 신전에 도착했다.

정면 현관에서 성의(聖衣)를 입은 신관들이 법학서를 끌어안은 채 바쁘게 출입하고 있었다.

거기에 섞여 심각한 표정을 지은 사람들이 소송을 위해서 진지한 표정으로 신전을 방문했다.

천정을 지나 기울어지기 시작한 햇살이 비쳐서, 상징인 천칭검이 반짝반짝 빛나고 있었다.

이 세상의 법, 정의, 질서, 빛을 존귀하게 여기는, 지고신의 대신전.

변경에서— 이곳보다 안전한 장소는 아마도 없으리라.

그러나 고블린 슬레이어는 방심하지 않고 주위를 둘러보며 성큼성큼 짐수레와 함께 안으로 들어섰다.

대합실에서 자신의 심판을 기다리는 사람들에게 기이한 시선을 받으며 더욱 안쪽으로.

"죄송합니다, 기다려주세요!"

아무래도 그건 그냥 두고 볼 수 없었는지 샌들을 신은 젊은 신관이 허둥지둥 달려왔다.

"음."

발길을 멈춘 고블린 슬레이어는 그가 입 속에서 무언가 기도하는 것을 깨달았다.

《센스 라이(거짓말 감지)》 같은 것이리라고 짐작했다. 요즘은 어수선하다.

끼익. 고블린 슬레이어는 짐칸을 삐걱대며 짐수레를 세웠다.

"의뢰를 수행하러 왔다."

"네?"

"의뢰다."

그는 다시 한 번 반복하고 목에서 사슬로 이어진 인식표를 끄집어 냈다.

창가에서 들어오는 빛을 받아 반짝 빛나는 은의 인식표. 제3위의 증거.

"고블린 슬레이어가 왔다고 하면 알 거다."

유감이지만 금세 알지는 못했다.

"잠시 기다려 주세요."

젊은 신관이 대단히 서둘러 안으로 돌아갔기에 그는 방치되고 말았다.

고블린 슬레이어는 팔짱을 끼고 신관이 말했던 대로 그가 돌아오기를 기다렸다.

저렇게 당황하는 모습은 평소에도 자주 보는 것 같았다.

―젊은 신관들은 종종 비슷한 구석이 있는 것인가.

이윽고 그가 나이 든 여성과 함께 돌아오자 고블린 슬레이어는 세 번째로 반복했다.

"의뢰를 수행하러 왔다. 서적의 운송이다."

"네, 네에. 얘기는 들었답니다."

그녀는 사람 좋아 보이는 웃음을 지으며 몇 번이나 커다랗게 고개를 끄덕였다.

"대주교(아크비숍)께서 기다리고 계세요. 부디 이쪽으로."

"그러지."

고블린 슬레이어는 짐수레의 손잡이를 잡고 쑥 들어 올려 걷기 시작했다.

신관이 「기다리게 만들어 죄송합니다」라며 고개를 숙였지만, 가볍게 고개를 옆으로 저으며 지나갔다.

앞서가는 여자— 시제(애컬라이트)가 허리를 흔들면서, 걸을 때마다 저속하지 않을 정도로 엉덩이가 흔들리고 있었다.

참으로 우아한 움직임이었다.

지고신은 법을 다스린다. 그러나 공정한 심판을 내려 마땅한 것은 말을 가진 자, 사람의 아이들이라고 한다.

그렇다면 재판에서 보다 좋은 인상을 주기 위한 몸짓과 손짓일까?

단련의 결실인가 생각하고서, 고블린 슬레이어는 그 이상의 감상을 품지 않았다.

"그건 그렇고, 뒷문으로 돌아서 오셨으면 기다리실 것도 없었을 텐데."

말은 안 하지만 「신전장의 개인적인 친구이기도 하다」라는 뜻을 전하려는 것이리라.

"그건 몰랐다."

그것을 탓하는 기색 없이 사실을 확인하는 어조로 고블린 슬레이어가 말을 이었다.

"수고를 끼쳤군."

"아뇨. 괜찮답니다. 대주교님도 분명 기뻐하실 거랍니다."

그렇게 생글생글 웃는 그녀를 보고 고블린 슬레이어는 미약하게 철 투구를 기울였다.

"……전에도 본 기억이 있군."

"네. 지난번에는 대주교님이 참 신세를 지셨답니다."
"고블린 퇴치를 했을 뿐이다."
검의 처녀를 곁에서 모시는, 시녀 같은 역할을 맡은 여성이었다. 머릿속에서 인식이 맞물렸다.
"흐음."
고블린 슬레이어는 낮은 목소리를 냈다.
"그녀는, 잘 자고 있나."
"네. 참으로 새근새근."
시제는 그렇게 말하고서 마치 자기 자식이라도 되는 것처럼 눈을 가늘게 뜨며 웃었다.
"지난 1년은, 마치 아기처럼……. 어지간히도 안도를 하신 거겠죠."
비밀로 해주세요. 분명히 토라지실 테니까요.
시제의 말에 그는 고개를 끄덕였다.
"그렇군."
그리고 다시 한 번, 이번에는 곱씹는 것처럼 중얼거렸다.
"그러면, 됐다."
심판이 이루어지는 법정이나 서고에 늘어선 복도를 나아가 더욱 앞으로.
백아의 원기둥이 늘어선, 정적이 가득한 공간의 가장 안으로.
과거와 같은 길을 나아간 곳에는 역시 같은 장소가 있었다.
몇 개의 원기둥이 늘어섰고, 그 사이로 벌꿀을 부은 것처럼 햇빛이 보였다.
가장 안쪽에는 태양 같은 지고신의 상, 그것이 올려진 제단이 하나.

그리고 완벽한 자세로 천칭검에 매달려, 기도를 바치는 아름다운 여인…….

"……아아."

억누를 수 없는 기쁨이 배어 나오는 목소리를 흘리며.

"찾아와, 주신 거군요……?"

사륵. 희미하게 천이 스치는 소리와 함께, 풍만한 몸을 얇은 천 한 장으로 숨긴 여인이 일어섰다.

미모를 부각시키는 안대 너머의 시선이 움직이고, 요염한 입술에서 호오, 숨결이 흘러 떨어졌다.

음탕, 혹은 마성— 그러나 그녀는 틀림없이 청량한 성녀의 분위기를 두르고 있었다.

"탈은 없는 모양이군."

"네. ……덕분에."

대주교— 검의 처녀는 앳된 소녀처럼, 붉게 물든 볼을 느슨히 풀었다.

쓰윽. 춤추는 것 같은 동작으로 손을 흔들자 시제가 고개를 숙이고 소리도 없이 물러났다.

철 투구로 표정을 감추고 그것을 본 고블린 슬레이어에게 검의 처녀는 열기를 띤 표정을 지었다.

"그 아가씨 일로, 수고를 끼쳐 버렸어요……."

"대단치 않다."

고블린 슬레이어는 고개를 옆으로 저었다.

"내가 할 일이다."

지난겨울, 귀족의 영애를 구하기 위해 설산에서 펼친 고블린들과의 싸움은 아직 기억이 새롭다.

의젓하게 행동하던 그 아가씨가 어떻게 되었는지, 고블린 슬레이어는 모른다.

여신관이나 엘프 궁수하고는 편지를 주고받는 모양이지만 그녀들에게 물어볼 생각은 안 들었다.

"……완전히 재기했다고 할 수는 없답니다. 상처는 무겁고, 깊고, 쓰라린 법이니까요."

그것을 짐작했는지, 검의 처녀는 부드러운 어조로— 미약하게 입술을 삐죽거리며 중얼거렸다.

"그렇지만, 그녀는 다시 일어섰어요. 열심히, 버티고 서서, 있는 힘껏."

"그런가."

"……저에 대한 것은, 안 물으시나요?"

"음."

고블린 슬레이어가 낮게 신음했다.

"오면서 들었다."

그리고 괜히 소리를 내면서 짐수레의 손잡이를 놓고 세웠다.

"고문서 같은 것을 가져왔다."

"네. 이야기는 이미 들었답니다."

직접 물어보지 않은 것이 불만이었는지 검의 처녀는 살며시 입술을 삐죽거렸다.

그러나 뭐, 그가 그녀에 대해 신경을 써준 것은 변함이 없으리라.

사르르르. 그녀는 백아석 바닥을 미끄러지듯 움직여 위태로울 것 없이 짐수레 곁으로 다가왔다.

가녀린 하얀 손이 뻗어, 짐칸에 쌓여 있는 나무 상자의 표면을 손가락으로 더듬었다.

"열어주실 수 있을까요?"

"그래."

고블린 슬레이어는 허리의 검을 뽑더니 칼끝을 틈으로 끼워 넣고 비틀어 열었다.

보통 모험가들이라면, 이렇게 애검이 상할지도 모르는 일 따위 할 리 없었다.

그러나 그는 고블린 슬레이어다.

그것을 아는 검의 처녀도 놀란 기색은 보이지 않았다.

으직으직 비명 같은 소리를 내면서 열린 나무 상자 안에는 대팻밥이 채워진 점토판이 있었다.

검의 처녀는 그 표면에 새겨진 복잡한 쐐기문자를, 마치 애무하는 것처럼 손으로 쓸었다.

"오래된…… 대단히 오래된 문자로군요. 마술에 관한 말……일까요?"

그것은 경탄해 마땅한 행위였지만 그녀의 행적을 안다면 놀랄 일은 아니리라.

법을 다스리는 지고신의 대주교라면 감정(鑑定)의 기적을 받지 못했을 리 없었다.

"고블린에 대한 기록은 있나?"

"글쎄요……."

검의 처녀는 울적한 기색으로 고개를 갸웃거렸다. 금색 머리칼이, 소리도 없이 흘러 떨어졌다.

"거기까지는, 알 수 없답니다. 좀 더 자세히, 읽어봐야겠죠……."

"그런가."

고블린 슬레이어가 고개를 끄덕였다.

"그러면 흥미는 없다. 이곳에 맡기지."

"네, 분명히 받았습니다."

검의 처녀는 그 풍만한 가슴팍에 손을 두고서 깊숙하게 인사를 했다.

과거 모험가였던 그녀라도, 대주교가 일개 모험가에게 취할 태도는 아니었다.

느릿하게 고개를 든 그녀는 그 점토판이 선물이라도 되는 것처럼 보이지 않는 눈길을 향했다.

"나중에 서고로 옮겨 두겠어요."

"……네가 말인가?"

"그야, 저한테 맡기셨으니 책임을 다해야 하는걸요."

고블린 슬레이어가 뭐라고 말하는 것보다 빠르게.

"그런데."

그녀가 앞으로 나섰다.

무도(舞蹈)처럼 매끄러운 움직임으로, 그의 투박한 가죽갑옷 바로 앞까지 바싹 다가섰다.

미약하게 달콤한 향이 코를 간지럽힌다. 그녀가 피워서 쐬는 향의 냄새일까?

"또 금방 돌아가시는 건가요?"
"아니."
검의 처녀는, 천칭검을 꾹 쥐었다.
"금방 남쪽으로 간다."
"……그랬, 었군요."
천칭검을 쥔 손에서 힘이 빠져나갔다. 살짝 내민 입술이 「매정하신 분」이라고 속삭였다.
"고블린은, 아닌 듯 한데요?"
"동료의……."
고블린 슬레이어가 말했다.
"동료의, 초대다. 거절할 수가 없군."
"사람이 좋으세요……."
탓하는 것과는 다른, 그렇지만 미약하게 가시가 돋친 목소리.
그러나, 고블린 슬레이어는 말했다.
"고블린은 언제 어느 곳에 나타날지 알 수 없다."
"그렇지요."
키득. 검의 처녀가 방울이 구르듯 맑은 웃음소리를 남기고 몸을 물렸다.
딱히 흐트러진 기색도 없는데 의상을 정돈하고, 천칭검의 지팡이를 쥐며 어흠, 헛기침을 했다.
"강을 거스르실 거라면, 조심하세요."
"고블린인가?"
"배가 침몰했다는 소식이, 몇 갠가 들어왔답니다."

검의 처녀는 고블린 슬레이어의 물음에 답하지 않고, 희미한 목소리로 그저 한 마디를 고했다.

—부디 무운을.

손가락으로 그린 성인을 받은 고블린 슬레이어가 고개를 끄덕이고, 성큼성큼 걷기 시작했다.

돌아보는 일은 없었다.

그녀도, 그것을 바라지 않을 테니까.

§

"저, 그게, 말씀하신 것처럼 사기는 했는데…… 정말로 입는 건가요……?"

"놀랐다니까. 흄은 재미있는 생각을 하는걸. 조금 멋질 것 같다고 생각했어."

"수도에서도 최첨단 유행이에요. 팔다리나 피부를 드러내게 된 건, 굉장히 최근 일이니까요."

"……나는 좀 이거 너무 작지 않나 싶기도 한데 말이지—."

물보라가 튀고, 꺅꺅 아가씨 네 사람의 목소리가 강가를 화사하게 채색했다.

다음날, 모험가 다섯 명과 여성 두 사람의 모습은 뗏목 위에 있었다.

하얀 돛을 편 뗏목은 온화한 바람에 밀려 천천히 상류로 나아갔다.

엘프들이 사는 촌락과 물의 도시 사이에는 딱히 교역 따위가 없었다.

그들은 긍지 높고, 화폐 따위에 흥미도 없으며, 사람이 만드는 것은 필요로 하는 일조차 없기 때문이다.

서로 요구를 만족시킬 수 없는 이상, 장사가 성립되지 않는다.

상류로 가는 배들의 목적은 강가에 늘어선 개척 마을과 거래를 하는 것이었다.

그 탓에 더욱 남방, 사람들 손이 닿지 않은 엘프의 숲까지 가는 배는 적었다.

물론, 예외가 없지는 않지만…….

"그렇다고, 뗏목으로 가게 되는 꼴이 될 줄은 몰랐느니라."

"빌릴 수 있으면, 그걸로 충분하다."

몇 갠가 있는 마을을 지나서 해가 꼭대기에 걸리려는 무렵.

지도에 실린 마지막 마을의 강가에서 농민에게 빵을 산 드워프 도사가 불평을 흘렸다.

그가 모두에게 돌리는 버터 바른 빵을 받으며 고블린 슬레이어가 담담하게 말했다.

"불평할 것은 없다."

"카미키리마루는, 의외로 불평불만이 적구먼."

"그런가?"

"오냐 그래. ……받거라, 비늘 친구."

"이거 참으로, 고맙군."

긴 장대를 교묘하게 다루어 뗏목을 조종하는 것은 리자드맨 승려였다.

리자드맨 승려는 갑문 안으로 뗏목을 잘 대어놓고 쉬익, 숨을 내쉬었다.

운하와 자연의 하천, 그 고저차와 수위를 조정하기 위한 기구가 갑문이었다.

상류에서 하류로 간다면, 갑문 안의 물을 하류로 서서히 흘려보내 높이를 낮춘다.

거꾸로 상류에 간다면, 하류로 가는 흐름을 막아서 갑문에 물을 채우고 수위를 올린다.

어찌됐건 배나 뗏목으로 왕래를 하려면 다소나마 기다리는 시간이 필요하다. 점심 식사를 하기에 딱 좋았다.

리자드맨 승려가 받아든 빵을 커다란 턱으로 우물우물 먹더니 눈을 빙글 돌렸다.

"으으음. 그러나 아무래도 혀에 익숙해진 그 목장의 음식이 그리워지는군."

"하하하하하. 비늘 친구도 입맛이 고급이 됐구먼! 응? 이봐, 카미키리마루야. 너는 어떠냐?"

"먹을 수만 있으면 된다."

조용히 중얼거린 고블린 슬레이어는 흘끔 시선을 움직였다.

그 앞에는 소치기 소녀가 다른 아가씨들과 마주 앉아서 빵을 찢어 입으로 넣고 있었다.

투구 너머로 향한 눈과, 그녀가 힐끔 이쪽을 보는 시선이 한순간 마주쳤다.

"……라고까지는 안 하겠다만."

그렇게 덧붙이고, 고블린 슬레이어는 자기 손으로 시선을 떨구었다.

그는 나이프로 쓱쓱 나무를 깎고 다듬어서 뭔가 마련하고 있었다.

그것은 기묘한 홈이 파여 있는 짧은 봉과, 끝 부분을 뾰족하게 만든 기다란 봉 두 종류였다.

고블린 슬레이어는 홈이 있는 기구를 하나 다 만들더니 긴 자루 끝에 칼을 대었다.

덤으로 좀 귀찮은 듯, 한 손으로 받은 빵을 투구 틈에 밀어 넣어 깨물었다.

"이 녀석, 버릇없게."

곧장 소치기 소녀의 질책이 날아왔다.

"다 먹고 난 다음에 해야지."

"미안하다."

고블린 슬레이어는 그쪽을 한 번 보더니 빵을 주섬주섬 투구 안으로 밀어 넣었다.

그리고 다시 손에 눈길을 떨구고 작업에 몰두하기 시작했다.

"에잇, 정말이지."

소치기 소녀가 불평하고, 드워프 도사가 싱글싱글 웃으며 그의 손을 들여다보았다.

"이것은, 창인고?"

그렇게 말하고 흥미로운 기색으로 한 자루 들었다.

딱히 아무 특색도 없는 그냥 나무창이다. 끝부분에 금속 날조차 없는 수제 간이 무기.

"내 실력으로는 화살로 물속은 쏠 수 없다. 투척 무기를 쓴다고 해도, 뗏목 위에는 자갈이 없다."

고블린 슬레이어는 훌쩍 들어 올린 창끝을 햇살에 비쳐보고 상태를 확인했다.

그리고 아직 부족하다고 생각했는지, 또 다시 나이프로 끝을 쓱쓱 깎기 시작했다.

"대비해둘 필요가 있다."

고블린 슬레이어는 말을 끊었다.

"평소보다 더."

"아아, 그 이야기 말이더냐? 나도 들었다."

드워프 도사가 떫은 표정을 짓고 창을 던져놓더니 털썩, 주저앉았다.

허리의 병에서 뚜껑을 뽑아, 품속에서 꺼낸 잔에 화주를 따라 고블린 슬레이어에게 내민다.

풀풀 떠도는 술 냄새를 떨쳐내는 것처럼 그가 손을 흔들자, 드워프 도사는 그것을 쭉 단숨에 들이켰다.

"배가 침몰했다. ……사고가 아니란 게냐?"

"그렇게 생각하는 편이 좋다. 무슨 일이든."

상류로 가는 배들 중에서 예외.

그것은 모험가, 혹은 엘프와 우의를 맺은 소수의 상인, 사냥꾼, 약사 같은 사람들이다.

유적이나 동굴을 목적으로 한 탐색행이거나, 엘프에게 허가를 받고서 짐승이나 희귀한 약초를 채취한다.

뗏목으로 강을 거슬러 오른 그들이 돌아오지 않았다. —그것 자체는 있을 수 있는 일이다.

배가 침몰했다는 것은 숲의 엘프가 호의로 표류물을 전해주었기에 알게 된 것에 지나지 않는다.

말을 함부로 하는 자들은「엘프가 배를 침몰시켰다」라며 근거 없이 속삭이는 일도 있다지만.

“고블린일지도 모른다.”

고블린 슬레이어는 일절 망설임 없이 말하고 엘프 궁수 쪽을 힐끔 보았다.

그녀는 눈웃음 지으며, 딱히 고급도 아닌 버터를 바른 빵을 먹고 기다란 귀를 쉴 틈 없이 위아래로 움직였다.

“우~응. 역시 처음 오는 장소에서 먹는 밥은 좋다.”

하후. 볼을 누르고 숨을 내쉬는 엘프 궁수의 다람쥐 같은 동작에 여신관이 키득 웃었다.

“그렇네요. 저도 신전에서 살고 있었으니, 마음은 알겠어요.”

“그치. 전에 이곳을 지났을 때는 저 옆을 걸어 다녔으니까, 뱃여행은 처음이야.”

뗏목이지만. 엘프 궁수가 검지를 뻗어 공중에 빙글 원을 그렸다.

“아아.”

여신관이 작게 찢은 빵을 입으로 옮기고, 잘 씹은 다음 꿀꺽 삼켰다.

“이곳이, 그 둑이군요.”

“그래, 그래. 이곳이 그 둑이야.”

두 사람이 온천에서 밤하늘을 올려다본 것은 벌써 반년도 더 전이었다.

“어라? 무슨 이야기인가요?”

접수원 아가씨가 흥미롭게 고개를 갸웃거리며 몸을 내밀었다.

흐흥. 여신관과 엘프 궁수는 연극조의 동작으로 얼굴을 마주보았다.

"무슨 이야기일까요?"

"무슨 이야기일까아?"

두 사람의 비밀—이라고 하기는 사소하지만, 뜸들일 가치가 있는 추억이었다.

키득키득 즐겁게 흔들리는 엘프 궁수의 기다란 귀를, 접수원 아가씨가 눈을 게슴츠레 뜨고서 보았다.

"이건 다음 면담 때 엄격하게 캐물어야겠는걸요."

"아 잠깐. 그건 직권남용 아냐?"

"슬프네요……. 언제나 성실하게 대응했는데 모험가가 숨기는 일이 있다니!"

엘프 궁수의 반론도 들은 체 만 체. 산전수전의 모험가를 상대하는 접수원 아가씨의 표정은 흐트러지지 않았다.

엘프 궁수도 산전수전을 겪었으니 호각일 테지만 으그그, 신음하며 어떻게 나가야 할지 고민했다.

"아아, 하지만, 나도 듣고 싶어."

그것을 보다 못해서는 아니겠지만, 소치기 소녀가 생글생글 웃으며 손뼉을 쳤다.

"도시 바깥 이야기— 이것저것, 잔뜩!"

"아아, 그거라면…… 내가 오르크볼그를 만나기 전인데 말야."

소치기 소녀의 제안을 계기로 모험담이 꽃을 피웠다.

고블린 슬레이어는 떠들썩하게 떠드는 그녀들의 모습을 시야 끄트머리에 넣었다.

엘프 궁수가 기다란 귀를 흔들며 커다란 몸짓을 곁들여 이야기하고, 소치기 소녀는 생글생글 웃으며 듣고 있었다.

접수원이 비밀이라면서 모험가 길드의 뒷이야기 같은 것을 속삭이자, 여신관이 눈을 동그랗게 떴다.

고블린 슬레이어는 십 수 개 마련한 나무창을 한데 모으더니, 나무 세공물을 허리띠에 끼워 넣었다.

"갑문이 열리면 교대하지."

"알겠네."

리자드맨 승려가 꼬리를 철썩 때리며 대답하자, 뗏목이 흔들려 여성진이 꺅꺅 소리를 지르며 소란을 피웠다.

이윽고 갑문이 열리자 뗏목이 물과 함께 계곡 사이로 흘러들었다.

"우, 와아……."

과연, 이 대지를 어느 정도의 세월이 깎아냈을까?

이 강이 그야말로 시간이 새긴 자국이었다.

거대한 바위처럼 보이는 계곡은 몇 겹의 무늬가 이어지며 적층이 되어 있었다.

신화시대부터 존재한 이 산을, 똑같은 시간을 들여서 강물이 깎아낸 것이다.

태양의 빛조차 가로막으며 그림자를 떨구는 거암 사이로 물이 흐르는 소리가 울려퍼지고, 바람이 지나친다.

과연, 엘프의 마을을 다른 세상이나 그림자의 나라 따위로 부르는 이유도 이해할 것 같았다.

이곳은 이미 필멸자의 영역이 아닌 것이다.

"굉장해애……!"

거대한 바위와 바위 사이를 지나며 달리는 뗏목 위, 소치기 소녀가 소리를 지른 것도 무리는 아니었다.

이 세상에는 그녀가 상상도 못하는 것이 잔뜩 있는 것이다.

"이 앞이, 내 고향!"

하얀 파도에 흔들리는 뗏목 위에서, 위태로울 것 없이 일어선 엘프 궁수가 더할 나위 없이 가슴을 쭉 폈다.

"흐흥, 어때! 드워프도 이런 건 못 만들지!"

"이것은 신의 위업이 아니더냐? 우리가 끌과 망치를 휘둘러서 새기는, 그 위의 목표인 게다."

드워프 도사가 턱수염을 매만지며 퉁명스레 말했다.

"그리고 엘프가 만든 것도 아니지 않느냐?"

"으기익!"

엘프 궁수가 기다란 귀를 곤두세우고 평소처럼 드워프 도사에게 덤볐다.

주위도 익숙해져서, 오히려 두 사람의 대화보다 경관에 눈길을 빼앗기고 있었다.

"흐에……."

여신관이 맥 빠진 목소리를 흘리며 눈을 깜빡거렸다.

"굉장하네요……."

"저도 길드의 자료로는 봤지만 와아, 실제로 보니 놀랍네요."

"나도—."

고개를 끄덕이는 접수원 옆에서 소치기 소녀가 수긍했다.

"정말, 깜짝 놀랐어. 그치—."

—너는 어떻게 생각해?

그렇게 물어보려고 한 말은 소치기 소녀의 입술에서 흘러나오지 못했다.

돌아본 앞, 뗏목 후방에 서 있는 그는 똑바로 계곡 너머를 보고 있었다.

"어떻게 보나?"

고블린 슬레이어가 장대를 다루어 뗏목을 움직이며 낮게 말했다.

리자드맨 승려가 기묘한 손놀림으로 합장하며 생각하더니, 방심하지 않고 두 눈을 상하좌우로 움직였다.

"흠. 위거나 아래."

"그래."

"바다라면 모를까, 강에 크라켄 따위가 있지는 않을 걸세."

"크라켄."

고블린 슬레이어가 중얼거렸다.

"이라는 건."

리자드맨 승려가 눈을 빙글 돌렸다.

"뭐, 십중팔구 위일 걸세."

"알았다."

그것은 그녀가 본 적이 없는 그의 모습이었다.

평소와 변함이 없는 것처럼 보이지만 뭔가 다르다.

소치기 소녀는 심장 박동을 억누르는 것처럼, 풍만한 가슴 앞에 손을 쥐었다.

"……아."

침을 꿀꺽 삼키고, 다시 한 번. 그녀가 뭐라 말하고자 입을 열었을 때.

"기다려!"

엘프 궁수의 낭랑하고 청아한 목소리가 울렸다. 그녀는 이미 느슨하게 화살을 메기고 있었다.

모험가들은 곧장 시선을 나누더니 즉시 움직이기 시작했다.

여신관이 두 손으로 석장을 겨누고, 드워프 도사는 촉매 가방에 손을 넣었다.

리자드맨 승려는 용아를 손바닥 안에 쥐고, 고블린 슬레이어는 장대를 손에 쥔 채 자세를 낮추었다.

"돛을 내리는 편이 좋을지도 모르겠구먼. 좀 도와주거라."

"아, 네. 지금 가요……!"

드워프 도사가 눈을 가늘게 뜨고 태양을 노려보면서 돛에 손을 대자, 여신관이 삭 달려갔다.

고블린 슬레이어는 신중하게 장대를 다루며 아가씨 두 사람을 보았다.

"숙여라. 머리에 모포를 써라."

"아, 우, 응. 알았어……!"

날카로운 목소리에, 소치기 소녀는 황급히 고개를 끄덕였다. 짐을 뒤져서 모포를 끄집어냈다.

"이쪽으로…… 서둘러요!"

접수원 아가씨 또한 긴장한 표정으로 자기 모포를 꺼냈다.

두 사람이 모포를 두르고 몸을 웅크리자 미약한 떨림이 전해졌다.

아니, 떨고 있는 건 둘 모두일까?

모르겠다. 모르는 채, 그녀들은 꼭 손을 마주 쥐었다.

그 위를 뒤덮는 것처럼, 리자드맨 승려가 버티고 섰다.

"……역시 벼랑 위일세."

"아마도. 뭔가 와— 뭔가, 수…… 많아!"

끼릭끼릭 현을 당기면서, 엘프 궁수가 기다란 귀를 위아래로 바쁘게 움직이며 소리를 파악했다.

다음 순간, 늑대의 울부짖는 소리와 함께 계곡 위에서 바위 비가 떨어졌다.

§

"《자비 깊은 지모신이여, 부디 나약한 우리들을 대지의 힘으로 지켜주소서》!"

맨 먼저 여신관이 석장에 매달려 기도를 했다.

지모신이 경건한 신도를 지키지 않을 리 없다. 보이지 않는 역장이 순식간에 뗏목을 뒤덮었다.

그곳에 쏟아져 내리는 바위나 막대기가 둔탁한 소리를 내면서 튕겨나가고, 차례차례 물보라를 일으키며 수면에 떨어졌다.

"이, 이 정도라면, 이대로……?"

이마에 땀을 맺으면서 여신관이 중얼거리자마자 휭, 날아온 화살에 간담이 서늘해졌다.

벼랑 위, 그곳에 있는 것은 명백하게 지성을 가진 누군가다.

능선 아슬아슬한 곳을 달리는 검은 그림자.

엘프 궁수는 한쪽 무릎을 짚은 자세를 유지하고 활을 당기며 눈에 힘을 주었다.

짐승의 포효. 신음. 발소리. 발굽이 아니다. 기다란 귀를 바쁘게 위아래로 움직이며 소리를 파악했다.

본 적이 있다. 들은 적이 있다. 과거에 대치한 적이 있다. 이건—.

"고블린……?!"

고블린 라이더(소귀 기수) 놈들.

슬쩍 추악한 얼굴이 보이자 엘프 궁수는 무심코 소리를 질렀다. 드워프 도사가 소리쳐 대답했다.

"네 고향이 아니더냐!"

"나도 몰라!"

"역시 고블린인가."

고블린 슬레이어는 담담하게 중얼거리고 리자드맨 승려에게 장대를 던졌다.

"조타를 부탁하지."

"알겠네!"

리자드맨의 힘이라면 다소 무모한 조타를 할 수도 있을 것이고, 무엇보다 그에게는 원거리 공격수단이 없었다.

리자드맨 승려가 받아 든 장대로 강바닥을 짚어서 쑤욱, 앞으로 밀어내자 뗏목이 끼익끼익 삐걱댔다.

"에이……잇!"

그러나 엘프 궁수는 흔들리며 움직이는 뗏목 위에서 우아한 자세로 현을 당기더니 거의 수직으로 화살을 쏘았다.

신의 수호를 빠져나가서 꼭대기에 이른 화살은, 잃은 속도를 낙하의 힘으로 보충하며 벼랑 위로 사라졌다.

"GORRB?!"

곧장, 탁한 비명과 함께 고블린 한 마리가 낙마— 낙랑(落狼)해서 굴러 떨어졌다.

사면에 두 번 부딪혀 튕겨 나온 주검이 뗏목을 커다랗게 흔들며 갑판에 부딪혔다.

"힉?!"

"꺄……악?!"

접수원과 소치기 소녀가 모포 안에서 억누른 비명을 질렀다.

말 없는 고블린의 주검은 화살이 박혔을 뿐 아니라 두개골이 부서져서 검붉은 피를 떨어뜨리고 있었다.

아무리 평소부터 모험담에 익숙하다고 해도, 잔혹한 죽음을 실제로 보게 된다면…….

"다친 데 있나?"

고블린 슬레이어는 화살을 뽑고서 무자비하게 고블린의 시체를 강으로 차서 떨어뜨렸다.

첨벙, 소리가 나면서 고블린의 시체가 물속으로 가라앉았다.

소치기 소녀는 그것을 눈으로 좇으며 약간 갈라진 목소리로 말했다.

"괘, 괜찮아……!"

한쪽 손은 접수원의 손을 계속 쥐고 있었다.

"그러면, 됐다."

고블린 슬레이어는 힐끔 소치기 소녀와 접수원을 본 다음, 뽑아낸 화살을 엘프 궁수에게 던졌다.

"마무리할 수 있을지 모른다. 촉을 느슨하게 해둬라."

"……그거 엄청 위험하다고 생각하는데."

기겁하는 표정으로 말하면서도 엘프 궁수는 받아 든 화살의 나무눈 촉을 꾹꾹 비틀었다.

철이 아니라도 촉이 몸 안에 남으면 상처부터 썩어 들어가 소굴에 병이 만연한다.

고블린 슬레이어가 궁리한 방법인데, 엘프 궁수로서는 별로 좋게 보지 않았다.

"……엿, 차!"

또 다시 현이 퉁기고 화살이 벼랑 위로 차례차례 날아갔다.

화살은 셋, 비명은 두 번. 추락 없음.

혀를 찬 엘프 궁수 옆에서 고블린 슬레이어가 나무창을 집더니, 나무 세공에 물미를 대었다.

"허어."

그것을 본 리자드맨 승려가 장대를 다루면서 소리를 냈다.

"헌데 투창기라니. 이거 또 그리운 물건을 쓰는군."

"알고 있는 건가?"

"소승들의 고향에서는 전투노예들이 자주 썼다네."

육탄전을 최고로 삼는 리자드맨은 투사무기마저 선호하지 않는다. 무엇보다 투척은 흄의 특기였다.

돌팔매라면 레아도 제법 훌륭하지만, 애당초 레아는 싸움을 싫어하는 법이다.

파티 안에서는 드워프 도사도 슬링(투석끈)을 다루지만, 그의 주요 무기는 마술과 손도끼였다.

"닿겠느냐?!"

"문제없다."

드워프 도사가 소리를 지르자 고블린 슬레이어는 한 마디로 답했다.

"그러면……!"

드워프 도사는 촉매가 든 가방에서 무언가 액체로 가득한 작은 병을 끄집어냈다.

마개를 열고 걸쭉한 꿀물 같은 약액을 강으로 흘려 넣더니 의식을 집중한다.

"《연회 시간이로다, 물의 정령(운디네). 변덕스레 노래하고 춤추거라》!"

순식간에 물보라가 아리따운 처녀의 모습이 되더니 강의 흐름이 역류하기 시작하지 않는가?

아니, 강이 아니다.

뗏목이 떠 있는 부분의 물만 반전되었다. ―《컨트롤(사역) 스피릿》이었다.

"궁합이 나쁘구나."

드워프 도사가 수면을 노려보며 외쳤다.

"속도는 그다지 안 나올 게다!"

"충분하다."

말하자마자 고블린 슬레이어의 손에서 창이 날아갔다.

세공에 걸어둔 창은 팔을 휘두르는 것과 동시에 범상치 않은 속도로 하늘을 날아갔다.

그리고 시끄러운 비명이 들렸다. —고블린이 아니다. 타고 있는 늑대였다.

"이래서는 운에 맡기는 꼴이군."

고블린 슬레이어는 역겹다는 기색으로 내뱉으면서 다음 창을 세공에 걸었다.

"고블린 놈들의 수도 알 수 없구나. 다 해치울 수가 없느니라."

"일단 수가 있기는 하네만."

소치기 소녀와 접수원 아가씨를 감싸며 선 채, 장대를 다루는 리자드맨 승려가 눈을 가늘게 떴다.

"소귀 살해자 선생, 목적은 압살이 아니라 탈출을 하면 괜찮겠는가?"

"괜찮을 리가 없지. 그러나……."

고블린 슬레이어는 다음 창을 투창기에 걸더니 팔을 휭, 휘둘러 벼랑 위로 던졌다.

창이 순식간에 벼랑 위로 사라지더니, 캐앵! 비명이 들렸다.

"GOORARB……?!"

늑대의 등에서 미끄러져 떨어지진 고블린이 그대로 벼랑에서 추락했다.

발버둥치며 강으로 떨어진 고블린의 시체는 화려한 물보라와 함께 가라앉았다.

"헤쳐나간 다음 이야기다."

이걸로 둘. 고블린 슬레이어는 다음 창을 손에 집었다.

"방어는 어떻지?"

"아직, 어떻……게든!"

목소리를 짜낸 여신관이 열심히 뗏목 위에서 버티며 석장을 들었다.

현재 파티의 방어를 한 몸으로 지고 있는 것이 이 작고 가녀린 소녀였다.

보이지 않는 역장은 신이 내린 기적이지만, 그것을 지탱하는 것은 그녀의 기도였다.

차례차례 쏟아지는 공격은 빈틈도 없고 수도 많다. 차츰 숨이 거칠어지고 무릎도 무너졌다.

천상으로 직접 탄원을 하는, 혼을 깎아내는 기도를 하루에 세 번 할 수 있는 것만 봐도 그녀는 우수했다.

"읏, 하……읏!"

그렇지만 한계는 찾아온다.

무심코 숨결이 흐르는 한순간, 드디어 성스러운 수호가 엷어졌다.

그러나 그녀는 휴우 갈라지는 호흡을 한껏 정돈하고 석장을 손에 든 채 가는 다리에 힘을 주었다.

"한 번 더 거듭할게요……! 조금만, 시간을!"

"부탁하지."

고블린 슬레이어가 방패를 들어, 장벽을 뚫고서 날아 들어온 자갈을 막았다.

나뭇가지, 돌, 바위, 그것에 섞이는 화살.

갑판에 퍽퍽 소리를 내면서 부딪치는 잡다한 공격에 뗏목이 기우뚱 기울었다.

"음……!"

리자드맨 승려가 반사적으로 장대를 휘저어 뗏목을 반대로 기울였지만 파도 같은 물줄기가 뗏목에 쏟아졌다.

"와아, 픕?!"

"아, 아아……!"

모포 위에서 파도를 철썩 뒤집어쓴 소치기 소녀와 접수원이 비명을 질렀다.

무심코 내던져질 뻔한 것을 서로에게 매달려서 열심히 버틴다.

접수원은 시선을 던지는 고블린 슬레이어에게 손을 흔들어 무사함을 알리고 눈을 깜빡였다.

뗏목 위에는 어느샌가 잔해— 나무 조각 같은 것들이 상당히 많이 굴러다니고 있었다.

고블린 놈들이 던진 것일까? 아니, 그렇지 않았다.

둘러보니 주변의 수면에 어느샌가 대량의 나뭇조각 같은 잔해들이 떠다니고 있었다.

개중에는 무사한 술통 같은 것도 두둥실 떠내려 오고 있었다.

"흐, 읍……!"

리자드맨 승려가 호쾌하게 장대를 짚어 뗏목의 진로를 바꾸자, 술통과 부딪혀 뗏목이 크게 흔들렸다.

또 다시 파도가 일어서 모험가들을 가차 없이 적시고 뗏목을 물로 뒤덮었다.

"……아."

그때, 접수원은 **그것**을 보았다.

그녀의 눈앞에 하얀— 사람의 두개골이 데굴 굴러온 것이다.

떨리는 손가락으로 손에 집으려고 하자마자 금방 물에 떠밀려 멀어져 갔다.

망연하게 그 앞을 바라보자, 밧줄로 묶인 채 강에 떠다니는 잔해 덩어리 몇 개가 보였다.

"위험, 할지도 몰라요."

접수원은 목을 떨었다.

"뗏목을 가라앉힐 셈이에요……!"

고블린 놈들의 시끄러운 웃음소리가 계곡에 몇 겹으로 반향해서 웅웅 울렸다.

"GRRROB! GOORRB!"

"GROBR!! GOOORRRB!!"

고블린 놈들로서는 딱히 직접 모험가 놈들을 몰살시킬 필요는 없다.

돌덩어리로 전복시키고, 가라앉히고, 그 잔해를 암초 삼아서 배를 좌초시킨다.

뗏목을 전복시켜 버리면 그걸로 충분한 것이다.

빠져 죽는 놈들을 가리키면서 비웃고, 살아남은 자는 위에서 공격하며 가지고 놀다 죽인다.

강을 거슬러 오르고 돌아오지 않은 몇 척의 배가 어떤 말로를 맞이했는지, 이제 명백해졌다.

"아아, 정말, 시끄럽고, 방해돼……!"

엘프 궁수가 짜증스레 그 긴 다리를 휘둘러 물보라를 일으키며 잔해를 차냈지만, 효과는 신통찮았다.

돌도, 잔해도, 고블린 놈들은 그저 위에서 던지기만 하면 된다.

드워프 도사가 짜증을 내며 소리치더니 손으로 복잡한 인을 맺었다.

"물의 정령에게 뗏목을 끌어올리도록 할 테니 너는 활이라도 쏘거라!"

"활이라도는 뭐야, 활이라도는!"

첨벙. 아리따운 물의 정령이 뗏목 위에서 춤을 추었다.

요염한 움직임과 함께 흩어져 있던 장애물들을 한 번에 쓸어서 밀어냈다.

이미 모두 머리부터 발끝까지 흠뻑 젖어 있지만, 뗏목은 어떻게든 안정됐다.

그러나 그것은 위안거리가 못되고 있었다.

떠다니는 장애물은 많고, 수면 아래에도 잔해가 쌓여서 자칫하면 뗏목이 손쉽게 전복되리라.

"……갑문을 보고 배운 건가."

고블린 슬레이어가 중얼거리고 세 번째 창을 벼랑 위로 던졌다.

결과를 확인하지도 않는다. 비명이 들리지 않았으니까.

고블린 놈들은 용케 벼랑 가장자리에서 몸을 숨기고, 늑대로 나란히 달리면서 공격을 계속하고 있었다.

우뚝 선 계곡 사이, 그곳을 흐르는 강, 천장이 없을뿐이지 이것은—.

"두 눈 멀쩡히 뜨고 소굴에 들어선 꼴이군."

고블린 슬레이어가 낮게 신음하더니 방패에 박힌 화살을 나무창으로 때려 부러뜨렸다.

"자비 깊은 지모신이여……!"

여신관은 그 모든 것을 보고 있었다.

기도를 하느라 힘이 빠진 것만은 아닌 이유로 무릎이 부들부들 떨리고 흔들렸다.

숨이 막힌다. 목 안쪽에서 말을 하기만 해도 혀가 꼬였다.

머리가 어질어질하고 시야가 흐려졌다.

손가락이 잘 안 움직이고, 석장을 놓치지 않도록 조심하는 것이 고작이었다.

—어떡하지……?

《프로텍션》을 탄원하여 모두를 지키면 될까? 그것뿐. 그것밖에 못하는 걸까?

나는 뭘 할 수 있지? 어떡하면 이 자리를 헤쳐 나갈 수 있지?

따닥따닥 이가 부딪혔다. 필사적으로 악물었다. 되살아나는 기억들. 눈을 감고 떨쳐냈다.

"—아."

그때, 하늘이 내린 것처럼 뇌리에 빛나는 것이 있었다.

여신관은 눈을 떴다. 떨리는 입술이, 무언가에 이끌리는 것처럼 주문을 자아냈다. 석장을 들고서.

"《자비 깊은 지모신이여, 부디 그 손으로, 우리들의 더러움을 정화해 주소서》."

신은 위대했다.

천상에서 뻗은 지모신의 손이 강물을 훑어서 정화했다.

빛이 닿은 곳부터 물이 맑아지고, 탁함이 사라지고, 역겨운 거품이 사라졌다.

그뿐이 아니다. 강을 떠다니는 오물이 사라져서 **정화된** 것이다.

"……와오."

엘프 궁수가 기다란 귀를 떨면서 눈을 크게 깜빡였다.

틀림없는 《퓨리파이》의 기적을 보았으니까.

"너는 참, 가끔 굉장한 일을 한다니까."

"제가 아니라 지모신님이……. 조금 힘들지만요."

여신관은 천상으로 직접 탄원을 하느라 생긴 두통을 견디며 신음했다.

"이 틈에, 부탁…… 드릴게요!"

"GRR?!"

"GOORB?!"

이 사태에는 고블린 놈들도 동요했다.

하긴 그들이 준비한 함정이 이해할 수 없는 행동으로 사라져버린 것이다.

입을 모아 짖어대는 소리가 계곡에 울리고, 고블린 놈들의 혼란을 여실히 전해주었다.

그 틈을 놓칠 고블린 슬레이어가 아니었다.

무심코 몸을 내민 고블린이 턱에서 뒤통수까지 아래쪽에서부터 나무창에 꿰뚫렸다.

그리고 피를 뿜으면서 강으로 추락하여— 지모신의 손으로 그 시체가 정화됐다.

"놈들은 언젠가 소굴을 알아내어 모두 죽인다."

고블린 슬레이어가 고개를 끄덕였다.

"맡기지."

"알겠네!"

리자드맨 승려는 장대를 짚어 기세 좋게 물의 정령의 흐름에 뗏목을 실으며 그 턱을 열었다.

숨을 들이쉬고, 폐부에 힘을 쌓는다. 유전하는 만물 속에 군림하는 무시무시한 용의 힘을.

“《위대한 폭군룡(파오롱)이여, 백아의 뜰에 군림하신, 그 위광을 빌리오이다》!”

《드래곤즈 로어(용의 포효)》가 계곡에 울려 퍼졌다.

고블린 놈들은 물론이고, 용의 포효에 겁을 먹지 않는 동물은 없는 법이다.

“GOORBGROB?!”

“GRORB!!”

겁먹은 늑대가 깨갱 비명을 지르는 소리가 뒤섞이고 고블린 놈들도 소리를 질렀다.

아무리 고블린 라이더라고 해도 고블린은 고블린. 탁월한 기수는 못 되는 법이다.

필사적으로 올라탄 짐승을 달래려고 노력했지만 성공하지 못하고, 늑대들은 말 그대로 꼬리를 말고 달렸다.

도망치는 늑대에서 떨어져, 혹은 매달려서, 고블린 놈들은 바닥을 기면서 철수했다.

모험가들은 잠시 숨을 죽인 채 방심하지 않고 벼랑 위를 주의했다.

뗏목은 강물의 흐름을 거스르는 것처럼 장대에 밀려 신중하게 나아갔다.

이윽고 일각이 지나고, 이각이 지나고, 계곡을 지나는 바람도 느슨해졌다.

흐름의 앞쪽에 울창하고 어둡게 솟아 오른, 수천수만 년을 거친 오랜 나무가 팔을 벌리고 있었다.

여신관은 석장에 매달리며 지모신에게 진혼의 기도를 바쳤다.

계곡을 빠져나가면, 이제 그곳은 엘프의 영역이었다.

§

파직파직 튀는 불똥이 공중에 흔적을 남기며 춤추면서 하늘로 솟았다.

불도마뱀(샐러맨더)의 꼬리를 받아낸 하늘은 이제 상당히 붉다.

고블린 놈들을 쫓아내고 계곡을 빠져 나와 얼마 뒤.

진작에 꼭대기를 넘어간 햇살은 나무들 너머 서쪽 끝으로 저물어 가고 있었다.

모험가들은 그런 수해의 입구, 엘프 궁수가 가리킨 강변에 뗏목을 세웠다.

마을까지는 아직 조금 더 걸린다고 한다. 그렇다면 강행군보다는 일단 야영을 해야 한다.

"……이렇게 빨리 입게 될 줄은 생각도 못했어요."

"오히려 그렇게 젖었으니까, 미리 입어뒀으면 좋았겠다—."

"후후후. 이런 기회가 아니면 입을 수가 없으니까요. ……아, 입는 법 알겠어요?"

"응, 괜찮아, 괜찮아. 내가 모르겠는 건 입는 의미뿐이니까. 이렇게 하면 되지?"

나무줄기에 밧줄을 걸어 모포를 드리운 안쪽에서 아가씨들이 꺄꺄 소리를 내고 있었다.

하긴 네 명이었다. 소란스러움도 늘어나는 법이다.

잠시 지나 모포가 안쪽에서 걷히더니 제각각 수영복을 입은 아가씨들이 나타났다.

"……멱 감는데 이런 거 입는 걸 이해 못하겠어. 다 벗으면 안 돼?"

엘프 궁수가 참으로 어색한 기색으로, 보기 드물게 부끄러운 태도를 보이며 머리칼을 손으로 만지작거렸다.

"허어."

그것에 맨 먼저 소리를 낸 것은 리자드맨 승려였다.

그는 작업하던 손을 멈추더니 눈알을 빙글 돌리고는 참으로 거창하게 턱을 열었다.

"비늘이 없는 피부가 좋은지는 모르겠네만, 그런 차림도 나쁘지 않다고 생각되는군."

"그래?"

그럼 괜찮겠지. 엘프 궁수도 납득했는지 작게 고개를 끄덕였다.

드워프 도사도 평소처럼 농담을 하고자 했다가 무슨 생각인지 흥, 코웃음을 치며 입을 다물었다.

굳이 고향으로 돌아가는 중간의 놀이터에서 괜히 기분을 상하게 만들 필요도 없으리라.

"……뭐, 이제 와서 길쭉귀 놈들의 외견에 대해 이렇다 저렇다 말할 것도 없느니라."

"그렇네요. 좀 부러울 정도니까요……."

그렇게 말하며 볼에 손을 대고서 숨을 내쉬는 접수원, 그녀는 부끄러운 기색이 없었다.

물론 공개된 곳에서 피부를 드러내는 것을 좋게 보지 않는 교육을 받은 계급 출신이다.

수치심이 없다고 하면 거짓말이지만, 그래도 그건 그거다. 평소에도 노력을 게을리하지 않았다.

누가 봐도 부끄러울 곳은 없다. ―그것이 그녀의 등 뒤에 숨어 있는 여신관과 큰 차이점이었다.

"아, 아우우우……."

얼굴이 새빨개져서 움츠린 그녀로서는 자신처럼 빈약한 몸은 부끄러운 것이었다.

예전에 수확제의 연무에서 입었던 의상과 큰 차이도 없지만, 누군가와 나란히 서면 더욱 괴로운 것이다.

하기는 그녀가 몰래 ― 자기 딴에는 ― 동경하는 마녀하고는 비할 바가 못 된다.

언젠가 그렇게 되면 좋을 텐데, 라는 마음은 목표가 너무 멀어서 드는 생각이었다.

"괜찮아, 괜찮아."

소치기 소녀는 여신관의 어깨를 두드리며 소리 내어 웃었다.

그녀에게는 여동생 같은 아이고, 그런 가녀린 몸매가 귀엽게 보였다.

소치기 소녀는 아무래도 평소부터 몸을 쓸 일이 많으니 자신의 몸이 긴장한 것 같은 기분이 들었다.

그녀는 허리를 살짝 틀어보며 뭐라 말하기 어려운 표정으로 고개를 갸웃거렸다.

"어때…… 보여?"

"어떠냐고 물어도, 나는 잘 모른다."

창으로 만들었던 나무봉 4개를 땅에 사각 모양으로 꽂아 세우며 고블린 슬레이어가 말했다.

철 투구를 여성진에게 향하고 있으니 눈길도 주지 않는 버릇없는 태도는 아니었다.

그러나 그 감상이 마음에 드는가 하면 또 다른 문제가 되는데…….

"어울린다고는, 생각한다."

정말이지. 소치기 소녀는 한숨을 쉬었다.

그가 투구 아래에서 힐끔 이쪽을 본 다음, 금세 눈길을 돌린 것 정도는 어쩐지 알 수 있었다.

어쩔 수 없지. 볼이 느슨해졌다.

"너는 말야. 조금 더 여자애들 마음이란 걸 배우는 게 좋지 않을까?"

"그런가."

그 옆에서 접수원이 키득키득 눈을 가늘게 뜨며 웃었다.

"뭐, 고블린 슬레이어 씨는 이대로도 좋다고 생각하지만요."

조금 정도는 눈길을 빼앗겨줘도 좋겠다고 생각하는 반면, 그다운 태도에 마음이 들뜨기도 했다.

—어울린다고는 생각한다, 니까요.

그에게 있어 무뚝뚝한 말은 어떤 미사여구보다도 명확한 의견이었다.

"……그보다도, 너무 빤히 보면 저기, 부끄러우니까요?"

그러니까 이거면 된다. 작은 몸을 더욱 움츠린 여신관은 시선을 피했다.

볼이 붉은 것은 딱히 저녁 햇살 탓만은 아니리라.

엘프 궁수가 그런 그녀의 등을 밀면서 불쑥 몸을 내밀었다.

"그럼, 강에서 물고기라도 잡아오면 되는 거지?"

"그래."

"나는 안 먹지만."

그렇게 말하면서도 그녀는 힐끔 주위를 둘러보았다.

"어쩔 수 없지."

엘프 궁수는 기다란 귀를 파르르 즐겁게 흔들며 총총히 달려 물보라를 튀겼다.

아가씨들이 강변에서 꺅꺅 소리를 내며 신난 것을 곁눈질로 보고, 리자드맨 승려가 진중하게 고개를 끄덕였다.

"어디, 나뭇잎은 이 정도면 괜찮을 걸세."

그는 끌어안고 있던 대량의 넓은 잎을 부스럭부스럭 흔들며 혀로 코끝을 낼름 핥았다.

"재빨리 쌓아버리도록 하세. 금세 밤이 될 테니."

"알겠다."

고블린 슬레이어가 말하고 일어섰다.

"그럼, 위쪽의 들보를 먼저 설치하자꾸나."

작업은 단순했다.

사각으로 세운 나무 봉에 위아래 네 변 여덟 개의 나무를 가로로 연결해 단단히 고정.

이어서 아래쪽에 나무 봉을 옆으로 눕혀서 깔아 바닥으로 삼고, 상단에는 나뭇잎을 겹쳐 지붕으로 삼는다.

별 것 없는 고상식 간이 피난소였다.

비록 천막이 있더라도, 밀림에서는 독충이나 독사, 물이 차오르는 것을 생각하면 땅바닥에 그대로 눕는 건 어리석은 짓이다.

이것을 남녀 따로 2개 조립한다. 평소의 다섯 명이라면 모를까, 이번에는 남녀가 셋에 넷이다.

"그건 그렇고."

강변의 작업하는 두 사람 옆, 물가에서 신난 소리를 내는 아가씨들을 바라보며 드워프 도사가 말했다.

키가 부족한 그의 역할은 불 당번이다.

아무리 불을 다루는데 비할 자가 없다는 드워프라 해도 정령의 수호를 상대로는 불리했다.

그래서 모닥불 피우기를 일찌감치 포기한 드워프 도사는 품에서 평평한 돌을 꺼냈다.

"《춤추거라 춤을 춰, 불도마뱀(샐러맨더). 꼬리의 불꽃을 나눠주거라》."

그것을 양손으로 감싸고 사념을 보내자 《틴더(착화)》된 화석(火石)이 완성된다.

아뜨뜨. 붉디붉게 가열된 화석을 내려놓고 돌로 감싸면 모닥불을 대신하기엔 충분했다.

이렇게 만든 모닥불이 파티를 비추고 있었다.

지금은 위에 매단 의복을 말리고 있지만, 이제 곧 틀림없이 생선으로 바뀌게 될 것이다.

"……아가씨들을 놀게 하는 것은 조심성이 부족한 것 아니더냐?"

"조심은 내가 하면 된다."

고블린 슬레이어가 바닥이 될 나무를 모두 내려놓더니 또 하나를 작업하며 말했다.

"그리고, 긴장을 풀어주고 싶다."

꾹꾹 봉을 땅에 박아 넣으며 소치기 소녀와 접수원 쪽으로 미약하게 철 투구를 돌렸다.

여신관까지 끌어내서 물고기를 잡는데 열중하는 엘프 궁수 쪽도 보았다. 낮게 신음했다.

"고향일 테니까. 녀석의."

"후후. 아까는 여유 따위 없었으니 말일세. 미숙했지, 미숙했어. 기량이 부족했다네."

송곳니를 드러내며 웃는 리자드맨 승려는 들보를 설치하더니 재빨리 나뭇잎을 쌓기 시작했다.

"그러나 이거 가만 보면, 소귀 살해자 선생은, 양모룡(마이아사우라) 같은 인물일세."

"……뭐지?"

"그대는 겉보기와 달리 배려가 깊은 인물이다, 라는 의미일세."

"그리 고상할 리가 없지."

고블린 슬레이어는 숨을 내쉬었다.

"내가, 그리 고상할 리가 없다."

"진은(眞銀)(미스릴)이라 해도, 스스로는 그런 가격이리라 생각 안 하는 법이니라."

드워프 도사가 막대기로 화석 위를 가볍게 콕콕 찔렀다.

춤추는 불도마뱀이 입을 크게 벌려 나무를 깨물더니 치이익, 소리를 내며 더욱 열을 뿜어냈다.

"그리고 보거라. 저 길쭉귀 처녀 말이다."

열을 두른 나뭇가지로 가리킨 물가.

그곳에는 헤엄치는 물고기를 잡는답시고 양손으로 건져내려는 엘프 궁수의 모습이 보였다.

첨버덩. 실패한 그녀가 성대하게 튀긴 물을 뒤집어 쓴 여신관이 꺅꺅 소리를 질렀다.

소치기 소녀가 그것을 보면서 깔깔 웃자 에잇, 하면서 접수원이 물을 끼얹었다.

물고기 잡는 것이 잘 안 되자 질렸는지 포기했는지, 엘프 궁수가 여신관도 끌어들여서…….

"저 녀석도 자신이 하이 엘프란 생각은 않지 않느냐?"

드워프 도사가 수염 안쪽에 웃음을 감추고 껄껄 소리를 흘렸다.

"어쨌든지, 이곳은 이미 엘프의 영역."

털푸덕. 화석 옆에 다리를 꼬고 앉은 리자드맨 승려가 비늘 돋은 양손을 비볐다.

잠자리가 완성됐으니 이제는 낚시의 성과를 기다리기만 하면 된다. 고기와 물고기는 그가 좋아하는 것이기도 했다.

"고블린 놈들도 쉽사리 손을 대지 못할 거라 생각하네만."

"그렇게 생각하나."

고블린 슬레이어도 리자드맨 승려를 따라서 자리에 앉았다.

손뼉을 치며 먼지를 떨어낸다. 그는 낮은 목소리로 신음했다.

"나도 그렇게 생각하고 있었다."

"……그런고."

드워프 도사가 반쯤 눈을 감으며 어깨를 으쓱거리더니 허리의 병을 집었다.

마개를 열고, 품에서 꺼낸 잔에 쿨렁쿨렁 술을 따라 쓱 내밀었다.

"뭐, 일단은 마시거라. 취해서 쓰러지지 않을 정도로."

"……."

고블린 슬레이어는 술잔과 드워프 도사를 번갈아 보았다.

그리고 물놀이에 신이 난 아가씨들을 보았다.

소치기 소녀가 시선을 깨닫고 손을 들어 크게 흔드는 것이 보였다.

고블린 슬레이어가 고개를 끄덕였다.

"그래."

얼마 안 가서 「잡았다—!」라는 소리가 들리고, 일행은 저녁 식사를 할 수 있었다.

자기만 따돌림 받는 게 싫었는지, 엘프 궁수는 아가씨들과 힘을 합쳐 물고기 일곱 마리를 잡았다.

드워프 도사는 코웃음을 치더니 불평 없이 일곱 마리를 꼬치에 꿰어 불에 구웠다.

여성진도 포함하여 일곱 명이 빙 둘러앉아 기다리는 가운데, 생선이 치이이이 구워졌다.

처음에는 아가씨들도 부끄러워했지만, 물놀이를 하는 동안 익숙해졌는지 모포만 한 장씩 두르고 있었다.

화석에서 비껴내 널어둔 의복은 아직 마르지 않았고, 갈아입을 옷은 마을에 도착할 때까지 절약이다.

몸을 닦으면서, 머리의 물기를 닦아내면서, 아직인가 아직인가 식사가 완성되기를 기다린다.

"뭐, 기분을 내야 하는 법이니라."

드워프 도사가 촉매 가방에서 몇 종류의 작은 항아리를 꺼냈다.

뚜껑을 열고 코를 벌름거려서 냄새를 확인하더니 한 줌씩 순서대로 뿌렸다.

이윽고, 녹아내린 지방이 흘러내려 파직파직 튀기 시작했다.

"때가 됐구먼."

드워프 도사가 재빨리 한 사람씩 물고기를 나눠주었다.

그저 꼬치로 굽기만 했는데 고소한 냄새가 풍기는 것은 향신료 덕분이리라.

구운 물고기에 얼굴을 가까이 대고 킁킁 냄새를 맡던 엘프 궁수가 드워프 도사를 찌릿 노려보았다.

"……나는 못 먹는데."

"기분이란 게다. 기다리거라. 남는 것 같으면 누군가 먹겠지."

"우음……."

기다란 귀를 늘어뜨리고 물고기의 하얀 눈을 보던 엘프 궁수가 머지않아 그것을 여신관에게 훌쩍 내밀었다.

"와, 와, 와! 두, 두 개나 못 먹어요?"

갓 구운 물고기에 여신관이 허둥지둥 당황하는 걸 보고 엘프 궁수는 고양이처럼 눈웃음을 지었다.

"괜찮잖아. 내일도 진수성찬일 테니까, 조금 익숙해지면 좋을걸? 나는 말린 살구면 돼."

"……그러면 더더욱, 배를 비워두고 싶은데요."

원망스레 노려보지만 엘프 궁수는 어디서 바람이 부느냐 태도다.

후우후우. 여신관이 물고기에 숨결을 불더니 작은 입으로 물고기를 먹기 시작했다.

한 입 깨물자 희미하게 씁쓸함을 품은 지방이 쭉 퍼지고, 소금기가 어우러져 단숨에 퍼져나간다.

"응."

살짝 볼이 느슨해진 여신관이 생글생글 웃으며 고개를 갸웃거렸다.

"이제, 벌써 가까운가요?"

그래. 엘프 궁수가 고개를 끄덕이고 짐에서 끄집어낸 말린 살구를 입으로 휙 던져 넣었다.

"아마 마을이랑 숲의 아슬아슬한 경계 정도? 저쪽에서 발견해줄지도 몰라."

"새신부가, 언니라고 했지?"

아움. 소치기 소녀가 사양 않고 물고기를 깨물면서 「좋겠다―」라며 볼을 눌렀다.

"엘프 신부라니 참 예쁘겠지……."

"그야 당연하지!"

흐흥. 엘프 궁수는 자기 일처럼 가녀린 가슴을 내밀더니 양손을 펼쳤다.

“언니는 엄청 예뻐! 왜냐면, 하이 엘프인걸!”

“너도 그렇지 않더냐?”

물고기를 머리부터 우걱우걱 씹어 먹는 드워프 도사가 태클을 걸었지만, 지금 그녀는 신경 쓰는 기색이 없었다.

“후후후. 리자드맨을 환영해주면 좋겠군.”

구운 물고기를 커다란 턱으로 한 입에 삼킨 리자드맨 승려가 꺼억 숨을 토했다.

그는 자기 짐에서 치즈 덩어리를 꺼내더니, 손톱으로 적당히 잘라내 꼬치에 꿰어 불에 익혔다.

리자드맨 승려는 치즈가 걸쭉하게 녹을 때까지 비늘 돋은 손을 쓱싹쓱싹 비볐다.

접수원이 「치즈를 정말 좋아하시네요」라는 눈길로 바라보며, 구운 물고기를 예의 바르게 조금씩 입으로 옮겼다.

“그래도, 지난번 전쟁에서 협조 체제를 취했었다고 하니까요. 제가 듣기로는…….”

“정치에는 둔감하다네.”

“자세히 알아도 좋을 것 없어요. 귀찮은 일만 늘어요.”

생각해야 할 일이 많아지죠. 애매하게 웃는 접수원도 그에 걸맞은 고생이 있는 것이리라.

생각해보면 서로— 모험가와 직원은 서로 평소에 하는 일을 잘 모른다.

모험의 위험도, 서류 작업의 가혹함도, 둘 다 알 기회가 그리 많지 않았다.

“이번 여행은 참 좋은 경험을 하고 있어요. 조금 무서웠지만요.”

“마을에 도착하면, 내가 항의를 해줄게.”

미안. 엘프 궁수가 미안한 기색으로 기다란 귀를 늘어뜨렸다.

“경비 좀 제대로 서! 해야지.”

“저도, 언니 분에게 인사를 제대로 해야겠죠. 언제나 신세를 지고 있다고요.”

접수원이 말하자 엘프 궁수가 쑥스러운 기색으로 볼을 긁적였다.

“언니는 괜찮은데, 오라버니가…….”

“오라비도 있는 건가.”

주섬주섬 물고기를 투구 틈으로 먹고 있던 고블린 슬레이어가 낮게 물었다.

사촌이야. 엘프 궁수가 짧게 대답하고, 검지로 빙글 공중에 원을 그렸다.

“그러니까, 흄들은 뭐라고 하지? 서방님?”

“결혼 상대인가.”

“그래, 그거.”

그녀는 고개를 끄덕이고 말린 살구를 또 하나 입에 던져 넣더니 하늘을 올려다보았다.

나무들 틈으로 보이는 하늘은 이미 검은 비단에 뒤덮였고, 미약한 구멍에서 별빛이 아름답게 비추고 있었다.

엘프는 저것을 빛줄기의 입구라고 한다고, 엘프 궁수는 노래하듯 중얼거렸다.

"오라버니는 말야. 옛날부터 언니를 엄청 좋아하면서 완전히 막 잘난 체를 했단 말이야."

"허. 기개만 높은 것이 전형적인 엘프구먼."

"그렇다니까."

엘프 궁수는 드워프 도사에게 심각하게 동의했다.

"정말로 엘프엘프해."

"하지만, 결혼을 하신다는 건……."

응. 턱 끝에 검지를 대면서 생각에 잠긴 여신관이 아아, 하더니 납득하며 미소를 지었다.

"언니 분도, 알고 있었던 거네요?"

"아예 다 들켰지. 언니도 오라버니의 어디가 좋은 건지. 귀찮기만 한데 말야?"

키득키득 방울이 구르는 것처럼 웃으면서 엘프 궁수가 무릎을 끌어안았다.

"엘프는 구애를 할 때 노래를 부르거나 하는데 말이지?"

그녀는 아껴둔 비밀을 알려주는 것처럼 목소리를 죽여서 싱글싱글 심술궂게 말했다.

"자기 무훈시를 만들어 부르려고 하기에, 내가 가로채서 첨삭을 해줬어."

"허허어."

리자드맨 승려가 유쾌한 태도로 눈을 돌렸다.

"탐색자 선생이?"

"언니한테 떠넘겨 버렸지."

일동 사이에 웃음이 번졌다.

혼례 자리에서 말할 수야 없다면서 엘프 궁수가 옛날이야기를 차례차례 펼쳤다.

언니한테 선물을 한답시고 끌고 다니면서 사슴을 잡으려다가 실수한 일.

오라버니가 심한 감기에 걸렸을 때, 언니가 걱정한 나머지 제대로 잠을 못 자서 오히려 옮아버린 일.

언니가 보기 드물게 과자를 굽다가 실패했는데 오라버니가 태연하게 전부 먹어버린 일.

약초와 과일이나 이것저것 전부 언니한테 배운 일.

활과 화살을 다루는 법이나 들판을 달리는 건 오라버니가 딱 붙어서 지도를 해준 일.

마을을 떠난다고 했을 때, 언니는 반대했지만 오라버니는 응원을 해준 일…….

그녀는 2000년을 숲에서 지냈다.

변화 없고 기복 없고, 돌고 도는 나날 속에서 쌓아 올린 수많은 추억들.

시간이 끝나기까지 끝날 일 없는 이야기 사이로, 고블린 슬레이어는 조용히 말했다.

"고향인가."

"그래."

"좋은 거로군."

"그야 그렇지."

엘프 궁수는 고양이처럼 씨익 웃으며 눈을 가늘게 떴다.

"마음이 있는 곳인걸."

고블린 슬레이어는 고개를 끄덕였다. 소치기 소녀는 그것을 보고 희미하게 눈을 깜빡였다.

"그 근처에 고블린이 있는 거로군."

그의 목소리에는, 틀림없이 분노가 스며 나오고 있었다.

제 3 장 『엘프왕의 숲』

Goblin Slayer
He does not let anyone roll the dice.

기묘하다면 기묘했다.

해는 아직 오르기 시작한 참이라 지평선 너머에서 하얀 빛이 엿보일 뿐이다.

뒤덮으며 우거진 나무들 틈으로 보이는 하늘은 아직 어둡고 파랗다.

새벽의 흐린 빛이 쏟아지는 가운데 고블린 슬레이어가 가방을 만지작거렸다.

등 뒤의 간이 침소에서는 벌레막이 천 너머로 낮게 드르렁거리는 코골이가 들렸다.

리자드맨 승려와 드워프 도사다. 아직 두 사람 다 잠들어 있었다.

드워프 도사는 아침 식사 전까지는 일어나겠지만, 리자드맨 승려는 해가 뜨는 것과 동시에 눈을 뜬다.

여성진은— 여신관은 벌써 일어나 침소 안에서 기도를 바치고 있을 무렵이었다.

정해진 시간에 일어나는 접수원은 일 때문에 가뿐하다고 한다. 소치기 소녀는 이제 슬슬이다.

엘프 궁수는 뭐, 누가 깨울 때까지 잔다. 그래서 그녀는 불침번도 먼저 선다.

주문술사를 재우지 않는 건 바보 같은 짓이다. 그런 파티는 빠른 전멸을 피할 수 없으리라.

필연적으로 불침번은 엘프 궁수와 고블린 슬레이어가 교대로 맡게 된다.

늦은 차례를 서는 것은 고블린 슬레이어도 바라 마지않는 일이었다.

심야부터 새벽에 걸쳐서는 잠들 생각도 들지 않았다.

저녁부터 밤까지 누군가에게 맡기고 쉴 수 있는 것은, 지난 1년 동안 얻은 소소한—.

“사치, 인가.”

고블린 슬레이어는 투구 틈으로 향초 잎을 집어넣으며 어금니로 씹었다.

씁쓸함이 목 안쪽부터 뇌에 스며들어 의식의 각성을 재촉했다. 다시 한 번, 단단한 잎을 강하게 씹었다.

그렇다. 기묘하다면 기묘했다.

고블린 슬레이어는 자신의 검을 다시 끌어안았다. 언제든지 뽑을 수 있도록.

—고블린이 대낮부터, 무리를 이루어 습격을 한다.

그것도 무장한 모험가를— 아무리 유리한 상황에서, 기습이라고 해도.

있을 수 있는가?

그리고 무엇보다, 그 늑대 무리.

고블린 뿐이라면 모를까, 그렇게 많은 기수들. 그것을 유지하기 위한 자원.

—놈들은, 그것을 가지고 있었다.

식량. 주거. 장비. 오락— 오락.

그걸 위해서 배를 공격한 것일까?

엘프의 마을 바로 옆에서, 무엇을 위해 그 정도까지?

무엇을 위해? 뭘 꾸미고 있지?

고블린 슬레이어는 다시 한 번, 두 번, 세 번 잎을 몇 번이고 씹었다.

사고가 맥락 없이 차례차례 떠오르고, 거품처럼 터져 사라졌다.

그때.

"일어나라! 네놈들, 이곳이 어딘지는 알고 있나!"

휘잉. 빠져나간 바람과 함께 우아한 목소리가 울려 퍼졌다.

고블린 슬레이어는 터지는 것처럼 검을 쥐고서 튀어 올랐다.

그러나, 눈앞에 흑요석의 칼날이 겨누어졌다.

고블린 슬레이어는 지독하게 귀찮은 기색으로 석기의 대도(大刀)를 가진 자를 올려다보았다.

고상식 피난소 위에 버티고 서서 벌레 막이 천을 벗겨내고, 햇빛을 등지고 있는 그 자는—.

"엘프군."

"그렇다. 이곳은 우리들의 영역이다."

위압적으로 그렇게 말한 것은 젊고 아름다운 — 엘프는 다들 그렇다 — 엘프 전사였다.

가죽 갑옷을 몸에 두르고, 손에는 대궁, 허리에는 나무 눈 촉의 화살이 들어간 화살통.

그리고 무엇보다도 이마를 지키는 투구. 진은(眞銀)으로 만들어진, 빛나는 투구의 엘프였다.

빛나는 투구의 엘프는 고블린 슬레이어를 빤히 바라보더니 의심스럽게 표정을 찌푸렸다.

"……그런 검으로 제대로 싸울 수 있나?"

"고블린이라면."

고블린 슬레이어는 태연하게 답했다.

엘프의 날카로운 시선이 어중간한 검에서 자그마한 원형 방패, 지저분한 가죽 갑옷, 싸구려 철 투구로 움직였다.

"뭐지? 야만족 전사인가? 그리고 드워프……."

"……와, 리자드맨이올시다."

쑤욱 몸을 일으킨 리자드맨 승려가 기괴한 손놀림으로 합장을 했다.

그 옆에는 지금 막 억지로 깨어난 드워프 도사가 기분 틀어진 것을 다 드러내고서 앉아있었다.

엘프가 잠자리를 습격하다니, 드워프에겐 분통해 죽을 정도의 굴욕이었다.

빛나는 투구의 엘프는 그 세 사람을 순서대로 돌아보더니 정체를 어느 정도 짐작한 모양이다.

"모험가들인가……."

"그렇다."

"……아아. 어제 고블린 놈들과 싸운 건 네놈들이군."

고블린 슬레이어는 지저분한 투구를 끄덕 세로로 흔들었다.

"역시 그런가."

빛나는 투구의 엘프는 눈을 가늘고 날카롭게 뜨더니 석도(石刀)를 고쳐 쥐었다.

"네놈들이 내쫓은 잔당 놈들은 우리가 처리했다."

빛나는 투구의 엘프가 한 말에 고블린 슬레이어가 낮게 신음했다.

소굴에 병을 만연하게 만들려던 계획은 끝났다. 그러나 놓친 고블린은 죽었다. 그러면 좋다고 봐야 할까?

그 뻔뻔스런 태도에 빛나는 투구의 엘프는 강하게 말했다.

"……네놈들에게는 묻고 싶은 것이 있다."

"뭐지?"

"고블린 놈들에게 박혀 있던 화살은 우리들 동포의 것이었다."

빛나는 투구의 엘프는 한 손으로 그 화살을 던졌다.

나무 눈 촉의 화살— 이었던 것이다.

하지만 고블린의 피로 검붉게 더럽혀진 그것은 촉이 느슨해서 떨어지기 직전이었다.

"그러나 그 아이가, 이러한 꼴사나운 화살을 쏠 리가 없다."

"……."

"그 아이에게 무슨 짓을 했는지 대답해라. 대답에 따라서는—."

고블린 슬레이어가 입을 다물고, 리자드맨 승려와 드워프 도사가 얼굴을 마주보며 어깨를 으쓱거렸다.

"연서 대신 무훈시를 보내려 했던 녀석이구만."

"그것을 사모하는 사람이 고쳐준 위인인 모양일세."

"……무슨?!"

빛나는 투구의 엘프는 노골적으로 당황했다.

칼을 쥔 손에 힘이 들어가고, 자칫하면 당장이라도 휘두를 기세였다.

고귀한 엘프의 백석 같은 얼굴이 눈앞에서 빨갛게 물들더니 부들부들 떨기 시작했다.

"너, 너, 아니 네놈들, 그것을, 어디서……!"

"그 애라면."

고블린 슬레이어는 보기 드물게 한숨을 섞으며 말했다.

"저기서 뒹굴고 있을 거다."

"음……!"

다음 순간, 빛나는 투구의 엘프가 튕기는 것처럼 도약했다.

"별바람의 딸아, 있느냐!"

꽤 먼 거리를 가볍게 뛰어넘어서 또 하나의 피난소에 도착한 그는 주저 없이 벌레 막이를 벗겨냈는데.

"네?"

"엣?"

"……아."

그리고, 표정이 굳어졌다.

그곳에는 아가씨 세 명이 있었다.

바깥이 소란스러워서 눈을 뜨고, 무슨 일인가 싶어 황급히 몸가짐을 정돈하고 있던 그녀들.

세 명의 여섯 눈동자가 빛나는 투구의 엘프를 보더니 동그래졌다.

물론 모험을 하는 와중이었다. 일부러 잠옷으로 갈아입고 잠드는 어리석은 짓은 하지 않았다.

그렇다고 자신들이 이제 막 깨어난 모습을 낯선 타인에게 보여주는 것이 태연할 리 없었다.

덧붙여서 또 하나.

바닥 구석에서 동그랗게 몸을 말고 뒹굴던 모포 덩어리가 꿈틀거리며 움직였다.

"……뭐언데에. 이제 막 아침이 된 참이잖아……."

쿠아. 하품을 하면서 고양이처럼 기지개를 켜더니 모포에서 꾸물꾸물 기어 나오는 엘프 궁수.

그녀는 두 눈을 쓱쓱 비비더니 헝클어진 머리칼을 긁적이며, 의심스런 기색으로 일동을 돌아보았다.

"어라? 오라버니. 뭐야, 마중 나왔구나."

"……."

여신관이 울 것 같은 표정을 짓고, 소치기 소녀의 표정이 경련하고, 접수원이 미소를 지었다.

빛나는 투구의 엘프는 침을 삼켰다.

그리고 줄에 매달아 끌어 올린 것처럼 울려 퍼지는 여자들의 새된 외침에 뒤로 물러섰다.

"……호위하느라 수고했다."

땅에 내려선 빛나는 투구의 엘프가 헛기침을 한 번 했다.

"내 의누이동생을 잘 마중해 주었다. 노자를 준비하지. 경들의 귀로에 행운이 있기를."

"내 동료들이야, 오라버니."

피난소에서 얼굴을 내민 엘프 궁수가 찌릿 노려보자, 빛나는 투구의 엘프가 우아하게 어깨를 떨구었다.

"……이이래서 엘프란 것들으은, 아아무래도……."

영 마음에 안 든다는 말을 삼킬 정도의 분별은, 드워프 도사라도 가지고 있었다.

§

"미안하군. 이제 막 여행을 떠난 참인데 다시 불러오게 되었으니."

"그래? 하지만 저기, 몇 년만이잖아. 오랜만이네, 오라버니."

"……너는 상당히 흉 같아졌구나."

들떠서 기다란 다리를 흔들며 숲 속을 걷는 엘프 궁수 옆에서, 빛나는 투구의 엘프가 표정을 찌푸렸다.

그 원인은 자유분방한 의누이동생의 태도도 그렇지만, 뒤에서 노려보는 시선을 받으며 안내를 하고 있기 때문이리라.

여성진 3명에게 따가운 시선을 받는 그에게 리자드맨 승려가 「심경이 짐작 가는군」이라며 혀를 내밀었다.

"소승의 고향도 상당했네만, 엘프가 사는 곳도 참으로 어마어마하군."

"신화시대부터 키워온 것이다. 필멸자는 설령 들어가도 돌아오지 못하지."

자랑스레 말하는 것도 당연한 일이다. 그곳은 그야말로 녹음의 미궁이라 해야 마땅한 모습이었다.

복잡하게 뒤엉킨 넝쿨, 앞길을 막아서는 커다란 짐승, 짐승들조차 지나지 않을 길 없는 길. 발을 붙잡는 수풀.

모험가라면 모를까, 이번에 동행하고 있는 접수원과 소치기 소녀에게는 험한 길이었다.

그럼에도 손쉽게 안으로 나아갈 수 있는 것은 그 엘프가 배려를 하고 있기 때문이었다.

노려보기는 하지만, 그녀들이 불평을 하지 않는 이유는 그 때문이기도 했다.

"그러나."

빛나는 투구의 엘프가 의심스런 눈으로 등 뒤를 돌아보았다.

"설마 소문으로 들은 오르크볼그가 네놈 같은 인물이라고 생각지는 못했다."

"나도 어떻게 생각되고 있는지 모른다."

담담하게 답하는 고블린 슬레이어에게 빛나는 투구의 엘프가 「흥」 하며 코웃음을 쳤다.

"그런 식의 말은, 그다지 좋지는 않다."

"그보다도, 그 고블린은 뭔가."

"딱히 고블린 정도는 드물지도 않아."

사소한 일이다. 빛나는 투구의 엘프가 말했다. 때로는 늘어나는 일도 있다. 줄어드는 일도 있다.

"요즘 들어서 더우니까. 더우면 그런 생물이 많이 솟지 않나?"

"요즘?"

"10년쯤 됐다. 요전에 마신이다 뭐다 소란을 떨었던 무렵부터 그런 식이다."

"그렇군."

고블린 슬레이어가 짧게 중얼거렸다.

"요전이라."

"군의 배후에 요새가 구축될 정도로 큰 무리라도 아닌 한, 고블린에 소란을 떠는 일은 없겠지."

"괜히 멋 부리지 말고, 결혼식 때문에 그럴 정신이 없다고 말하면 될 텐데."

"어린애가 끼어들지 마라."

연하의 사촌 동생이 말하자 그가 잘라 말했다.

"어린애 아닌데."

엘프 궁수가 입술을 삐죽거리지만 기다란 귀가 흔들리는 걸 보면 기분이 좋은 것은 일목요연하다.

파티의 후방에서 따라오는 여신관은 그냥 위안 삼을 정도로 작게 속삭였다.

"……역시, 엘프 여러분도 고블린은 신경 안 쓰시는 걸까요?"

접수원은 한순간 「당신도 인가요?」라며 가볍게 눈을 감았다.

"그것부터 신경 쓰시는 걸 보니, 좀 영향을 자각하시는 편이 좋을지도 모르겠어요."

"아니— 에헤헤……."

여신관이 쑥스러운 기색으로 볼을 긁적이고 웃으며 얼버무리자 접수원 아가씨는 「정말이지」라며 중얼거렸다.

"실제로, 엘프 모험가라도 특히 숲에서 막 나왔을 때는 저런 느낌인 사람이 많아요."

위기감이 없는 것이 아니라, 척도의 문제라고 접수원이 말했다.

고블린이 흙의 어린애 정도의 지혜와 힘밖에 없다는 것. 가장 약한 괴물이란 것은 순수하게 사실이다.

그러니 엘프에게는 보다 무시무시하고 강대한 존재가 위협일 것이다.

“그리고, 실제로 본 분들에게 이야기를 들은 분들이니까요.”

“……? 뭘요?”

“신들의 싸움을.”

아, 여신관이 소리를 내다가 황급히 입을 막았다. 엘프의 장로들이라면 있을 수 없는 일도 아니다.

모든 것은 주사위가 던져지기 전의 이야기다. 전해지는 신화조차도 애매한 부분.

“마신, 용, 사신, 마왕, 차원의 너머에서 오는 것이라거나 뭔가, 많으니까요.”

그것에 비교하면 틈만 나면 솟아나오는 고블린 따위 엘프에게는 해충이나 해수 같은 것이리라.

어쩌다 운이 나쁜 자가 죽는다. 수명이 짧게 정해진 자들의 죽음이 빠르고 느린 것은 어차피 오차다.

그보다도 십 년, 백 년, 천 년에 한 번 찾아오는 커다란 멸망이야말로 두려운 것이다…….

“고블린은 아무리 해도 **대단찮은** 거니까요.”

“……그렇구나.”

조용히 말을 흘린 소치기 소녀의 말에 접수원은 「네」 하고 대답했다.

여신관 또한, 뭐라 말하기 어려운 기색으로 우울하게 눈을 깔았다.

대단치 않다. 고블린이 나타나는 일 따위, 특필할 일 따위가 아니었다.
“그렇지.”
아무것도 아니란 것처럼 말한 그녀는 시선을 쓱 움직여 **그**를 보았다.
파티의 전위로서 몇 사람 너머에 있는 그.
곁에 나란히 서서 뭔가 말하고 싶지만, 미약하게 주저했다.
그 한순간의 틈에, 빛나는 투구의 엘프가 다음 말을 자아냈다.
“오히려 나는, 혼례보다도 신경 쓰이는 일이 있다.”
“아, 『보다도』라고 했어. 나중에 언니한테 일러야지.”
드워프 도사가 좀 참견하지 말라고 엘프 궁수를 노려보자 손을 휘휘 내저으며 그것을 흘려 넘겼다.
“『강을 틀어막는 자』가 요즘, 마을 근처까지 오는 모양이다.”
“그건, 뭔가.”
고블린 슬레이어의 물음에 빛나는 투구의 엘프가 말했다.
“밀림 안쪽에 숨어 있는 오래된 자다. 손을 대지 말라는 금기가 있지.”
“허허어.”
리자드맨 승려가 소리를 흘렸다.
“어느 정도 오래 전부터 살아 있는 것인가?”
“정확하게 말하기 어렵지만…… 내가 어렸을 적에도 이미 그렇게 불리고 있었지.”
“그렇다면 삼첩, 석탄, 백악이라…….”
리자드맨 승려는 뭐라고 한 차례 중얼중얼거린 다음 묵직하게 고개를 끄덕였다.

“흐으음, 흥미롭군.”

“어찌됐든 우리들하고는 사는 영역이 다르다. 어지간해서 나오는 법이 없는데…….”

“실제로, 나도 본적이 없단 말이지. 있다있다 말만 들었어.”

흐음. 기다란 귀를 흔들면서 생각에 잠긴 엘프 궁수가 사촌 오빠 앞으로 훌쩍 돌아서 나섰다.

“정말로 있어?”

“나도 발자국은 몇 번이나 보았다. 할아버님은 젊었을 무렵에 진짜를 보았다고 한다만.”

“그거 언제 이야기야?”

라면서 엘프 궁수가 깔깔 웃은 그때였다.

문득 쏴아, 바람이 지나갔다.

파릇한 바람이었다. 상쾌한, 여름의 바람. 잎의 냄새와 풀의 냄새가 가득한 바람이었다.

나무들을 빠져나가 어디까지나 부는 그 바람의 근원.

밀림 안에 탁 트인 그것은 지하에서 하늘로 펼쳐진 대공동— 아니.

과연 그것은 숲의 형태를 한 도시라고 해야 할까? 혹은 도시의 형태를 한 숲이라고 불러야 할까?

어디까지 높고 깊은지 알 수 없는 공간에, 커다랗게 튀어나온 나무의 옹이가 변한 집들.

그것을 잇는 것은 가지와 잎과 넝쿨이 뒤엉켜 만들어진 공중 통로들.

공중에는 세련된 의상을 입은 아름다운 엘프들이 춤추듯 거닐고 있다.

수목의 껍질에 떠오른 미세한 무늬가 모든 것을 채색하고, 잎이 스치는 소리는 웅장하고 화려한 악곡이 되었다.

몇 겹이고 몇 겹이고 쌓여서 천지를 꿰뚫는 이 도시는 그야말로 마천루(스카이 스크래퍼)였다.

"……와, 아……."

소치기 소녀가 눈을 반짝거리며, 깜빡이고, 목소리를 흘렸다.

태어나서 처음으로 보는 광경— 살아 있는 동안 볼 거라고 생각지도 못한 광경이었다.

「모험가가 되고 싶다」라고 소꿉친구가 말하고 있을 때 머릿속에 그려본 광경이다.

한 걸음, 두 걸음 앞으로 나아갔다. 그의 옆에 나란히 서자 그 앞은 나선 모양으로 도시 바깥쪽을 달리는 회랑이었다.

"위험하다."

무심코 앞으로 나서서 몸을 내밀 것 같았는데 그가 붙잡아주었다.

"떨어진다."

"아, 응. 하지만, 왜냐면 이거, 굉장해. 이거……!"

"그래."

고블린 슬레이어는 소치기 소녀의 팔을 붙잡은 채 짧게 대답했다.

음. 소치기 소녀는 불만스레 볼을 부풀렸지만 그럴 때가 아니었다.

그녀는 이 절경을 눈에 새기려고 그에게 지탱 받은 채 엘프의 마을을 한눈에 보았다.

"이것은, 꽤 제법이구먼."

"그러게 말일세. 소승들의 고향도 밀림 속이지만, 정취는 상당히 다르다네."

마음에 안 드는 기색으로 — 지기 싫은 것이리라 — 수염을 쥔 드워프가 힐끔 빛나는 투구의 엘프를 올려다보았다.

"……손은 대지 않은 것 아니더냐?"

"물론, 정령이 마련해주는 것이다. 드워프여."

"크아아, 치사하구나아. 제 손으로 하지 않는 게냐, 제 손으로."

파티의 반응은 아마도 예상 그대로였으리라.

흐흥. 엘프 궁수가 가녀린 가슴을 내밀며 두 손으로 석장을 쥐고 있는 여신관을 가볍게 팔꿈치로 찔렀다.

"그치? 굉장하지?"

"네, 너무나도!"

장난스레 한쪽 눈을 감은 엘프 궁수에게 볼을 상기시킨 여신관이 고개를 끄덕였다.

"세상에는 이런 근사한 곳이 있었군요."

"후후후후. 그거야, 그거야 뭐……!"

가녀린 가슴을 한껏 내밀고 뽐내는 엘프 궁수에게 접수원이 키득키득 웃었다.

"수도도, 참 굉장하긴 하지만요……."

흙의 수도도 웅장하고 화려하지만, 역시 쌓아 올리는데 걸린 시간이 다른 것이다.

사람의 손으로 만든 것이 아니다. 자연이 쌓아 올린 것은 그야말로 신의 위업이다.

엘프 궁수는 작은 새처럼 타탓, 달려서 가장 앞줄로 나섰다.

입술을 열자 노래 같은 선율의 말이 나왔다.

“멋진 낮과 긴 밤, 하나의 해와 두 달에 걸고, 별바람의 딸이 나의 동포들에게!”

두 손을 펼치고 빙글 돌아보았다. 묶어놓은 머리칼이 별똥별처럼 꼬리를 끌었다.

“어서 와, 내 고향에!”

꽃피는 듯 보이는 미소였다.

§

가지가 정성스레 엮인 것처럼 뒤엉킨 회랑을 빠져나가자, 거대한 느티나무 옹이가 일행의 객실이었다.

발처럼 늘어진 넝쿨의 문을 빠져나가자 그곳은 커다란 거실이었다.

터럭이 긴 이끼의 융단이 깔려 있고, 나무 마디가 솟아오른 것처럼 보이는 책상과 의자가 늘어서 있었다.

창에는 얇고 투명에 가까운 잎이 있고, 오후의 햇살이 부드럽고 따스하게 비치고 있었다.

이곳저곳에 있는 넝쿨의 발 너머는 분명히 침실이 틀림없으리라.

유일하게 사람의 손으로 만든 장식은 드러난 실로 짜 올린 엘프의 장식천(태피스트리)뿐이다.

신화시대부터 이어지는 수많은 이야기가 섬세하면서 유려한 그림

으로 생생하게 그려져 있었다.

엘프의 전승은 흡들처럼 전해지는 전설이 아니라 실제로 직접 본 역사이리라.

난로 같은 것이 없는 거야 당연하지만, 나무 자체의 온기와 바람 덕분에 불쾌함이 없었다.

그리고 더욱이 마음 편안하게도 방 전체에 편안한 나무의 향이 떠돌고 있었다.

소치기 소녀는 그것을 가슴 가득 깊이 들이쉬고서 하아, 내뱉어 심호흡했다.

"굉장하다— 이거! 이야기로만 들어봤는데."

투박한 소가죽 부츠로 디디는 것이 어쩐지 대단히 송구할 정도였다.

발소리를 죽인 발놀림으로 살며시 한 걸음, 두 걸음.

그리고 다가선 의자에는 버섯의 우산이 쿠션처럼 돋아 있었다.

소치기 소녀는 정말로 동화 같다며 볼을 느슨히 풀고, 조용히 허리를 낮추었다.

부드러운 감촉이 감싸는 것처럼 그녀의 엉덩이를 받아내고, 묻혔다. 무심코 숨결이 흘렀다.

"응, 이거…… 좋다—."

"저기, 그러면, 저, 저도……!"

여신관 또한 콩닥거리며 석장을 양손에 쥐고서 오도카니 의자에 앉았다.

버섯 쿠션은 가벼운 그녀의 체구를 탄력으로 지탱해주었다.

우와, 우와. 어린 소녀처럼 감탄의 목소리를 내는 모습에 접수원이 키득 미소를 지었다.

최연소면서 언제나 긴장을 유지하는 소녀다. 들뜰 수 있을 때는 들뜨는 편이 좋다.

"저도 엘프 모험가들과 좀 알고 지내지만, 초대를 받은 건 처음이에요."

접수원이 흥미진진한 기색으로 빤히 방을 둘러보고, 가만히 벽에 걸린 직물을 손으로 쓰다듬었다.

하프 엘프 영웅이 동료들과 함께 용의 창을 둘러싸고 싸우고 있다. 전기의 한 장면일까?

"이것은…… 어떻게 만드는 건가요? 이것도 역시 정령이 만든 건가요?"

"만드는 것은 아니지만, 그 추측이 빗나간 것도 아니다."

빛나는 투구의 엘프는 재기가 넘치는 흙의 아가씨에게 근엄하게 응답했다.

"모든 것은 숲이 호의로 형태를 바꾸어, 힘을 빌려주는 것이다."

"견고한 저택이라면 드워프, 편안한 집이라면 레아, 요새는 리자드맨에게 맡기라고 하네만."

리자드맨 승려가 이끼 융단을 흥미로운 태도로 밟으며 꼬리를 흔들었다.

길고 무거운 꼬리를 끌면서 걸어도 흔적이 남지 않는 것에 안도하며 한숨을 쉬었다.

"이것은, 참으로, 엘프의 주거도 풍취가 깊군."

"용의 아이가 그리 말해준다면, 고마운 일이군."

빛나는 투구의 엘프는 그렇게 말하며 우아한 동작으로 인사를 했다.

용맹하지만 오랜 것을 귀히 여기며, 자연의 고리를 돌고 도는 리자드맨에 대한 경의일 것이다.

"행사 탓에 서둘러 준비한 것이라, 다소 보기 안 좋은 부분도 있으리라 생각한다만……."

이렇게 말하는 그의 옆구리를 엘프 궁수가 가차 없이 팔꿈치로 찌르더니, 눈을 게슴츠레 뜨고 노려보았다.

"오라버니. 그건 좀 비꼬는 것 같아."

"음……."

"급하게 마련한 거라고 해도, 어차피 몇 개월은 걸렸을 거 아냐."

엘프 궁수는 콧방귀를 뀌면서, 이끼를 훌쩍 넘어 의자에 달려들었다.

창가의 가장 좋은 자리로 가서 「여기 내 거!」라고 주장하는 것처럼 탄력 있는 버섯에 앉았다.

"상스럽구나."

당장이라도 다리를 내던질 것 같은 버릇없는 모습에 그녀의 사촌 오라비는 표정을 찌푸렸다.

"**그 사람**이 보면, 또 호되게 설교를 들을 거다?"

"들었어? 오라버니가 벌써 언니를 『그 사람』라고 했어. 아내 취급이네."

방울이 구르는 것처럼 깔깔 소리를 내며 웃는 엘프 궁수는 그런 것쯤 어디서 바람이 부느냐는 태도다.

"그래서, 이 다음에는 어떡할 거야?"

"그래. 긴 여행으로 지쳤을 테니까, 목욕과 점심 식사 준비를 해

됐다.”

빛나는 투구의 엘프는 두통을 견디는 것처럼 미간을 문지르며 엘프의 긍지를 계속 유지했다.

이 자유분방한 의누이동생에게 휘둘리는 것에 익숙한 것이리라.

불과 몇 년 전까지 2천 년을 함께 했으니 당연한 일이다.

“어찌 할 것인가?”

“나는 짐을 풀도록 하지.”

고블린 슬레이어가 즉답했다.

“고블린이 올지도 모른다.”

동료들의 반응에 대해서 특필할 것도 없으리라.

빛나는 투구의 엘프는 무심코 눈을 뒤집고, 엘프 궁수는 어쩔 수 없다며 이마를 누르고 하늘을 올려다보았다.

“……그러면, 나도 남을래. 언니가 올 지도 모르니까.”

포기한 것처럼 웃으며 손을 내젓는 엘프 궁수는 무척 익숙한 모습이다. 다른 사람들도 모두 고개를 끄덕였다.

“그렇다면, 우리들은 아가씨들 멱을 감는 사이에 밥을 먹어두자꾸나.”

“그러는 것이 좋겠네.”

“어, 괜찮을까요?”

접수원이 눈을 깜빡였다.

모험가를 지원해주는 일은 있어도, 모험가에게 배려를 받을 기회는 적었을 것이리라.

그녀는 익숙지 못한 기색으로 애매한 표정을 지으며 사양하듯 고개를 갸웃거렸다.

"그게, 먼저 가봐도……."

"먼저 가는 것은 소승들도 마찬가지. 뭘, 여인이 먼저 몸가짐을 정돈하는 것이 당연하지 않겠는가?"

"그러면, 죄송하지만 먼저 땀과 먼지를 좀 씻어낼게요."

송구한 기색으로 고개를 끄덕이는 걸 보니, 접수원도 일단 그 흐름에는 이견이 없는 모양이다.

버섯 의자에서 내려온 여신관이 고블린 슬레이어에게 총총 달려서 다가갔다.

"뭔가."

돌아보는 그의 철 투구에 하얀 손가락을 척 겨누었다.

"고블린 슬레이어 씨도 제대로 먹고, 목욕도 하고, 하셔야 돼요?"

"그래."

지독하게 귀찮은 기색의 대답이긴 했지만 여신관은 만족한 모양이다.

좋아요. 가녀린 가슴을 내밀며 힘차게 끄덕이는 모습을 소치기 소녀는 어쩔 수 없다고 웃으며 바라보았다.

그러나 못을 박는 것도 잊지 않는다.

"아아, 여자들 짐. 특히 갈아입을 옷 같은 건 멋대로 만지면 안 돼."

그는 말을 해두면 신경을 쓰지만, 말을 안 하면 정말로 벽창호였다.

"……어느 거지."

응답하는 목소리에서 조금 난처해하는 기색을 간파하고, 소치기 소녀는 고개를 끄덕였다.

"어차피 지금부터 목욕하고 갈아입을 옷을 꺼낼 거니까, 어느 짐인지 기억해둬."

"알았다."

"단, 짐 안은 보면 안 돼."

"……그런 부분은, 내가 아닌 자가 하는 편이 좋을지도 모르겠군."

으응? 이라면서 기다란 귀를 흔들며 엿듣고 있던 엘프 궁수는 씨익 웃으며 대답하지 않았다.

그녀는 오르크볼그한테 맡기는 편이 「재미있다」라는 것을 충분하고도 남게 알고 있는 것이다.

"……2천 년 변하지 않은 성격이 불과 몇 년으로 바뀔 리 없군."

빛나는 투구의 엘프가 깊숙하게 한숨을 쉬자 그 등을 낮은 곳에서 힘차게 두드리는 자가 있었다.

돌아보니 드워프 도사의 수염 난 얼굴이 「그 기분 다 안다」라는 표정을 짓고 있었다.

"자, 안내하거라. 새신랑. 아가씨들도 얼른 씻어서 나쁠 거 없지 않겠느냐?"

드워프 도사가 격려하는 것처럼 다시 한 번 엘프의 등을 두드리고 굵직한 목소리로 껄껄 웃었다.

"하물며 엘프하고는 달라서, 우리들은 사소한 것을 신경 쓰며 살아갈 여유도 없느니라."

§

"그래서, 우리들 엘프가 고기를 안 먹는 이유 말인가?"

"오냐. 안 그러면 어찌 내가 이파리나 열매만 먹어야 하느냐?"

"총결산의 문제다, 땅 밑에 사는 동포여."

"그러면, 수를 맞추는 것인가? 숲에 사는 짐승의. ……오오, 이 바나나는 진미로군."

"그러면 이 식료는 어떤가? 비늘을 가진 승려 선생. 타피오카를 사용한 것이지."

"허허어, 카사바의 뿌리. 소승들도 불려서 먹고 있네만, 구운 과자의 정체를 알겠군."

"그렇지. 짐승 한 마리는 다 크기까지 몇 년. 그에 비해서 과일은 하나의 나무에서 1년에 많고 끊임이 없지."

"과연. ……뭐, 먹고 남은 것을 신경 쓰지 않아도 되는 것은, 마음이 편하구먼."

"그리고 우리들이 짐승에게 먹히는 일은 없으며, 숲에서 떨어질 수도 없다."

"일용할 식량으로서 짐승을 계속 사냥하면, 원환이 무너진다. 오호라. 그렇군, 그래."

"따라서 잎을, 풀을, 과실을, 열매를 받는다. 이해했나? 드워프여."

"그렇다고 해도 말이다아."

드워프 도사가 핼쑥한 기색으로 버섯의 식탁에 버릇없이 팔꿈치를 괴었다.

커다란 나무의 뿌리가 튀어나온 공간을 이용한 넓은 공간이 엘프의 식당이었다.

불빛 대신 야광충을 봉해둔 꽃봉오리가 몇 개나 매달려 있고, 탁상에는 요리가 우아하게 놓였다.

포도에 감초, 타피오카, 색색깔의 향초나 야채를 사용한 샐러드, 포도주와 타피오카의 음료수.

풍취가 있는 공간의 분위기와 요리의 질, 양, 드워프 도사로서도 불평을 할 수 없었다.

없었지, 만…….

"아무리 그래도 벌레를 먹을 것은 없지 않느냐……?"

"늘어나는 것이 빠르며, 수도 많다. 무엇보다도 맛이 있지 않나?"

눈앞의 커다란 접시에 껍질을 벗겨서 삶은 거대한 딱정벌레가 담겨 있었다.

다리를 찢어서 과일즙에 찍어 깨물자, 탱탱하게 입 안에서 튕기며 춤을 춘다.

과연, 분명히 맛있다. 그것은 드워프 도사도 인정하는 바였다.

드워프에게 식사는 재화보석장식품 따위에 이어 가장 귀하게 여길 정도로 중요한 것이다.

드워프이기에 맛있는 것은 맛있다고 한다. 이것을 부정하는 것은 하얀 수염을 걸고 있을 수 없는 일이었다.

그러나— 그렇기는 하지만, 말이다.

"이건, 벌레 아니냐?"

"소승은 맛있게 먹고 있네만."

“에이이, 이래서 정글에서 자란 것들은……!”

빠직빠직 껍질과 함께 씹는 기세로 혀를 내두르는 리자드맨 승려에게 드워프 도사는 노려보는 것처럼 눈길을 보냈다.

하다못해 벌레의 원형을 유지하지 않거나, 조금 더 소금기가 있다면 좋겠는데.

이것이 바로 벌레라고 주장하듯 식재료를 선보이고, 또한 소재의 장점을 살리고자 간이 싱거운 맛이다.

자신이 먹고 있는 것이 벌레라는 것을 떡 하니 보고 알게 되면 드워프의 식욕마저 식는다.

“아아, 참으로, 됐다. 이리 되면 나는 이 구운 과자를 먹으마.”

“오, 안 드시는가? 그렇다면, 어디, 소승이 다리를 하나 받아…….”

“바보 녀석. 드워프는 어떤 먹을 것도 눈앞의 접시에서 나눠주는 짓은 안 하느니라.”

뻗어오는 비늘 돋은 손을 찰싹 두드리고, 드워프 도사는 구운 과자를 입으로 으적으적 던져 넣었다.

촉촉하면서도 분명하게 달콤한 이 구운 과자는 엘프 비전의 요리라고 했다.

벌꿀이라도 넣었는지 참으로 자양이 넘치고, 먹어도 먹어도 물리지 않는다.

수염에 부스러기를 흩어놓으며 과자를 먹어 치우던 드워프가 문득 깨달은 것처럼 손을 멈추었다.

“설마라고 생각한다만, 혹시 이 구운 과자에도 벌레가 들어 있는 것은…….”

"상상에 맡기지."

빛나는 투구의 엘프가 말하자 드워프 도사는 형용하기 어려운 표정을 지었다.

깨물던 구운 과자를 가만히 바라보다, 에라 모르겠다 입 속으로 던져 넣더니 소리를 내면서 삼켰다.

그 모습을 바라보던 리자드맨 승려는 혀로 코끝을 핥으며 묵직하게 턱을 열었다.

"그러나, 성— 이라고 해도 괜찮겠는가? 엘프 입장에서도."

"전쟁에 대비한 것은 아니지만, 수장이 거하는 곳이란 의미에서는 틀림이 없지."

"수장께도 인사를 드리고 싶네만."

리자드맨 승려의 말에 빛나는 투구의 엘프가 미약하게 입술 끝을 끌어올렸다.

"이미 만나 뵈었다. 아니, 이 숲을 방문하는 자가 모두, 수장 앞에 있는 셈이지."

"…………아아."

리자드맨 승려는 눈을 가늘게 뜨고 고개를 들었다. 커다란 나무의 바닥인 천장은 멀고, 야광충의 빛이 반짝이고 있었다.

사르륵. 나무들의 잎이 바람에 흔들려 움직이는 소리가 났다. 나무줄기에 물이 흘러가는 소리도.

엘프는 스스로 바라거나 살해당하지 않는 한, 목숨이 끊어지는 일이 없다.

그러면 스스로 죽음을 바라면 어찌 되는가………….

"과연."

모든 것은 숲 속에. 자연 속에. 원환 안에. 뒤섞여서 녹아들고 하나가 되어 돌았다.

이곳이 수장이 거하는 자리. 이곳이야말로 수장인 것이다.

리자드맨 승려는 눈을 홉뜨고 경의를 담아 기괴한 손놀림으로 합장을 했다.

형태가 달라도, 고리 속으로 돌아가는 것은 리자드맨에게 이상적인 죽음 중 하나였다.

"위대하신 숲의 수장의 말단을 접하게 된 것, 진심으로 감사를 하겠네."

"받아들이지."

무슨 소리냐며 팔꿈치를 괴고 있는 드워프 쪽을 엘프는 흘끔 보았다.

"이해해주는 인물이 숲의 바깥에 있을 줄은, 뜻밖의 기쁨이군. 그래서, 무엇을 물으시려나?"

"별 것 아닐세. 성 전체, 언뜻 보기에도 다들 바쁘신 모양이네만."

그 말이 맞았다.

공간은 혼례에 대비하여 색색깔의 직물로 장식되고, 거미줄을 걸어둔 하프 따위도 놓여 있었다.

그러나 급사를 위해 대기하는 몇 명의 시녀를 남기고, 악사는커녕 다른 사람들의 인기척이 없었다.

"역시 혼례 준비 때문인가?"

"그뿐이 아니다."

빛나는 투구의 엘프는 말에서 이어지듯 타피오카의 하얀 즙을 따른 잔에 입을 댔다.

사슴의 뿔을 연마하여 만든 잔은 그저 그것만으로도 예술품 같았다.

"아무래도 요즘 들어서 숲이 술렁거리고 있다. 다들 살피러 나갔지."

"『강을 틀어막는 자』, 였던가?"

"엘프라도 엘프의 숲에서 모르는 것이 있는 것이냐?"

싱글싱글 앙갚음을 하듯 심술궂게 웃는 드워프에게.

"그러면 드워프여, 반대로 물어보지."

빛나는 투구의 엘프가 우아한 웃음을 무너뜨리지 않고 말했다.

"그대는 땅 속에 잠든 것을 남김없이 알고 있나?"

"……과연."

드워프 도사는 낮게 신음했다.

"이거 당했구나."

"후후후, 소귀 살해자 선생이라면, 이 또한 고블린의 짓인가 말했을 걸세."

리자드맨 승려는 유쾌하다며 목을 울리고, 딱정벌레의 다리를 우드득 뽑아 입으로 옮겼다.

치즈가 있으면 불평할 것 없다고 하는 그에게 엘프가 운을 띄웠다.

"그것 말인데……."

리자드맨 승려는 묵직하게 고개를 끄덕였다.

"음. 치즈란 것은 소나 양의 젖을 말일세. 이렇게 발효라고 하여—."

"그게 아니다. ……그가 그, 그 오르크볼그, 소귀 살해자인가? 변경에서 가장 우수하다는?"

"그렇다네. 그렇고말고."

"도저히, 그리 보이지 않는군."

빛나는 투구의 엘프가 말하자 리자드맨 승려가 눈을 빙글 돌렸다.

"겉보기에 볼품이 없는 것은 그렇겠네만, 어떤 부분이 말인가?"

"내 사촌동생이 따르고 있다는 부분이 말이다."

빛나는 투구의 엘프가 나이차이 있는 여동생을 걱정하는 오빠 같은 태도로 씁쓸하게 웃었다.

"누구를 닮았는지…… 아니, 얼버무릴 필요도 없겠군. 나를 닮아서 괴팍한 성질이 있지."

"오우, 그거다. 어, 이봐라, 새신랑."

드워프 도사가 숨을 되찾은 것처럼 뿔잔을 벌컥 들이켜고 말했다.

약한 포도주라 해도 술은 술이다. 드워프를 분발하게 만드는 데는 도움이 되는 법이다.

"그 말괄량이 길쭉귀 처녀는 정말로 어찌 안 되는 것이더냐?"

"소녀다운 일도 가르쳤다. 직물, 악기, 노래, 그 밖에도 이것저것."

"그 지경인데?"

"…………2천 년을 들였는데 말이다."

"아아……."

그런데도 그 지경인가? 세 사람은 얼굴을 마주보며 한숨을 쉬었다.

"그러나 뭐…… 나쁜 아이는 아니다."

"알고 있느니라."

드워프 도사는 괜히 무뚝뚝하게 말하고 거칠게 손을 뻗어 딱정벌레 다리를 뜯어냈다.

소금은 없느냐 소금은? 투덜거리면서 깨물어 즙을 튀기며 고기를 먹어 치웠다.

꺼억. 사양 않고 트림을 하더니 뿔잔에서 술을 벌컥 들이켜고 또 한숨.

"그 길쭉귀는, 말괄량이에, 마음에 안 들고, 조금쯤은 **나이에 맞는** 차분함이 있어야 한다고 생각은 한다만."

리자드맨 승려가 눈을 가늘게 떴다. 그것을 보고 드워프 도사가 마음에 안 드는 기색으로「흥」하며 콧방귀를 뀌었다.

"그 녀석이 우리 발목을 붙잡지 않는 한, 제대로 챙겨줄 게다. 새신랑."

§

쿠, 구, 구, 구. 소리를 내면서 물이 흘러 떨어지고, 하얀 물보라를 피워 올렸다.

폭포일까? 폭포이기는 했다.

그러나 지상을 흐르는 것이 아니었다. 햇빛을 쬐는 것이 아니다.

커다란 나무의 뿌리를 통해 하늘로 이르는 그것은 땅 아래의 강이며 폭포였다.

커다란 공간 안쪽에서 계단을 내려가자 또 다시 공간이 나왔다.

수천수만 년의 세월을 거쳐서 물에 깎이고 형태가 다듬어진 돌의 동굴.

석회암이 물줄기에 깎여서 훌륭할 정도의 종유동굴로 모습을 바꾼 것이다.

밀림과도 같은 석순이 우뚝 서 있고, 혹은 하늘에서 나뭇가지처럼 늘어졌다.

돌로 만든 숲. 그곳에 강이 흐르고, 폭포가 떨어지고, 깊고 어두운 호수를 만들었다.

그 호수가 화아, 희미하고 옅게 에메랄드의 빛을 두르고 있었다.

스스로 빛을 내는 것인가 했더니 그건 아니었다.

이끼다.

호수 바닥에 깔려 있는 것처럼 돋아난 이끼가 빛나고 있었다.

"오, 오오오…………."

말도 안 나온다는 것은 이런 것이다.

이 세상 같지 않은 광경에, 소치기 소녀는 그런 생각도 입에 담지 못한 채 부르르 몸을 떨었다.

타월로 가린 햇살에 그을린 나체에 습기를 머금은 지하의 냉기가 쌀쌀맞게 달라붙었다.

등 뒤를 힐끔 살피자, 벗은 의복을 받아간 엘프 시녀가 스르륵 물러가는 참이었다.

소치기 소녀는 곁에 선 접수원에게 불안한 시선을 보냈다.

"이, 이거, 들어가 버려도 되는 걸까……?"

"목욕하는 장소라고 했으니 괜찮을 거라고 생각해요."

이쪽은 역시 익숙한 건지, 갈고 닦은 미모를 드러내는 것에 망설임이 없는 모양이다.

힐끔 주위를 둘러보고 물에 손가락 끝을 대어 보니 샘물 특유의 차가움이 찌르는 듯하다.

으음. 무심코 소리를 흘린 접수원의 행동에 여신관이 키득 웃었다.
"신전에서 목욕에 쓰는 물보다는 따뜻해요."
그녀는 스르륵 가녀린 다리부터 물에 넣고, 어쩐지 마음 편한 태도로 눈을 감았다.
"으음. 이런 거, 성직자들은 특기란 말이죠."
살짝 원망스레 투덜거리며 접수원도 조금씩 호수에 몸을 담갔다.
나만 남으면 곤란해. 소치기 소녀도 각오를 굳히고 에잇, 앞으로 나섰다.
"우, 와……와……앗."
발바닥에 부드러운 이끼의 감촉. 미끄럽지 않을까 했는데 오히려 단단히 발을 지탱해 주었다.
분명히 처음에는 차갑게 느껴진 물도 금세 익숙해져서 오히려 편안했다.
이거라면 괜찮겠다.
그렇게 생각하며 어깨까지 물에 담그자 출러덩 몸을 받아들여 떠올랐다.
"……후아."
무심코 맥 빠지는 소리를 흘린 소치기 소녀가 얼굴이 빨개졌다.
두 사람을 힐끔 보자 그녀들도 비슷한 기색이었다. 안심했다.
"분명히, 우물물 같은 것보다는 따뜻한 것 같아. 어째서일까?"
"땅속에 불꽃의 강이 흐른다는 이야기는 옛날에 들어본 적이 있는데요."
그 탓일까요? 여신관이 고개를 갸웃거렸다. 엘프 궁수나 드워프 도사라면 잘 알 텐데.

"굉장하네, 모험가들은. ……언제나, 이런 곳에 오는 거잖아?"

소치기 소녀의 말에 여신관이 애매하게 웃었다.

"언제나 오는 건, 아니고요."

동굴, 유적, 유적, 유적, 동굴, 동굴, 유적, 동굴…….

돌이켜보면 기억에 있는 모험의 장소는 태반이 동굴이나 유적이었다.

그리고 방문한 유적이 그때마다 타오르고, 혹은 폭파되고, 독 연기를 흘리고…….

"……네. 언제나 오는 건 아니네요."

고블린 슬레이어 씨한테 조금 더 자중을 해달라고 해야지. 그녀는 가녀린 가슴 속으로 맹세했다.

"실제로, 비경과 비보 같은 것을 바라고 모험가가 되는 사람도 적지 않으니까요."

두 사람의 대화를 옆에서 듣던 접수원이, 한데 정리한 머리칼이 물에 젖지 않도록 가볍게 누르며 말했다.

"집도 없는 떠돌이 유적꾼과, 일단이나마 모험가를 하고 있는 사람은 신용이 다르니까요."

"아아, 알겠어. 그거는 알겠어."

소치기 소녀가 짧은 머리칼에서 약간의 물방울을 튀기며 힘차게 고개를 끄덕였다.

"가끔 식량 필요하다는 사람이 목장에 오는데, 그냥 여행자들은 무서워서……."

숙박을 청해도 도저히 수락할 수가 없다. 소치기 소녀는 손을 휘휘 내저었다.

"백자인 사람도 조금 무섭지만. 아아, 여행하는 신관이라면 그나마 괜찮아."

"저도, 이제 강철이니까요."

여신관의 말에서 스며 나오는 미약한 자부심에, 접수원의 웃음이 깊어졌다.

아직 앳된 기색이 남은 — 그래도 열여섯이다 — 소녀는 가녀린 가슴 앞에 손을 대고 있었다.

마치 그곳에 강철의 인식표가 흔들리고 있는 것처럼.

그녀가 승급 심사에 합격하여 제8위에 이른 것은 얼마 전의 일이었다.

"모험가…… 모험가, 라."

여신관을 바라보던 소치기 소녀가 말했다.

"어렸을 때는, 그런 걸 자주 생각했었는데……."

"역시, 동경하게 되나요?"

접수원이 고개를 갸웃거렸다. 똑. 석순에서 떨어진 물이 수면에 새로운 파문을 만들었다.

"아니, 저기, 나는…… 그러니까, 그게, 모험가가 아니라."

"아아."

쑥스러운 기색으로 손을 흔들어 수면에 파도를 만드는 소치기 소녀에게, 접수원이 짐작이 간다는 기색으로 고개를 끄덕였다.

"공주님?"

"말하지 마—."

"아니면, 신부(新婦)라거나."

"말하게 하지 마—."

그리고 소치기 소녀는 빨개진 볼을 감추듯 코 아래까지 물에 잠겨 버렸다.

부글부글 거품을 내면서 입을 다무는 그녀의 태도는 역시 그 또래의 소녀다운 것이었다.

잠시 지하동굴을 흐르는 대하가 내는 쿠구구구 소리만이 메아리를 울렸다.

생각해 보면— 누구나 그런 법이다.

남자애가 용사다, 기사다, 용 퇴치다, 모험가다 하면서 동경하는 한편, 여자애도 꿈을 꾸는 법이다.

공주님이나 무녀, 근사한 신부, 요정의 나라, 언젠가 누군가가 자신을 마중 나오는 것이 아닐까?

결국, 동경은 동경. 꿈은 꿈에 지나지 않지만…….

"……하지만."

물방울 같은 여신관의 중얼거림이 파문처럼 퍼졌다.

"신부라는 거, 좋겠어요."

§

"가게를 차리겠군."

얼추 짐을 풀어 각자의 방에 옮겨둔 고블린 슬레이어는 한숨도 쉬지 않고 그렇게 말했다.

"어?"

엘프 궁수는 무심코 소리를 냈다.

그녀는 색색깔의 천을 흩어놓은 가운데 주저앉아서 고개를 갸웃거리는 모습이었다.

역삼각형이거나 커다란 그릇 형태의 천 조각을 「오오」 따위 소리를 내며 바라보고 있었다.

"미안, 아직 정리가 안 됐는데."

"나는 건드리지 말라고 했다."

미안한 기색도 없는 엘프 궁수에 대해 고블린 슬레이어의 대답은 차가웠다.

그는 기특하게도 여성진의 의복과 속옷 종류는 손도 대지 않으면서 보려고 하지도 않았다.

그 대신 고블린 슬레이어는 평소처럼 묵묵히 다른 짐을 풀고 날랐다.

처음에는 전부 떠넘기고 의자 위에서 뒹굴거리고 있던 엘프 궁수도 뭔가 생각하는 바가 있었나 보다.

도울래! 라고 선언하더니— 결과가 이 꼴이었다.

"모두 돌아오기 전에, 정리해라."

"……네. 알았어—."

이쪽을 보지도 않는 고블린 슬레이어의 완고한 태도에 엘프 궁수는 입술을 삐죽거렸다.

그래도 자신이 어지른 것은 알고 있었으니 마지못해 순순히 속옷을 개었다.

"그건 그렇고 커다랗다. 이거. 머리가 들어가는 거 아닐까?"

"보이지 마라. 펼치지 마라."

"손은 움직이고 있다구요—."

라고 말하며, 엘프 궁수는 가벼운 움직임으로 일어섰다.

"왜 그러나."

"그건 그렇다 치고 뭐라도 좀 마시고 싶어—."

"그런가."

고블린 슬레이어의 맞장구를 동의로 받아들인 그녀는 그대로 부엌에 갔다.

후음. 코를 울리면서 적당한 선반 — 이것도 나무 옹이였다 — 을 뒤지더니.

"있지, 오르크볼그."

엘프 궁수가 기다란 귀를 흔들며 등 뒤를 향해서 물었다.

"너도 차 타줄까? 시험 삼아서."

"받을 수 있다면 받지."

불온한 한 마디에도 고블린 슬레이어는 동요한 기색이 없었다.

후음. 불만스레 코웃음을 친 엘프 궁수는 재빨리 차를 탈 준비를 시작했다.

우선 적당하게 고른 향초나 약초 같은 것을 대충 흑요석 소도로 싹둑싹둑 잘게 썰었다.

그것을 도토리를 파낸 잔에 얼추 눈대중으로 넣고, 이어서 그 위에 물을 따랐다.

물주전자는 진은으로 만들어진, 아무리 지나도 차가움이 유지되는 특제였다.

철을 종으로 삼고 진은을 벗으로 삼는 것은 드워프지만, 엘프도 금속제련 기술이 없는 것은 아니다.

흙덩어리에서 만들 수 있는 것 또한 자연의 일종이다.

빛나는 투구의 엘프가 하는 말을 빌리자면 「그들이 스스로 형태를 바꿔준다」라는 것이다.

실제로 찬 물에 차를 우리는 건 시간이 걸리는 법이지만 이 땅에서는 그렇지 않았다.

술사가 아니라도 엘프가 가볍게 부탁을 하면 그저 그것만으로 만물이 변이하는 것이다.

엘프 궁수가 손가락을 세워서 공중에 빙글 원을 그리자, 이미 잔 안의 물에는 색이 번지고 있었다.

그녀가 그것을, 바닥에 앉아 자신의 짐을 펼치기 시작한 고블린 슬레이어에게 내밀었다.

"맛은 보증 못하지만."

"그래."

받아 든 그는 그대로 투구 틈으로 벌컥, 차를 들이켰다.

"독이 아니라면 상관없다."

"칭찬하는 거 아니잖아."

"말 그대로다."

고블린 슬레이어는 담담하게 말했다.

"칭찬한 것도 아니긴 하다."

“흥.”

엘프 궁수는 코웃음을 치고 다리를 휙휙 흔들며 의자에 앉았다.

폭신. 버섯의 쿠션이 형태를 바꾸는 것도 개의치 않고 차를 홀짝였다.

“어머나, 맛있네.”

엘프 궁수는 눈을 깜박거리며 고양이처럼 웃음 지었다.

“그래서, 오르크볼그는 뭘 하는 거야?”

보아하니 고블린 슬레이어는 바닥에 털퍼덕 앉아서 가죽 세공을 하기 시작했다.

소가죽 끈을 꺼내 3개씩 모아서 밧줄을 만들고 있었다.

엘프 궁수는 의자에서 내려와, 복잡하게 손가락을 움직여 꼬아놓는 모습을 어깨 너머로 들여다보았다.

그녀가 차분하지 못하게 바삐 움직이고 다니는 것은 늘 있는 일이다.

소귀 영웅
“고블린 챔피언을 기억하나?”

“……그렇지.”

신경 쓰는 기색도 없는 고블린 슬레이어의 말에 엘프 궁수가 있는 힘껏 표정을 찌푸렸다.

떠올리고 싶지 않은 상대였다.

그때, 물의 도시 지하에서 펼쳐진 싸움과 뼈아픈 패배는 싫은 기억 중 하나다.

“1년 전 그거잖아. 잊을 리가 없어. 적어도 2백년 정도는.”

“그러한 놈이나, 고블린 기병과 마주했을 때를 대비해서 궁리한 거다.”

"흐응……."

고블린 슬레이어는 기계적인 손놀림으로 밧줄을 꾹꾹 당겼다.

가죽끈 3개를 꼬았기 때문인지 그렇게 간단히 끊어질 기색은 없었다.

"하지만, 궁리했다는 것치고 그냥 끈이네?"

"한쪽에만 무게추를 단다."

그 밧줄은 이상하게 길었다. 완성하면 몇 십 피트는 될까?

모험가로서 밧줄이나 갈고리 같은 것은 필수품이지만, 보통 이렇게 많은 양은 필요 없으리라.

……뭐, 가죽끈을 묵묵히 꼬아가는 모습은 도저히 모험가라고 말하기 어렵지만 말이다.

"……이런 거추장스러운 거, 용케 만들 생각을 했네."

"팔지 않으니까."

"그런 게 아니라."

한숨을 섞어서 내뱉은 비꼬는 말에 성실한 대답이 돌아오자, 엘프 궁수는 다시 한 번 한숨을 내쉬었다.

"나라면, 영차."

엘프 궁수는 고블린 슬레이어의 손에서 가죽끈을 낚아챘다.

덤으로 드워프 도사의 짐에서 슬링용 자갈을 하나 둘 빌린다.

재빨리 그 자갈을 양쪽 끝에 묶었다.

"이런 느낌이지!"

"……그건, 뭔가."

엘프 궁수는 대답 대신 끈의 한가운데를 손가락에 엮어서, 검지를 휘리릭 흔들었다.

그러자 끝에 묶은 작은 돌이 반동으로 커다랗게 호를 그리며, 공중에서 충돌하여 따닥 소리를 냈다.

“봐. 이렇게 하면 따닥따닥 소리가 나잖아.”

“내서 뭘 하나.”

“즐거워!”

“……흠.”

고블린 슬레이어는 철 투구를 돌리면서 가죽 밧줄 끝에 무게추를 단단히 묶었다.

매듭에서 살짝 손을 미끄러뜨려 밧줄을 쥐고, 무게추를 빙글 돌려서 상태를 확인했다.

납득했는지, 그가 무게추를 빙빙 감으면서 밧줄을 갈무리했다.

“몇 갠가 마련해두지. 비슷한 것을 들은 적이 있다.”

“만세! 그러면 나 하나 줘, 하나!”

“지금 만든 거면 되지 않나.”

“그거랑은 따로!”

“상관없다만.”

엘프 궁수가 신이 나서 떠들었기 때문일까?

아니면 오랜만에 돌아온 고향에서 마음이 느슨해졌기 때문일지도 모른다.

덕분에 평소의 그녀라면 생각하기 어려운 사태가 일어났다.

어흠.

그 헛기침의 주인이 방의 문에 설 때까지, 그녀가 전혀 깨닫지 못한 것이다.

"……이 꼴은, 뭔가요?"

짜증이 난 목소리조차 노래하는 것 같은 그 인물은 말할 것도 없이 조릿대 같은 귀를 가졌다.

별을 흩어둔 은하 같은 머리칼, 두 눈은 금색— 여인이다. 그것도 한 눈에 고귀함을 알 수 있는 여인.

은사 드레스를 입은 하얗고 가녀린 몸은 유연하고 키가 컸다.

그러나 의복을 안쪽에서 밀어 올리는 가슴은 풍요의 상징인 것만 같았다.

그림으로도 그릴 수 없는 것은 기량 탓이 아니라, 상상도 하지 못하기 때문이리라.

머리칼을 화관으로 장식한 숲의 공주. 그 아리따운 표정을 보고 엘프 궁수가 뛰어올랐다.

"와, 와, 와, 와, 왓?! 어, 언니?! 어째서?!"

"어째서고 뭐고, 당신이 축하를 하러 돌아왔다고 하니까 인사를 하러……."

"이야아, 하하…… 이, 이건 그게, 저기, 그게 아니라……."

"이러한 음란한 속옷까지, 이렇게 가지고 오다니……."

아, 언니 속옷 아는구나. 중얼거리는 소리를 놓칠 엘프가 아니었다.

"그래서요?"

"히엑!"

그 물음에 엘프 궁수의 목에서 한심한 소리가 흘러나왔다.

"저, 저기, 그게, 친구 거거든?"

"그러면 더욱 안 좋지 않나요? 다른 사람 짐을 뒤지다니."

"에……."

애당초 당신은요, 라고 일단 시작되자 서사시와도 같은 말이 흘러나왔다.

피부가 거칠어졌다. 머리칼도 흐트러졌다. 제대로 절제를 하고 있는가? 잘 관리를 하고 있는 것인가?

애당초 모험가라는 것은 위험한 일인데, 당신은 차분하질 못한데 괜찮은가?

이상한 의뢰는 피하고 있는지 듣자니 의뢰를 받은 것 자체가 실수인 일도 있다고 하지 않은지.

흉이란 것은 음모에 있어서는 세상에서 데몬(악마)조차도 당해내지 못한다고.

사람들 말을 똑바로 듣고 잘 생각을 한 다음에 행동해야 한다고 몇 번이나 말을 하지 않았는가.

이윽고 여동생에 대한 설교마저 우아하게 행한 화관의 숲공주는 천천히 자세를 고쳤다.

"참으로 실례를 범했습니다."

"……."

고블린 슬레이어는 당장은 아무 말도 안 했다.

그는 화관의 숲공주에게 철 투구를 돌리고 입을 다물더니, 이윽고 낮게 「아니」라며 고개를 옆으로 저었다.

엘프 궁수가 마지못해 속옷을 다시 정리하기 시작한 것을 보고, 화관의 숲공주도 숨을 내쉬었다.

"그래서…… 당신이."

화관의 숲공주는 눈을 스윽 가늘게 뜨더니, 볼을 느슨히 풀어 웃음을 짙게 만들었다.

"오르크볼그, 로군요."

"저 아가씨에겐, 그렇게 불리고 있다."

아아, 역시. 그녀는 양손으로 손뼉을 쳤다.

"노래로 듣는 것하고는 역시 다른 모습이군요."

"노래는 노래다."

고블린 슬레이어는 고개를 옆으로 저었다.

"나는 나다."

"어머나……."

키득. 방울 소리 같은 웃음소리. 엘프 궁수의 소리와 많이 닮아 있었다.

"여동생이 언제나 신세를 지고 있습니다. 폐를 끼치고 있지는 않는지요?"

"흠."

고블린 슬레이어는 신음하고서 철 투구 아래에서 시선을 움직였다.

엘프 궁수의 기다란 귀가 축 늘어졌다.

"아니."

그는 천천히 고개를 옆으로 저었다.

"언제나, 도움을 받고 있다."

엘프 궁수의 기다란 귀가 기세 좋게 쫑긋 곤두섰다.

"다른 솜씨 좋은 탐색자나 사냥꾼, 척후(스카우트)가 있으면 사양치 말고 여동생을 내던져 주세요."

"기량만 따지는 문제가―."

그렇게 말하려던 고블린 슬레이어의 움직임이 우뚝 멎었다.

"응?"

엘프 궁수가 고개를 갸웃거렸다. 그의 이런 반응은 보기 드물다.

"왜 그래? 오르크볼그?"

"아아, 아니."

으으응? 더욱이 고개를 비튼 엘프 궁수는 그의 철 투구가 돌아간 방향을 보았다.

그곳에는, 시녀 한 사람 ― 물론 엘프다 ― 이 무릎을 짚은 채 대기하고 있었다.

반신을 마치 그림자 속에 감추는 것처럼, 머리칼도 한쪽만 길게 기르고 있었다.

"아아, 그녀는……."

화관의 숲공주가 뭐라 말하기 어려운 기색으로 말을 흐렸다.

"알고 있다."

담담한 말에, 엘프 시녀가 어깨를 흠칫 떨었다.

고블린 슬레이어가 일어서더니 성큼성큼 그녀 쪽으로 걸어갔다.

"아, 잠깐, 오르크볼그?"

엘프 궁수의 제지도 듣는 기색이 없이, 그는 시녀 앞까지 도달했다.

그리고 주저 없이 그 자리에 무릎을 짚더니, 시선을 맞췄다.

"죽였다."

시녀가 흔들리는 눈동자로 그를 보았다. 고블린 슬레이어는 고개를 끄덕이고 다시 한 번 말했다.

"놈들은, 모두 죽였다."

그것을 듣고서, 시녀의 왼쪽 눈에서 눈물 한 줄기가 또르르 떨어졌다.

머리칼이 흔들리자 숨겨져 있던 오른쪽 볼이 드러났다. 포도처럼 부었던 흔적은 이미 없었다.

그녀는, 과거에 모험가였다.

§

"그래. 역시, 그녀를 구한 것이 그였구나."

온화한 바람이 산들거리며 엘프 궁수의 머리칼을 쓰다듬었다. 숲의 바람. 고향의 바람이다.

그 공기를 작은 가슴에 한껏 들이쉬며 엘프 궁수가 언니에게 대답했다.

"딱히 오르크볼그 혼자는 아니었어."

"그럼. 알고말고."

객실에 있던 문 중 하나는 발코니로 이어지고 있었다.

커다랗게 튀어나온 가지와 잎에, 넝쿨이 지탱하는 것처럼 뒤엉켜 발판을 만들고 있었다.

그 엘프이기 때문에 가능한 양식도 그렇지만, 경치와 경관이야말로 특필할만했다.

거대한 수직 공간 같은 수해의 공백 지대에 존재하는 엘프의 마을.

그 모든 것을 한 눈에 볼 수 있고— 그 모든 곳에 휘몰아치는 바람을 느낄 수 있는 장소.

엘프 궁수는 엘프의 공주였기에 이런 객실이 있는 것을 지금까지 모르고 있었다.

고블린 슬레이어에게 맡긴 시녀가 울음을 그칠 때까지 기다리기에는 가장 좋은 공간이다.

화관의 숲공주는 바람에 실리는 머리칼을 누르며 천천히 엘프 궁수를 돌아보았다.

“당신이 구해줬지요. 당신과 동료들이.”

“조금은, 좋은 모습을 보여줘야지.”

억지를 부려서 숲 바깥으로 나온 것이다.

흐흥. 여동생이 코웃음 치며 뽐내자, 화관의 엘프가 눈웃음 지으며 보았다.

그녀는 가만히 나무 넝쿨 난간에 팔꿈치를 올리고, 기대듯이 체중을 맡겼다.

“그러면…… 이제는 됐지 않나요?”

“뭐가?”

“크츄카하타리(모험가).”

엘프 궁수의 기다란 귀가 미약하게 흠칫 떨렸다.

“위험한 일을 대행하고서도, 돈은 조금밖에 못 받지 않나요?”

“그거야, 뭐…….”

변명의 여지가 없다.

아무리 모험가의 신분을 흙의 왕들이 보증해준다고 해도, 거친 일이다.

무구를 손에 들고 동굴에 들어가, 피와 진흙투성이가 되면서 괴물을 죽이고 재보를 빼앗는다.

죽음과 청춘이 등을 맞댄다.

엘프 궁수가 고향을 뛰쳐나간 이후로 몸을 담그고 있던 나날.

"그리고 리자드맨이라면 모를까, 드워프와 침식을 함께 하다니 그다지 좋지 않다고 생각해요."

—당신은 누가 뭐래도 엘프 수장의 딸이잖아요?

말없이 드러나는 의사에 엘프 궁수는 표정을 찌푸렸다.

말하자면 엘프 공주가 흙의 심부름꾼이 되어 거친 일을 하고 있다.

그것도 드워프와 나란히 서서……란 말이다.

엘프 궁수도 언니가 무슨 말을 하려는 건지 모르지는 않았다.

여기서 감정적으로 소리치지 않을 정도의 분별은 2천 년 살아오며 갖추었다.

"괜한 소문이—."

"아니야, 그건 아니야."

그렇지만, 이어지는 말에 무심코 웃어 버렸다.

엘프와 드워프의 연애담이 오랜 노래에 없는 것은 아니지만, 그녀에게는 전혀 엉뚱한 것이었다.

깔깔 웃으며 손을 흔드는 여동생에게 화관의 숲공주는 울적한 한숨을 내쉬었다.

"……그리고, 그 사람도 그래요."

"오르크볼그?"

"네."

화관의 숲공주는 고개를 끄덕이고, 시선을 저 너머로 보냈다.

마을 바깥은 어디까지고 펼쳐지는 것처럼 보이는 밀림. 신화시대부터 이어지는 숲. 나무들.

바람이 불 때마다 잎이 술렁거리고, 새들이 날갯짓하여 날아간다.

엷은 분홍색의 플라밍고 무리. 밀림에 저녁의 장막이 떨어지고 있었다.

"노래로 칭송할 정도이니 그럴듯한 영웅이라고 생각했습니다만."

엘프 궁수가, 바람이 쓰다듬는 입술을 살짝 풀었다.

소귀 살해자의 치명적 일격이　소귀왕의 목을 공중으로 쳐낸다
오호, 저것을 보라　파랗게 타오르는 그의 칼날을
참된 은으로 단련하여　결코 주인을 배신하지 않노라
그리하여 기어이 소귀왕의 야망도 끝나고
구원받은 아리따운 공주가　용사의 품에 몸을 맡기누나
그러나　그가 바로 소귀 살해자
방황을 맹세한 몸　곁에 거느릴 수는 없었노라
내뻗은 공주의 손이 허공을 붙잡고　용사는 돌아보지 않으며 떠나갔노라

엘프 궁수가 휘리리 바람 소리를 반주 삼아서 그 노래를 읊조렸다.

용맹한 무훈시. 그저 홀로 고블린과 싸우는 변경의 용사.

소귀 살해자— 고블린 슬레이어.

용맹한 노래도, 바람을 타며 흐르자 참으로 쓸쓸한 음색으로 변해 버렸다.

화관의 숲공주는 말을 떨쳐내는 것처럼 기다란 귀를 흔들었다.

"……도저히, 그렇게 보이지 않아요."

"그야 뭐, 노래는 노래니까."

엘프 궁수가 빙글. 척 세운 하얗고 가느다란 검지로 공중에 원을 그렸다.

노래는 노래, 그는 그다.

"그래도 진은의 검은 너무 띄웠어."

키득키득 웃는 여동생의 모습에 화관의 숲공주가 눈동자를 깔았다.

만약 이 자리에 남자가 있었다면 발치에 엎드려서 그 우려를 씻어 내고자 했으리라.

하이 엘프의 공주쯤 되면, 일거수일투족에 이르기까지 아름다움을 나타내지 않을 수가 없는 법이다.

"어째서, 그러한 남자와 함께 있는 건가요?"

"어째서긴, 언니. 그거야—."

—어째서일까?

흐음. 그러고 보니. 생각에 잠긴 엘프 궁수는 버릇없이 난간에 훌쩍 걸터앉았다.

긴 다리를 바깥으로 내뻗어 휙휙 흔드는 모습에 그녀의 언니가 눈을 부라렸다.

그러나 엘프 궁수는 신경 쓰지 않는다. 2천년동안 이래왔는걸. 이제 와서 새삼스레.

—하지만, 정말, 어째서일까?

처음에는, 뭐 고블린 퇴치에 필요한 인원이라는 것 때문에 말을 걸었다.

본 적이 없는 타입의 흄이니까 흥미를 가졌고—.

"고블린 퇴치만 하고 있었으니까, 모험을 시켜야겠다고 생각했단 말이지."

응. 그럴 것이다. 그래서 고블린 퇴치를 돕거나, 모험에 끌고 가거나.

손가락을 꼽아 세어 보면 모험에 간 횟수도 열을 넘고, 이래저래 말은 많아도 1년 이상 같이 다녔다.

"보고 있으면 내버려둘 수가 없으니까…… 안 질려서? 일까? 그것뿐이야."

"……그래서 고블린 퇴치를 계속한다는 건가요?"

"가끔이야. 가끔."

휙휙 다리를 흔들던 엘프 궁수가 문득 자세를 휘청 무너뜨렸다.

쭉 위로 올라간 발이 허공을 차고, 박쥐처럼 거꾸로 난간을 붙잡은 채 언니를 보았다.

얼굴에는 고양이 같은 웃음이 떠올라 있었다.

"그만큼, 모험의 전위도 맡기고 있으니까."

"어찌 될지……."

화관의 숲공주는 목소리를 떨면서 흘끔 객실 쪽에 눈길을 주었다.

"……알고 있는 거겠죠?"

엘프 궁수는 애매한 웃음을 무너뜨리지 않았다. 무너뜨리지 않고, 아무 말도 하지 않았다.

살아가는 것이 고통이 된 엘프의 절망 따위, 말할 것도 없는 일이다.

"그러면……."

"일생은 일생이야, 언니."

엘프 궁수는 빙글 재주를 넘어 내려섰다.

탁탁 양손의 먼지를 털어내고, 묶어둔 머리칼을 바람에 나부끼며 작게 고개를 끄덕였다.

"엘프도, 흄도 말야. 드워프나 리자드맨도 그래. 다 똑같아. 그렇지?"

"당신, 설마……."

화관의 숲공주가 무언가 말하려는 그때였다.

땅속에서 울리는 떠들썩한 외침이 울렸다.

천둥소리와 비슷한 그 외침과 함께, 수해의 일부에서 플라밍고가 황급히 하늘로 날아올랐다.

그리고 나무들이 비명을 지르며 우지직 부러지는 소리가 이어지고, 흙먼지가 피어올랐다.

"언니, 엎드려!"

"히약?!"

엘프 궁수는 재빨리 언니를 감싸는 위치에 섰다. 등에 손을 돌렸지만 대궁은 방에 있었다.

그녀는 혀를 찼지만, 순간적으로 기다란 귀가 떨리더니 입술 끝이 씨익 올라갔다.

삭 들어 올린 오른손에 곧바로 주목나무 대궁이 척, 날아들었다.

"무슨 일인가."

"잠깐, 남의 무기 막 던지지 마."

돌아볼 것도 없었다.

싸구려 철 투구, 지저분한 가죽 갑옷, 어중간한 장검을 차고, 왼손에 자그마한 원형 방패를 고정시킨 남자.

완전무장한 고블린 슬레이어가 평소처럼 태연하게 방에서 뛰쳐나왔다.

"고블린인가?"

"모르겠어."

이어서 던진 화살통을 삭 허리에 둘러차고, 엘프 궁수는 기다란 귀를 쫑긋쫑긋 떨었다.

"저쪽이야……. 언니를 부탁해."

"그래."

고블린 슬레이어는 허리의 가방에서 슬링을 뽑아 탄을 감았다.

한쪽 무릎을 짚고서, 화관의 숲공주 머리 위에 작은 방패를 들었다.

"그대로 방까지 기어가라."

"저, 저에게 바닥을 기라는 건가요……?!"

"고블린이라면 화살을 쏠 가능성도 있다."

말을 잃은 언니를 곁눈질하면서 숨을 죽여 웃고, 엘프 궁수는 발코니의 난간 위로 삭 뛰어올랐다.

위태로울 것 없이 자세를 바로잡고, 도약. 대수(大樹)의 줄기를 달려 올라가 커다란 가지 끝으로 갔다.

작은 가지 하나, 잎사귀 하나도 떨어뜨리지 않으니 과연 엘프의 몸은 가볍다.

"……응…… 으응?!"

그리고 그녀는 눈을 크게 떴다. 있을 수 없는 것을 보았으니까.

그것은 거대한 짐승이었다.

기둥 같은 다리로 대지를 짓밟고, 굵은 밧줄 같은 꼬리가 바람을 가르는 소리를 냈다.

등에 돋아난 부채 같은 판이 움직이고, 벽과도 같은 몸통은 두꺼운 가죽에 둘러싸였다.

창 같은 뿔이 거목을 쓸어버리고, 옥좌 같은 등은 가뿐히 50피트는 된다.

그 거대한 짐승은 넝쿨 같은 목을 돌리고 날카로운 송곳니가 돋아난 턱을 열었다.

"MOOOKKEEEEELLL!!"

"과연."

대기가 파르르 떨리는 가운데, 고블린 슬레이어가 발코니에서 저 너머의 짐승을 노려보며 말했다.

"저것이, 코끼리인가."

"아니야!"

엘프 궁수는 비명처럼 외쳐 대답했다.

그렇지만 그녀도 **그것**을 본 것은 태어나서 처음이었다.

그러나 이 밀림에 사는 엘프라면 누구나 **그것**을 알고 있었다.

"에멜라 은토카(물의 짐승 살해자), 음비엘루 음비엘루(판을 등에 진 자) 음비엘루, 은구마 모네네(커다란 뱀의 신)!"

그러니까—.

강을 틀어막는 자
"모켈레 음벰베……!!"

제4장 『짐승과의 전투』

Goblin Slayer
He does not let anyone roll the dice.

고블린 슬레이어와 엘프 궁수가 느티나무 안을 달려 내려가는 것과, 동료들이 뿌리 쪽에서 달려 올라오는 것은 거의 동시.

엘프의 성 앞에서 합류한 파티는 저편에서 울리는 수목이 쓰러지는 소리에 무심코 발길을 멈췄다.

"무슨 일인 게냐?!"

"무슨 괴물 같은 것이 날뛰고 있다."

소리치는 드워프 도사에게 설명이 안 되는 설명을 던지고, 고블린 슬레이어는 고개를 돌렸다.

"둘은 어디 있지?"

"아, 네. 한 번 방으로 돌아가서, 거기서 기다리시라고 했어요."

머리칼과 피부가 은은하게 촉촉한 여신관이 대답했다.

목욕장에서 황급히 왔으리라.

볼은 상기되었고, 호흡과 박동을 억누르고자 가슴에 손을 대고 있었다.

"거기라면 아마, 안전할 테니까요."

엇갈렸군.

—뭐 좋다.

고블린 슬레이어는 즉시 그렇게 결론을 내렸다.

엘프의 성 안만큼 안전한 장소도 없으리라. 절대로 안전한 장소 따위야 없을지언정.

눈에 보이지 않는 것이 난점이지만, 난점은 그 밖에도 산더미처럼 있다. 더 이상 신경 써봤자 소용 없다.

"MBEEEEEEEENEE!!!!"

괴물의 소란스런 포효가 변함없이 울리는 것치고 엘프의 기합은 들리지 않았다.

등에 화살통을 진 엘프 전사 — 사냥꾼 — 들이 가지를 따라 뛰어다니고 있음에도.

"선불리 공격하지 못하고 있는 모양일세."

리자드맨 승려가 느긋한 것이 아닐까 싶을 정도의 어조로 턱을 쓰다듬으며 중얼거렸다.

"엘프가 전투에 능숙하다 서투르다 하는 이야기는 못 들었네만, 그렇다고 경험이 없는 자들도 아닐 터인데."

신화시대부터 전쟁이 이어지는 세상이다.

아무리 엘프가 안녕과 평안이 가득한 원환을 바란다 해도, 전쟁에서 벗어날 수는 없다.

혼돈의 세력을 앞두고 활을 잡지 않는 엘프는 그리 많지 않았다.

"저건 강을 틀어막는 자거든? 사살해서 강이 범람하면 그냥 못 넘어가잖아."

엘프 궁수가 대답을 알고 있었다.

그녀 또한 화살을 잡아 활에 느슨하게 메기고 있으면서도 섣불리 움직이지 못하고 있었다.

쫑긋, 쫑긋 기다란 귀가 주위의 소리를 들으며 잘게 흔들리고 있었다.

"흠은 레르니안 히드라……라고 부른댔어."

"……?"

여신관이 의문스럽게 고개를 갸웃거렸다.

"히드라는, 머리가 많지 않나요……. 좀 더, 그, 몇 개씩 더."

"저건 아직 **젊어서** 그래."

내가 어렸을 때보다 전부터 있는데도. 엘프 궁수는 험악한 표정으로 중얼거렸다.

"적어도 귀한 생물이란 건 변함이 없어. 어쨌든지 무리라니까."

애당초 이길 수 있을지 없을지도 모르고. 엘프 궁수의 말에 여신관이 심각한 기색으로 고개를 끄덕였다.

"그러니까, 어떻게든 움직임을 막아서 숲으로 돌려보내야 하는 거군요."

그것은 무척이나 곤란하고, 가혹한 일이란 생각이 들지만…….

그러나 그녀는 양손으로 석장을 꼭 쥐고 결의를 굳힌 표정으로 말했다.

"힘내요!"

누군가 웃었다. 문득 맥이 빠진, 편해진 웃음소리였다.

리자드맨 승려가 멀리 거대한 괴수의 모습을 보고 괜히 유쾌한 기색으로 말했다.

"무시무시한 용의 후예를 잡아먹을 기회가 올 줄은 생각 못했다네. 선재(善哉)라!"

"……먹지마."

엘프 궁수가 반신반의하는 기색으로 노려보자 리자드맨 승려가 아주 진지하게 턱을 열었다.

"탐색자 선생. 곧장 놈의 목을 타고 올라가 눈알에 화살을 박아 넣으세!"

"그러니까 죽이면 안 된다니까!"

"다리든 힘줄이든 화살로 꿰뚫어버리면 되지 않겠느냐?"

드워프 도사다.

"……생물은 화살 맞은 상처가 아니라, 맞은 사실에 놀라서 죽는 일도 있단 말야."

"저 녀석의 심장은 벼룩보다야 크지 않겠느냐?"

"그러나."

고블린 슬레이어가 서서히 다가오는 괴수 쪽을 보며 낮은 목소리로 말했다.

"어쨌든 올라가서 활을 쏠 필요는 있겠군."

쓸어버린 수목 너머에서 드디어 그 기이한 모습이 드러났다.

거목과 같은 네 다리로 땅을 짓밟고, 그 거대한 꼬리와 목으로 나무들을 쓰러뜨리는 회색 거수.

드래곤과 닮았지만 드래곤은 아님이니. 도마뱀을 닮았으나 도마뱀은 아님이니!

무지개와 함께 나타난다는 반신반수를 보고 리자드맨 승려가 감탄하는 것도 무리가 아니었다.

"오오, 완룡[브라키온]이나 뇌룡[브론토스], 아랍마[알라모](亜拉摩)가 이러하랴……!"

그는 감개무량하여 선조인 무시무시한 용에 대한 기도를 중얼거리더니 새된 괴조음을 질렀다.

“하물며 이러한 땅에서 두 눈으로 보게 될 줄은 몰랐음이라……!”

“봐라. 저 등이다.”

고블린 슬레이어가 조용한 목소리로 시선을 유도했다.

“음……!”

과연 파티 중에서 누가 이렇게 신음했을까?

모켈레 음벰베의 등 높이는 무려 대략 50피트(약 15미터)쯤은 되지 않을까?

그 등에 지느러미처럼 판이 늘어서 있고, 짐승이 날뛸 때마다 타각타각 소리를 내면서 흔들렸다.

그러나 그뿐이 아니다.

등의 판 사이에 위태롭게 흔들리는 검은 그림자가 있었다.

그 그림자는 무언가에 매달려, 열심히 두 팔을 휘두르며 뭐라고 울부짖고 있는 모양이었다.

“저건…… 안장?”

엘프 궁수가 눈을 깜빡이더니 덤으로 있을 수 없는 걸 보듯 눈을 치켜떴다.

“—고블린?!”

그 말이 맞았다.

모켈레 음벰베의 등지느러미에 매달려서 지저분하게 침을 튀기고 소리쳐대는 고블린.

엘프 궁수는 본 적이 있었다.

과거에 목장에서, 그리고 어제 강에서 그들에게 덤벼든 추악한 존재.

"고블린 라이더……."

믿을 수 없는 것을 지금 처음으로 보았는지 여신관의 목소리가 떨렸다.

회색늑대 같은 것이라면 이해할 수 있다. 말이나 나귀도 놀라긴 하겠지만 겁을 먹진 않으리라.

하지만, 그러나, 아아.

"고블린…… 드라군(용기병)……일까요?"

"고삐를 쥔 것처럼 보이진 않는다."

고블린 슬레이어는 그저 담담하게 사실을 말하는 기색이었다.

"그렇다네. 그렇고말고."

리자드맨 승려가 그 말에 동의했다.

"그러나 승마를 하지 못하는 놈들이라도 말에 박차를 가하는 정도는 할 수 있다…… 이것이 아니겠는가?"

"어찌 보나?"

"기수는 전혀 위협이 되지 않을 걸세. 그렇지만……."

리자드맨 승려는 턱에 손을 대고 눈을 빙그르 돌리더니 사려 깊게 모켈레 음벰베를 관찰했다.

"장수를 잡으려면 말부터. 허면, 말을 잡으려면 장수부터가 정석이 아니겠는가?"

"대비를 해두길 잘했군."

고블린 슬레이어는 흘끔 머리 위, 객실로 배당된 방의 발코니를 보았다.

"어쨌든지 저 고블린은 죽인다. 살려둘 이유가 없다."

"그럼, 내가 할게!"

엘프 궁수가 맨 먼저 손을 들었다.

그녀는 목소리에서 느껴지는 기색과 달리, 날카로운 시선으로 모켈레 음벰베의 등에 올라탄 고블린을 노려보았다.

"솔직히 열 받는단 말야, 고블린. 어제도 그렇고 오늘도 그렇고, 여긴 우리 집이거든!"

고블린 슬레이어가 수긍했다.

고개를 끄덕인 그가 엘프 궁수의 어깨를 가볍게 두드렸다. 엘프의 기다란 귀가 쫑긋 흔들렸다.

"저, 뭐라는 녀석은 이쪽에서 억누른다. 도와라."

"오냐."

"그야 물론일세."

그대로 굳어 버린 엘프 궁수는 내버려두고, 리자드맨 승려와 드워프 도사는 평소와 같은 기색이었다.

일이 이렇게 된 상황에서 고블린 슬레이어의 판단…… 아니.

그가 「뭔가 저지르는」 것은 지금까지 1년동안 지내면서 잘 이해하는 사람들이었다.

이 기묘하고 괴팍한 별종 모험가가 리더를 맡은 것은 그만한 이유가 있는 것이다.

"저기, 저는……."

"상처 치료 준비다."

조심조심 물어보는 여신관에게 고블린 슬레이어의 지시는 흔들림이 없었다.

"죽이는 것이 안 된다면 상처도 안 좋겠지."

그걸로 방침이 정해졌다.

엘프 궁수는 활을 들어 기습의 기회를 엿보고, 드워프 도사는 촉매가 든 가방에 손을 넣었다.

리자드맨 승려가 송곳니를 쥐고서 기도에 대비하며, 여신관이 석장에 매달려 지모신에게 기도를 바친다.

고블린 슬레이어도 자신의 장비에 손을 올리더니—.

"어이, 너희들, 뭘 하고 있나!"

그때 날카로운 목소리가 화살처럼 날아왔다.

바깥에 나와 있던 여자와 아이들을 피난시키고 다닌 모양이다.

마을을 한 바퀴 돌아온 빛나는 투구의 엘프는 긴장과 흥분으로 땀을 흘리고 있었다.

"아아, 오라버니. 괜찮아~."

엘프 궁수는 긴장감 없이 헤실 웃었다.

"이런 거, 우리들 익숙하니까."

"그러나……!"

"내가."

고블린 슬레이어가 가로막으며 말했다.

"내가 할 일이다."

고블린 슬레이어는 낮게 덧붙이고, 검을 뽑아 빙글 손목을 돌렸다.

상대는 고블린이다.

고블린.

그러면 대답은 뻔하다.

"고블린을 죽이는 건, 내가 할 일이다."

§

나무들이 쓰러진다. 포효가 오른다.

송곳니를 휘두르고, 눈에 띄는 자를 압살하고자 나아가는 짐승은, 등에 매달린 고블린을 전혀 신경 쓰지 않는다.

박차를 가해 광란시키는 것이 목적이었다면, 고블린은 역할을 다 했다고 할 수 있다.

그러나 그는 아직도 이것이 자신의 기승이라고 생각하는지, 고삐를 쥐고 지저분하게 매도를 내뱉고 있었다.

그러나, 아무리 끼엑끼엑 고블린이 짖어봤자 뭐가 어찌 될 리 없었다.

모켈레 음벰베는 그런 존재가 아닌 것이다.

"GOO! GRRB!!"

"MBEEEEMMMBE!!"

그렇지만, 어쨌든지 그 존재가 엘프의 마을에 위협이 되는 것은 변함이 없었다.

밀림을 빠져 나오고 있는 거수는 착실하게 마을로 거리를 좁히고 있었다.

—만약 이대로 마을에 쳐들어오면!

그러나 나무들 위를 달리면서 상태를 살피는 엘프들도 선불리 손을 댈 수 없었다.

고작해야, 흙의, 나무의, 각각의 정령에게 조력을 청하여 진로에 방벽을 마련하는 정도.

그것은 모켈레 음벰베가 손쉽게 유린해 버리지만 없는 것보다는 훨씬 낫다.

신성한 짐승에게 활을 겨누는 엘프는 보통은 없다.

없어야, 하는데…….

"엿, 차……!"

표범처럼 민첩한 움직임으로 달리는 자유분방한 엘프 궁수는 몇 안 되는 예외였다.

그녀는 가지 위를 달려, 넝쿨을 타고, 공중으로 뛰면서, 우아한 움직임으로 나무 눈 화살촉의 화살을 쏘았다.

그러나 화살은 바람을 가르고 휭 날아가, 모켈레 음벰베의 등판에 덜컥 맞아서 튕겨나갔다.

"……우음."

생각보다 상대의 움직임이 재빠르다.

선배 엘프들이 불손한 젊은이에게 비난의 소리를 내는 가운데, 엘프 궁수는 실수했다면서 끄떡도 안 한다.

그녀는 입술을 낼름 핥더니, 땅을 박차고 나무 껍질을 차며 순식간에 속도를 올렸다.

회색 짐승을 손쉽게 추월한 엘프 궁수는 단숨에 나무를 달려 올라가 나무껍질의 이끼를 잡았다.

"조금 버릇이 없지, 만…… 영차!"

그녀는 한 손과 한 발로 자세를 지탱하면서, 남은 손으로 활을 붙잡고 입에 화살을 물었다.

그대로 치아로 물어 끼리릭 현을 당기고, 쏜다.

"GOORB?!"

비명이 들렸다.

나무 눈 촉의 화살은 등판 사이를 바늘 꿰듯 통과하여, 훌륭하게 고블린 라이더의 눈두덩을 꿰뚫었다.

고블린은 오른쪽 눈에 박힌 화살을 붙잡으며 몸부림치다가 거대한 짐승의 몸통에서 굴러 떨어진 다음에 밟혀 뭉개졌다.

모켈레 음벰베가 짓밟은 발자국에서 원형을 유지한 사지만 엿볼 수 있었다.

"그쪽, 갔어!"

"알겠네."

우에. 엘프 궁수가 표정을 찌푸리면서 외치자 리자드맨 승려가 응답했다.

그는 두 다리로 단단히 대지를 디디고, 양팔을 벌려 모켈레 음벰베의 앞길을 막았다.

밀림 안쪽에서 거대한 짐승이 흥분하여 닥쳐오고 있는데, 비늘 한 장, 꼬리 한 줄기도 움직이지 않는다.

"상대로 부족함이 없군. 어디 한 번 승부를 해보세나."

리자드맨의 턱이 씨익 올라가고 용맹한 웃음이 떠올랐다.

이기면 영예. 만약에 져서 죽더라도 시간은 벌 수 있으리라.

어느 쪽이든 나쁘지 않다. 그렇다면 각오를 굳히고 나아갈 뿐이라.

동료를 위해 같은 뿌리를 가진 무시무시한 용의 후예와 대치하는 것. 이토록 은혜를 받은 리자드맨은 없으리라.

선재라!

그는 폐부에 축축한 대기를 스읍, 빨아들이며 쾌활하게 죽음을 생각했다.

리자드맨이 다들 그런 것처럼, 전투에서 죽는 것 이상으로 존귀한 것은 없다.

돌고 도는 생명의 나선 한가운데에서 용의 영역까지 용맹한 영혼이 되는 것이야말로 바람이니.

“이이이이이이이이이이아아아아아아아아아아아아아아아아앗!!”

선조의 힘을 빌리지 않는, 리자드맨 승려 자신의《드래곤즈 로어》가 브레스(숨결)처럼 뿜어져 나왔다.

폐부에서 뱉어낸 열풍이 대기를 파르르 떨게 만들며 세상으로 퍼졌다.

“MOOOOOBMMBE!!”

모켈레 음벰베가 응답하는 것처럼 외쳤다.

거수는 눈앞에 선 리자드맨에게 덤벼드는 것처럼 뒷다리로 땅을 디디고 앞다리를 들었다.

고위의 생물인 그가 과연 리자드맨 승려 따위 자그마한 자에게 겁을 먹었는지는 알 수 없었다.

그러나 어쨌든지, 도전하는 불손한 자에 대한 적의를 부추기는 것에는 성공했다.

들어 올린 앞발을, 나아가 전투망치처럼 리자드맨 승려에게 떨구려고 하는데—.

“《마시라, 노래하라, 술의 정령(스피릿). 노래하고 춤추고 잠에 빠져, 술 마시는 꿈을 보여주거라》.”

휘청, 커다랗게 자세가 무너지더니 발을 굴렀다.

쿠웅. 둔한 소리와 진흙을 튀기며 짓밟은 곳은 리자드맨 승려보다 훨씬 앞이다.

“어이쿠. 어허. 이것은 어찌해야 할지.”

“비긴 게로다, 비긴 게야. 그렇게 해두면 되지 않느냐?”

《드렁크》였다.

어느샌가 리자드맨 승려 옆에 나란히 선 드워프 도사가 한 손에 술병을 들고 술법을 뽑아낸 것이다.

아무리 엘프의 마을, 엘프의 영역이라지만, 술의 정령은 드워프와 궁합이 좋다. 그리고 신과도.

“MOKEEEEEEKEKELE…….”

술기운을 정면으로 쐰 모켈레 음벰베는 휘청거리며 위태로운 기색으로 고개를 흔들었다.

“좋아. 이제 됐다, 카미키리마루!”

“좋다.”

드워프 도사가 소리를 지르자, 후방— 대수의 뿌리 근처에서 대기하던 고블린 슬레이어가 움직였다.

그는 재빨리 가방에서 달걀 같은 것을 꺼내더니 그것을 곧장 던졌다.

"MOLLLLKEEEEEEL?!?!?!"

안면에 격통이 작렬하자 모켈레 음벰베가 각성과 동시에 절규를 내지르며 몸부림쳤다.

고춧가루에 벌레의 분말 따위를 뒤섞은 최루제다. 그것을 정면으로 맞았으니 무리도 아니었다.

시야가 막히고, 의식은 몽롱해지고, 영문을 모른 채 날뛰는 모켈레 음벰베.

목을, 뿔을, 등판을, 꼬리를 휘두르는 모습이 소형 폭풍우 같았다.

섣불리 다가가면 다음 순간에 치어서 날아가 버리리라.

"그래서, 다음은 어떡하는 건가요?"

곁에서 대기하던 여신관이 약간 딱딱한 표정으로 물었다.

긴장한 것이리라. 위로 올려다보는 시선이지만 고블린 슬레이어는 신경 쓰는 기색도 없었다.

"판단력은 빼앗았다."

고블린 슬레이어는 담담하게 말을 이었다.

"여기서부터 시작한다."

그렇게 말하고, 그는 머리 위로 한쪽 손을 들었다.

"떨어뜨려라."

"저기, 그래도 돼? 괜찮아?"

그 앞— 대수 위의 발코니에서 소치기 소녀가 조심조심 얼굴을 내밀었다.

"상관없다."

알았어. 그녀는 반신반의하며 고개를 끄덕이고, 바닥에 흩어져 있던 것을 손으로 집었다.

상당히 거추장스럽고, 무겁다. 아무리 농사일로 단련을 했어도 꽤 힘들다.

두 사람이라 다행이야―. 그녀는 눈앞에서 도와주는 접수원에게 눈짓을 했다.

"그럼, 나는 이쪽 들게……."

"저는 이쪽, 이네요. 그러면, 영차, 하면서 해요."

"응. 좋아. 영차……!!"

아가씨 둘이 달려들어 들어 올리고 내던진 것은 밧줄 더미라고 해야 할 물건이었다.

방금 전까지 고블린 슬레이어가 꼬고 있던, 그 가죽 밧줄 더미다.

땅에 떨어진 그것은 커다랗게 요동치더니 마치 생물 같은 것처럼 꿈틀거렸다.

"히약!"

여신관이 무심코 물러났지만 고블린 슬레이어는 상관 않고 밧줄 더미 끝을 한 움큼 잡았다.

"너는 거기서 대기해라."

괜찮아? 위에서 소리가 들리자, 그는 물러나 있으라며 손을 흔들어 대답하고 밧줄을 어깨에 둘러맸다.

"흐흠."

리자드맨 승려가 축 늘어진 끝부분을 흥미로운 기색으로 들어 올렸다.

"그런데, 이것은?"

"놈의."

고블린 슬레이어가 말했다.

"발치에 던져놓는다."

"던져 놓기만 하면 되는 것인가?"

"안 된다면 다른 수를 생각하지."

"맞는 말일세."

두 전사는 거리를 정확히 유지한 채 민첩하게 달렸다.

"우옷."

"헤에."

드워프 도사가 물러나고, 내려다보는 엘프 궁수가 감탄의 목소리를 흘렸다.

한 걸음, 두 걸음, 세 걸음.

마지막 거리를 단숨에 좁히더니 고블린 슬레이어가 밧줄을 대충 던졌다.

물론, 모켈레 음벰베는 신경 쓸 겨를이 없었다.

반신인 거대한 짐승은 그 거대한 발로 밧줄을 밟았다. 그 충격으로 밧줄 더미가 춤을 추었다.

춤추는 밧줄은 다리에 엉킨다. 엉킨 밧줄에서 뻗은 줄이 나무들에 걸치더니, 다시 엉킨다.

"허어."

그 모습을 바라본 리자드맨 승려가 납득한 듯 턱을 쓰다듬으며 눈을 빙글 돌렸다.

"좋은 수로군."

"아직 모른다."

"그러나 밧줄이란 가만히 둬도 엉키는 법이니 말일세."

거대한 짐승은 닫힌 시야, 어질어질 흔들리는 땅, 용의 포효 안에서 열심히 몸부림을 쳤다.

그러나 몸부림을 치면 칠수록, 튀어 오르는 밧줄이 나무들에, 가지에, 풀에 엉켰다.

벗어나고 싶어도 밧줄에 묶인 무게추가 그 움직임을 둔중한 것으로 바꾸고…….

"MBEMBEMBEMBE?!?!"

이윽고 한계가 찾아왔다.

사지가 꽁꽁 묶인 모켈레 음벰베의 거체가 기어이 휘청, 기울어졌다.

그렇게 되면 더 이상 버티고 설 수 없다.

기울어진 다음은 일직선.

모켈레 음벰베는 대지를 뒤흔드는 굉음과 함께 옆으로 무너져 쓰러졌다.

"……쓰, 쓰러뜨렸어……?"

"말 그대로의 의미로구만."

뭉게뭉게 흙먼지가 피어오르고 거수의 약한 울음소리가 울렸다.

멍하니 서 있던 여신관에게 고블린 슬레이어가 고개를 돌리자, 그녀는 작게 고개를 끄덕였다.

그리고 석장에 매달려 눈을 감고 짧게 지모신의 이름을 속삭이며 기도했다. 죽어간 고블린을 위해서.

"……됐나?"

"네."

여신관은 고개를 끄덕였다.

"곧장 치료를 할게요!"

"부탁하지."

"오냐. 내가 따라가 주마."

찰랑. 술병 안의 술을 흔들면서 배를 두드린 드워프 도사가 말했다.

"날뛸 것 같으면 또 한 번 《드렁크》로 잠들게 해주마."

"죄송합니다, 부탁드릴게요!"

여신관이 서둘러 달려가자 드워프 도사가 허둥지둥 따라 달렸다.

모켈레 음벰베는 불온스런 기척을 두르고 목을 으르렁댔지만.

"《자비 깊은 지모신이여, 부디 이자의 상처를 그 손으로 어루만지소서》……."

여신관이 지모신에게 치유를 소원하자 그 몸에 입은 상처가 치유되었다.

신의 뜻이 이곳에 있음이라. 짐승이라기보다 신에 가까운 존재이니 그것도 이해할 수 있으리라.

고블린 슬레이어는 차츰 얌전해지는 거수를 곁눈질하며 성큼성큼 걸어갔다.

그 거수에게 짓밟힌, 가엾다고 할 생각도 안 드는 고블린의 시체로.

"……흠."

혈육과 내장과 뼈가 엉망으로 뒤섞인 주검에, 가죽 갑옷의 잔해가 섞여 있었다.

부러지고 부서지긴 했지만, 무기로 휴대하고 있는 건 단검 같은 것일까?

적어도 석기는 아니다. 철기…… 철의 칼날. 조달한 곳이 있다고 봐도 틀림없다.

"……지금 그 함정, 어디서 배웠지?"

문득 고블린 슬레이어에게 누가 말을 걸었다.

"그것은 대형 짐승을 붙잡는데 쓰는 오래된 수법이다."

휭 부는 바람을 탄 것처럼, 어느샌가 빛나는 투구의 엘프가 나타났다.

엘프의 대궁을 어깨에 걸고, 옆구리에는 넝쿨을 꼬아 만든 밧줄 더미를 안고 있었다.

"발치에 밧줄을 던져두면, 저절로 뒤엉켜 쓰러진다. 설마 사전에 준비를 했을 줄이야."

"**코끼리**라는 것의 이야기를 들었으니까."

"……뭐라고?"

고블린 슬레이어는 웅크린 자신 바로 옆에 선 그에게 눈길도 안 주고 말했다.

"이 안에, 다른 마을이 있나? 엘프가 아닌 종족이라도 상관없다."

"아니, 다른 마을은 없다. 도시에서 온 약사 같은 자들도 숲 가장자리에 머무른다. 요즘에는 적지만……."

빛나는 투구의 엘프는 턱에 손을 대고 생각에 잠기며 대답했다.

"그리고, 가끔 모험가가 비약의 재료다 짐승 가죽이다 찾으러 안쪽으로 들어간다만…… 뭐, 일단 안 돌아온다."

"그런가."

고블린 슬레이어가 고개를 끄덕이고 손에 든 강철의 칼날을 허리띠에 끼웠다.

"……그런가."

"그런데 아직 대답을 못 들었다만."

"아버지가, 마을의 사냥꾼이었다."

고블린 슬레이어는 그를 보지도 않고 고개를 옆으로 저었다.

"그뿐이다."

얼마 안 가, 저무는 태양의 마지막 빛이 지평선 너머로 자취를 감추었다.

쌍둥이 달이 어슴푸레한 빛을 밀림으로 던지기 시작했다.

§

회의는 흔들렸다.

본래 유구한 수명을 가진 엘프의 회의였다. 길어지지 않을 도리가 있겠는가?

연장자들이 모여서, 빙 둘러앉아, 야광충의 빛 아래서 마을의 앞날에 대해 논한다.

신수 모켈레 음벰베의 폭주. 그것을 붙잡았다는 불손한 행위.

근처에 나타나는 고블린 놈들의 무리. 고블린이 많은 것은 늘 그렇긴 하지만.

그들이 배를, 모험가를 공격했다는 사실. 애당초 흄이 숲을 흐트러뜨리도록 놔둔 것이 좋지 않다.

그러면 고블린이 신수에 올라탄 것은 어떤가? 고블린에게 그 정도 용기가 있는가?

의제에 대한 반대의견이 나오고, 이러면 어떨까, 저러면 어떨까 쌓여간다.

오해가 없도록 말을 해두자.

엘프가 어리석은 것이 아니다.

엘프는 대단히 총명한 종족이며, 온 세상에 그보다 더한 지혜는 없다.

그렇기에, 그들은 일단 먼저 온갖 가능성과 의견을 내놓기를 선호하는 것이다.

모두가, 하염없이 같은 방향으로 돌진하는 것의 어리석음을 그들은 알고 있었다.

고블린이 꾸미는 책모를 경계하는 한편, 그것이 별 것도 아닌 기우라면?

고블린 놈들에게 리소스를 할애한 만큼 무언가 문제가 생길 것은 명백했다.

그것은 다른 기도하지 않는 자의 습격이나, 혹은 흄들과의 분쟁.

때로는 그 대답이 미증유의 위협에 이르는 일도 많다.

흄은 수면에 돌멩이를 던진 파문밖에 못 보지만, 엘프는 그보다 훨씬 너머를 내다본다.

10년 뒤조차 생각하지 못하는 흄에 비해 엘프는 백 년, 천 년 앞까지 생각한다.

이 탓에 엘프의 엉덩이가 무겁다. 겁이 많다. 어리석다고 비웃는 것은 그야말로 흙의 오만이리라.

그리하여 두뇌를 휘젓는(브레인 스토밍) 회의는 이어졌다.

엘프 궁수는 그런 건 사양한다면서 얼른 빠져나왔다.

밤바람을 쐬면서, 크아. 하품을 한 번.

대수의 가지 하나. 객실의 발코니에서 뛰어 달려간 곳.

산들거리는 잎 소리를 귀로 즐기고, 흐르는 구름이 가는 곳을 생각하며, 쌍둥이 달과 별의 빛을 바라본다.

드러누워서 세상을 즐길 수 있는 가장 좋은 장소 중 하나이리라.

—어차피 그 녀석의 결론은 정해져 있을 테니까, 회의를 해 봤자 소용없지.

엘프의 회의가 어떻게 되든지.

고블린, 고블린, 고블린, 고블린. 오르크볼그가 가는 곳은 뻔히 알고 있었다.

애당초 그녀는 숲을 뛰쳐나간 말괄량이고, 신수에게 화살을 쏜 불손한 젊은이였다.

노인들의 회의 결과에 따라야 할 의리는 없을— 것이다. 아마도. 그럴 거다.

밤인데도 어디선가 날아온 새와 노닐던 엘프 궁수는 그렇게 생각하며 웃었다.

그런데—.

"……NISGNAD(당신)."

가지 하나, 잎사귀 한 장도 흔들지 않으며 악기의 음색을 닮은 목소리가 울렸다.

딱히 혼내는 것이 아닌데도, 엘프 궁수는 황급히 다리에 관을 달아둔 새를 놓아주었다.

파드득 날갯짓한 그것은 이윽고 회의장인 커다란 방의 창으로 스르륵 들어갔다.

또 이런 곳에 올라왔나요 상스러워라
"OYANTAWALO ESOG NURI DDO. ARUWURSNAS."

어머, 언니도 올라왔잖아
"UMU, ANAJTAWALO ODINNU."

엘프 궁수는 훌쩍 고개를 들어 머리를 뒤로 눕히더니 고양이처럼 눈을 가늘게 떴다.

뒤집어진 시야에 풍만한 몸을 감싼 은사의 드레스가 보였다.

조용히 소리도 없이 가지를 따라 걷는 언니의 모습을 보고, 엘프 궁수는 가벼운 몸놀림으로 몸을 일으켰다.

괜찮아 회의 안 나가도
"ANAHCNEWG? ODAGAN NA IUIOWH."

할아버지들한테 맡겨두겠어요
"ETNAHLUDIJUBALAH, OYUSTEGOODUYGTAM."

울적한 표정을 지은 화관의 숲공주는 서서히 고개를 옆으로 저었다.

그녀 또한 명백하게 회의에서 빠져나왔다.

수장의 딸, 이른바 엘프의 공주라고는 하지만 회의에서 발언하기에는 아직 나이가 부족하다.

엘프에게 연공서열은 흔들림 없는 진리다.

그렇기에, 필멸자를 판단할 때는 그 행동을 보는 것인데.

갈 셈이군요
"……OYNUGIMES LAG?"

내버려둘 수 없잖아
"ANAJBU OOS LOODUYRUBEAN?"

그것이 과연 고블린을 말하는 건지, 고블린 슬레이어를 말하는 건지는 알 수 없었다.

설령 언니가 물어봐도 그녀는 애매하게 웃으며 대답하지 않을 것이다.

어쩌면, 엘프 궁수 자신도 사실은 잘 모르는 걸지도 모른다.

"…………OYANIT NUNOGLA(알고는 있나요)?"

그렇기에 화관의 숲공주가 물었다.

여동생이 무슨 생각을 하며, 어째서 모험가가 되었는지는 모른다.

설령 하이 엘프라고 해도, 다른 사람의 마음속까지 들여다볼 수는 없으니까.

"NUGNUYMOOS(흄의 수명은) IUMUH, OYABLAZZ(짧아요)."

그녀 자신이 마치 대수의 일부인 것처럼, 가지 위를 나아가는 걸음에는 흔들림이 없었다.

마치 그녀 자신이 이 나무에 핀 꽃인 것 같기도 했다.

"MURUHCTIBLUYB(반짝이는 별빛처럼) NUNIGAZZNAB, OYJIRUBUYJARAS(사라져 버리죠)."

그렇게 말한 화관의 숲공주는 밤하늘에 빛나는 별들을 향해 손을 뻗었다.

반짝, 반짝. 별들의 빛은 멀어서 닿지 않는다. 빗방울이 떨어지는 구멍. 불타는 바람.

닿지 않는 것을 쥐고자 하는 언니의 동작에, 여동생이 키득 웃고 자신의 손도 하늘로 뻗었다.

"USSIOGLA(알고 있어), INNU(언니)."

엘프 궁수는 빙글 하얀 손가락으로 공중에 원을 그렸다.

"그래서 말야, 이렇게 생각해."

그것은 노래 같은 공용어였다.

엘프란 것은 어찌도 이리 우아한 것일까? 아리따운 것일까?

아니, 어쩌면 일족의 테두리에 담기지 못하고 숲을 뛰쳐나간 이 아가씨이기 때문일까?

"그 녀석의 목숨이, 앞으로 50년, 60년, 70년일지는 알 수 없어. 내일 끝나 버릴 수도 있고."

달빛 아래, 엘프 궁수는 천진함마저 엿보이는 앳된 미소를 지었다.

"그 정도라면, 어울려줘도 좋지 않아?"

그것은 예를 들어, 한 잔의 술에 취하는 것처럼.

거품 같은 꿈속을 거니는 것처럼.

불멸자인 하이 엘프이기에.

필멸자의 인생은 눈부신 별 같은 보물임에 다름없다.

손을 뻗어도 쥘 수 있는 것이 아니다. 쥔다고 해도 그 열에 데일 것이다.

"친구라는 건, 그런 거잖아?"

"……헤어지는 건, 괴롭답니다."

미소 짓는 여동생에게, 화관의 숲공주는 붙잡은 별을 떨치는 듯 손을 흔들었다.

"딱히."

엘프 궁수는 살며시 눈길을 돌렸다.

"그렇게 대단한 건 아니야."

담담하게 말한 그녀는 다음 순간 위태로울 것 없이 다리를 공중에 뻗었다.

눈 깜빡 할 사이에 몸이 하늘에 떠올랐다.

"드워프가 말했어."

그녀는 교묘한 손놀림으로 가지를 붙잡고서 커다랗게 반동을 실어 호를 그렸다.

빙글 재주를 넘어 돌아온 곳은 너무나 좋아하는 언니의 바로 앞이었다.

"숙취의 괴로움도 포함해서 술을 즐기는 거라고."

"……무슨 말을 해도, 소용없군요."

호오. 화관의 숲공주 입술에서 희미한 한숨이 흘렀다.

그녀는 달을 보는 밤꾀꼬리처럼 눈웃음을 지으며 소중한 여동생을 보았다.

"당신은 옛날부터 그랬죠. 내가 뭐라고 말해도 절대 안 들어요."

"어머, 그건 언니도 그렇잖아? 멋대로 회의 빠져 나왔으면서."

키득. 엘프 궁수는 작은 새가 지저귀는 것처럼 희미한 웃음소리를 흘렸다.

그녀는 고양이처럼 눈을 가늘게 뜨고, 싱글싱글 웃으며 언니를 올려다보았다.

"그 꽉꽉 막힌 성실한 엘프가 어디가 좋은지, 난 전혀 모르겠어."

"……당신이 그렇게 말을 하나요?"

화관의 숲공주는 타이르는 것처럼 입술을 삐죽거리고 가볍게 힘을 주어 여동생의 이마를 찔렀다.

어렸을 적— 천 년도 더 옛날에 이렇게 서로 부대끼며 노닐었던 것처럼.

엘프 궁수는 「아야야」 거창하게 아픈 시늉을 하면서 문득 생각했다.

언제부터였을까? 언니와 그녀가 이렇게 키 차이가 안 나게 된 것은.

언제부터였을까? 언니와 사촌 오빠 사이에 그런 마음이 있는 것을 눈치챈 것은.

언제부터였을까? 언니의 여동생이 아니라 한 사람의 엘프가 되고 싶다고 생각한 것은.

그리고 언니는 결혼한다. 이미 자신의 언니가 아니라, 아내가 되고, 비(妃)가 되는 것이다.

강을 흐르는 잎의 행방을 좇아서 여행을 떠난 것이 아직 몇 년도 안 지났건만.

천 년 전의 추억보다도 훨씬 긴 나날을 떨어져 지낸 것 같은 생각마저 들었다.

"꼭 무사히 돌아오세요. ……기다릴 테니까요."

"……응."

엘프 궁수는 살며시 고개를 끄덕였다.

§

"……그래서, 이것은 어떤 목적이지?"

빛나는 투구의 엘프는 기분 나쁜 것을 숨기지도 않는 기색을 보이며, 우아한 움직임으로 털썩 앉았다.

신화의 조각상 같은 미모는 굳어졌고, 밤바람에 나부끼는 머리칼을 진심으로 귀찮은 듯 쓸어 넘겼다.

그 움직임마저도 우아한 것은 엘프란 종족이 타고난 것이리라.

그의 눈앞— 달 아래의 발코니에는 술병 몇 개와 튀긴 감자가 접시에 담겨 있었다.

"어떤 목적이라니."

그리고 둘러앉은 몇 명 가운데, 드워프 도사가 수염을 만지면서 당연하단 기색으로 말했다.

"독신 마지막 밤에 남자들끼리 모여서 술을 마시는 것은 흔치 않느냐?"

"혼례 의식은 아직 며칠 남아 있고, 지금은 한창 회의중이다만."

"엘프의 며칠이야 오차가 아니더냐? 네가 있든 없든 회의는 정리가 안 될 것이고."

"정말이지, 드워프란 것은 이리 대충이라 안 된다."

"이래서 엘프란 것들은, 사소한 걸 신경 쓰는구나."

수명이 줄어들게다. 드워프 도사가 가볍게 말하자 빛나는 투구의 엘프는 머쓱해진 모양이다.

불쾌하다고 말을 하듯 찡그렸던 표정을 달래는 것처럼 리자드맨 승려가 눈을 빙글 돌렸다.

"뭐, 전쟁에 앞서 술을 마시는 법이 아니겠는가? 우리들을 위무하는 자리라 생각하셔도 괜찮다네."

아니면 엘프에겐 그러한 풍습이 없는 것인가? 물어보자 빛나는 투구의 엘프는 「있다」라고 응답했다.

"그러니 거부는 안 한다, 그러나…… 갈 셈인가?"

"물론이다."

망설임 없는 대답. 물론 고블린 슬레이어였다.

싸구려 철 투구, 지저분한 가죽갑옷, 언제나 무구를 놓지 않는 모험가는 단단히 고개를 끄덕였다.

"고블린이다. 몰살 시키지 않을 도리가 없다."

"그러면, 어떻게 공격할 셈이지?"

빛나는 투구의 엘프는 흥미롭게 질문하면서 입가를 적시듯 혀로 핥았다.

"고블린의 소굴이 밀림에 있다 치고……."

"흠. 육로나 수로겠지."

고블린 슬레이어는 팔짱을 끼었다.

"어떻게 보나."

"수로밖에 없을 걸세. 탐색자 선생이라면 모를까, 신관 선생에게 이 밀림의 더위는 타격이 있을 테니."

리자드맨 승려는 고블린 슬레이어의 물음에 한순간도 주저 없이 대답했다.

"지리적 이점은 적에게 있지. 어설프게 밀림을 답파하는 것보다는, 강을 가는 편이 승산이 있을 걸세."

"문제는 뗏목이다."

고블린 슬레이어는 오는 길을 떠올리며 말했다.

"화살 방패도 없다. 침몰시켜달라고 말하는 꼴이지."

"가공하기에는 시간이 부족하네만."

"고블린 놈들은 이쪽의 존재를 알고 있다. 놈들도 책략을 짜게 놔두면 일이 귀찮아지겠지."

"빠른 공세는 늦은 책략을 이긴다. 그렇지. 그렇고말고."

고블린 슬레이어와 리자드맨 승려는 재빨리 마주 앉아 전략을 정했다.

흐으음. 신음한 리자드맨 승려가 긴 목을 돌려 드워프 도사를 보는 것도 늘 있는 일이다.

"술사 선생은 무슨 수가 있으신가?"

"어디보자."

안주인 튀김을 먹고 있던 드워프 도사가 손가락을 핥고서 촉매가 든 가방에 손을 넣었다.

모르는 사람이 보면 언뜻 잡동사니 같은 물품들이 주구(呪具)란 것은 생각지도 못하리라.

그는 자신의 수법을 확인하는 것처럼 가방을 휘젓더니, 잠시 후 깊게 고개를 끄덕였다.

"바람의 정령에게 화살막이의 수호를 받는 것이 고작이구먼. 유감이지만, 나는 궁합이 안 좋으니라."

철을 단련하는 데는 지수화풍의 4대를 당연히 쓰지만, 바람만 따지면 이야기가 달라진다.

"그 정도라면, 내가 바람의 정령(실프)에게 부탁해 보지."

"그거 고맙구먼."

빛나는 투구의 엘프가 받아들이자 드워프 도사가 배를 두드렸다.

그러나 기분 좋아진 드워프에 비해서 엘프는 「이해가 안 되는군」이라면서 고블린 슬레이어를 보았다.

"……솔직히 말해서, 아무래도 나는 믿을 수가 없다."

"뭘 말인가."

이미 술자리에 어울리기로 했는지, 신랑이 될 엘프는 뿔잔에 넘실대도록 술병에서 손수 술을 따랐다.

"이곳은 엘프의 마을이 아닌가? 그 바로 옆, 이 밀림 속에 고블린 놈들이 둥지를 만들겠나?"

실제로 고블린 기수를 추적해 죽이고, 신수 모켈레 음벰베가 폭주하고서도.

"도저히 그런 무모한 짓을 할 거란 생각이 안 든다."

엘프가 신음했다.

"그래."

고블린 슬레이어가 말했다.

"나도 그렇게 생각했다."

"음……."

"고블린이란 것은 어리석지만, 멍청하진 않다. 놈들은 빈틈이 없다. 그러나……."

옛다. 드워프 도사가 잔에 술을 따라 돌렸다.

고블린 슬레이어는 그것을 받아 벌컥 들이켰다.

"고블린이 엘프를 위협이라고 생각할 만큼, 현명하다고 생각하나?"

결국은 그런 것이다.

앞뒤를 생각지 않는다. 지금 눈앞에 있는 것을 빨아먹을 뿐인 것이다.

엘프에게 공격을 받으면, 모험가에게 공격을 받으면, 저항도 하고, 도망치기도 한다.

그렇지 않다면 놈들에게 진실은 오로지 하나.

『얼빠진 엘프 놈들이 태평하게 살고 있으니 공격해서 빼앗고 범하고 죽인다.』

그것뿐이다.

왜냐하면 그들은 평소부터 엘프 놈들에게 험한 꼴을 당하고 있으니까.

죽이는 게 당연하다.

범하는 게 당연하다.

자신들을 약자라고 생각하면서, 좋은 꼴을 보기 위해서 전력을 다할 것이다.

"깨닫고 보니 마을 근처에 둥지가 생겼다. 가축이나 작물, 도구를 도둑맞는다. 다음은 사람. 마지막에는 마을이다."

"고블린 놈들을 칭찬할 심산은 전혀 없네만서도."

리자드맨 승려가 자신의 짐에서 가져온 치즈를 맛있게 깨물었다.

커다란 턱을 움직여 씹고, 목을 울리며 삼켰다. 포도주를 단숨에 들이켰다.

"놈들의 행동력과 욕망 그 자체는 눈여겨볼 만 하다네."

"욕망을 칭찬하는 건가?"

빛나는 투구의 엘프가 묻자 「그야 물론일세」라며 리자드맨 승려가 크게 끄덕였다.

어디 보세. 꼬리를 들어 고쳐 앉은 그는 설법이라도 하는 것처럼 커다랗게 양손을 펼쳤다.

"애당초, 욕구란 것은 무언인가?"

"비늘 친구야. 그것은 저것이니라. 맛있는 것을 먹고 싶다. 여자를 안고 싶다. 돈을 갖고 싶다 아니더냐?"

"맞네. 식사도 욕구, 벗도 욕구, 사랑도 욕구, 꿈도 욕구. 선악은 그 다음, 또 다음일세."

약육강식, 성자필쇠, 적자생존은 부정할 수 없음이라. 리자드맨 승려는 커다란 턱을 씨익 끌어올려 웃었다.

"살아가는 것은 곧 욕망한다는 것임이니, 생명은 초목과 벌레마저도 맹렬하게 살아가야 하네."

"……."

"흠."

빛나는 투구의 엘프는 감탄한 기색으로 한숨을 흘렸다.

"그것은, 엘프라는 종에게는 빠져 있는 것이군.

"그렇구먼. 너희들은 엉덩이가 무거워서 못 당한다. 뭐냐, 살이라도 찐 게냐? 드워프더냐? 응?"

"필멸자가 너무 바쁘게 움직이는 것뿐이다."

"그러니, 색시를 맞는데 몇백 년이고 걸리는 게야."

"음…… 그건 말하지 마라."

씁쓸하게 말하는 엘프에게 리자드맨 승려가 유쾌하게 혀를 내밀고 술을 따랐다.

"자아, 한 잔 드시게."

"……받지."

벌컥 뿔잔을 들이켜자, 엘프의 볼에는 이미 붉은 색이 드리웠다.

"그렇게 말은 한다만, 너희들도 의누이는 알지 않나?"

"그래."

고블린 슬레이어가 수긍했다.

"1년…… 1년 반 동안 함께 다녔다."

"그 언니란 말이다?"

빛나는 투구의 엘프는 짜증을 내면서 접시에 손을 뻗어, 감자를 한 움큼 집어 입에 넣더니 표정을 찌푸렸다.

"……이것은, 짜고 맵군."

"소승은 이 정도를 좋아하네만."

리자드맨 승려가 신경 쓰는 기색도 없이 우걱우걱 감자를 한 움큼 턱에 던져 넣었다.

빛나는 투구의 엘프는 먼저 품었던 존경을 어떻게 다룰까 가늠하지 못하는 기색으로 무릎에 팔꿈치를 괴었다.

"여동생이 여동생이라면 언니도 언니다. 나는 마음고생이 끊이지 않았고, 아무래도 호의를 받는다는 기분도 잘 안 든다."

"후, 후후."

리자드맨 승려는 웃음을 턱에 머금었다.

"남동생 되시는 소귀 살해자 선생은 뭔가 짚이는 곳이 있는가?"

"호오."

빛나는 투구의 엘프의 얼굴에 다소 친근한 웃음이 떠올랐다.

"누님이 있나?"

"라고, 이전에 들은 적이 있었네만."

"……어떨지 모르지."

고블린 슬레이어는 낮게 중얼거리고 술을 벌컥 들이켰다.

"나는, 누나에게 폐만 끼쳤다."

"꼬맹이는 연상에게 폐를 끼치는 게 당연한 법이니라."

드워프 도사가 빈 잔에 포도주를 듬뿍 따라 주었다. 수염 난 얼굴에는 부드러운 웃음이 떠있다.

"신경 쓸 것 없느니라."

"그럴 수는 없다."

고블린 슬레이어는 다시 술을 한 잔 들이켜고 고개를 느슨하게 옆으로 저었다.

"누나는 아마도, 내가 없었다면 도시에 나섰을 거다."

그러는 편이 틀림없이 좋았으리라. 그는 신음했다. 그리고 또 잔을 들이켰다.

드워프 도사가 포도주를 따라주자 고블린 슬레이어는 그것을 벌컥 들이켰다.

"누나를 마을에 가둔 것은, 나다."

"무슨 바보 같은 소리를."

빛나는 투구의 엘프가 넌더리를 내면서 코웃음을 쳤다.

"1년이면 말라 죽는 꽃의 가치를 묻는 것인가? 사막에 떨어진 씨앗의 의미는? 용과 쥐의 목숨을 재는가?"

"그것은 또 무엇인고?"

"엘프의 격언이다."

술을 맛있게 먹으면서 드워프 도사가 묻자, 빛나는 투구의 엘프는 신비를 가르치는 것처럼 말했다.

"어디서 어떻게 있으며 살아가고 죽든지, 평등하게 똑같다. 존귀한 것이다."

척 세운 검지로 공중에 빙글, 원을 그렸다. 우아하며 아름다운 움직임이었다.

"빠짐없이 모든 것이, 일생은 한 번. 고작해야 장소 정도로, 행복이 바뀌겠나?"

"그런가."

고블린 슬레이어는 고개를 끄덕였다.

"……그런가."

"그렇고말고."

빛나는 투구의 엘프는 그렇게 말하며 깊게 숨을 들이쉬었다.

숲에 가득한 밤의 기척을 빠짐없이 가슴 속에 담았다.

사랑은 숙명　숙명은 죽음
처녀를 거느린 기사라 해도　언젠가 죽음의 나락에 떨어지는 법
공룡을 벗 삼은 왕자님마저　사랑하는 소녀를 남기고 힘이 다하네
성녀를 사랑한 용병조차도　야망을 꿈꾸며 맞아 죽으니
무녀를 사랑한 국왕에게도　이별의 때만은 변함없구나
영웅담의 폐막은　인생의 끝이 아님이라
살아간다는 모험은　그 끝까지 이어짐이라
연심도 애정도　삶도 죽음도
벗어나는 일 따위　할 수 있으랴
그러면 무엇을 두려워할　일이 있으랴
사랑은 숙명　숙명은 죽음

오오, 드워프 도사가 손뼉을 쳤다. 리자드맨 승려는 흥미롭게 눈을 돌렸다.

낭랑하게 노래한 빛나는 투구의 엘프는 쑥스러운지 뿔잔을 들이켰다.

“그래서 나는 결혼을 하는 것이다.”

“……그러나, 나는 누나에게 폐를 끼쳤으니까.”

고블린 슬레이어는 담담하게 말했다.

“결혼도 시켜주지 못했다.”

“그러면, 하다못해 은혜를 갚아야 할 걸세.”

리자드맨 승려가 어깨를 두드리자 고블린 슬레이어는 고개를 끄덕였다.

“그래.”

생각할 일은 많고, 그리고 해야 할 일은 너무나도 많았다.

“그럴 셈이다.”

막간 「도서관에서 단서를 찾은 이야기」

—정말이지, 이런 건 지식신의 신관이 잘 하는 일인데요.

법의 신전. 그 한구석에 존재하는 서고에서, 묘령의 시제가 울적한 표정으로 숨을 내쉬었다.

아무래도 이곳의 장서는 시중에 — 애당초 서적이 고급품이지만 — 나도는 서적과는 사정이 다르다.

과거의 판례 같은 것은 귀여운 편이고, 압수한 봉인된 금서, 마도서, 외법의 서가 주르륵.

서가에 사슬로 봉해둔 구역도 많지만, 애당초 제목을 봐도 문자를 읽을 수 없는 것이 많다.

그러나 그 중에서도 시제가 우울한 표정을 짓는 이유는 장정이 원인이었다.

단적으로 말해서, 무겁다.

가죽 표지의 호화로운 것도 있지만, 중후한 철 표지도 있고, 장식이 된 것도 있는 데다가…….

그런 묵직한 책을 서가에서 꺼내 열람대로 가져가, 다 읽은 것을 돌려놓아야 한다.

이것이 상당히 힘든 노동이라서 익숙한 지식신의 신관에게 맡겨야 한다고 절실하게 생각했다.

—……물론, 이번에는 어쩔 수 없죠.

그렇지만, 이번에는 그 지식신의 문고가 습격을 받았다.

심신이 모두 피폐해진 그녀들에게 더 이상의 책무를 넘길 수는 없었다.

그리고 무엇보다도—.

"죄송합니다. 수고만, 끼치게 되어서……."

"아니요, 요만큼도! 저라도 괜찮으시다면 얼마든지 돕겠습니다."

오도카니 의자에 앉은 상사에게 보이지 않는 걸 알면서도 시제는 미소를 지었다.

—이 분이 열심히 노력을 하고 계시는데, 이 정도쯤이야!

검의 처녀. 이 법의 신전을 맡고 있는 그녀는 지난 1년 동안 크게 바뀌었다.

물론, 좋은 쪽으로.

지금까지 그녀는 지나치게 초연했다. 자신을 사람이라고 생각지 않는 경향이 있었다.

그럼에도 때때로, 마치 방치된 미아 같은 표정을 짓는 것을 시제는 알고 있었다.

예를 들어, 조용한 밤에.

곁에서 모시는 시제는, 검의 처녀가 침소를 빠져나가 매달리듯 예배당에서 기도하는 모습을 알고 있었다.

그러나— 이게 어찌된 일일까?

"그래서, 어떤가요? 뭔가 알아내셨나요?"

"당신의 말을 빌리자면……."

후후, 검의 처녀는 소리를 흘렸다.

"아직, 요만큼도."

지금 그녀의 표정은 부드럽고, 이렇게 즐거운 태도를 보이는 일이 늘었다.

지난 1년 동안, 밤에 기도하는 모습을 보지 못했다.

그것이 그 기묘한 모험가 덕분이라면 시제로서는 그에게 감사를 해야 한다.

―물론, 어린애처럼 삐치는 것만은 괜찮은가 싶긴 하지만…….

"응……."

그러면서 시제가 쓴웃음을 짓는 동안에도 검의 처녀는 판독 작업을 진행하고 있었다.

오른손으로 점토판 위를 더듬고, 왼손으로 열람대에 놓인 서적 위를 쓰다듬는다.

그녀는 서적을 만져보면 종이와 잉크의 질감 차이를 통해 문자를 읽을 수 있다고 말했다.

그것 자체도 놀랄 일이지만, 시제는 그녀가 문자를 이해할 수 있다는 것에 감탄했다.

「역겨운 지식을 알기 싫으니까」라며 고대 문자를 배우기 싫어하는 자는 자주 있다.

문장 자체에 담긴 저주나, 상상을 넘어서는 진실을 알게 되어 정신의 균형이 무너지는 것을 꺼리는 것이다.

그러나 애당초 읽고 쓰기 자체가 귀중한 기능이라지만, 아무리 그래도 탐색자인데 그래도 되는 것일까?

싸움에 도전한다면 상대가 무엇인지부터 이해해야 한다.

고블린이라면 모를까, 역겨운 마술사나 사신을 상대하고자 한다면—.

"……아아, 이것은…… 본 적이 있답니다."

문득 검의 처녀가 흘린 소리에 시제가 퍼뜩 제정신을 차리고 고개를 들었다.

"알아내셨군요."

"네. 후후, 그 분은…… 어떨까요? 알면 도움이 될 것 같기는 합니다만."

그렇지만, 분명히 흥미를 가지지 않으시겠죠.

그렇게 아쉬운 기색으로 중얼거린 검의 처녀는 묵직한 철표지를 닫더니 작게 숨을 내쉬었다.

"죄송합니다만, 종이와 붓, 그리고 비둘기를 준비해 주시겠어요?"

"또 연서는 아니겠죠?"

"정말……."

시제가 쓴웃음을 지으면서 못을 박자 검의 처녀는 볼을 부풀렸다.

"폐하와 엘프의 수장에게 보내는 편지랍니다. 저도 공사의 구분은 할 수 있어요!"

네, 그럼요. 시제는 고개를 끄덕이면서 서랍을 열고 양피지와 펜, 그리고 밀랍으로 인을 준비했다.

비둘기는 다 쓴 다음에 데리고 와야지. 신들에게 가호를 소원해서.

검의 처녀가 이렇게 말했다면 그것은 틀림없이 세상의 존망에 관련된 것이리라.

“역시 세상의 위기는 아직도 사라지지 않음이니. 세상에 모험의 씨앗은 끊이지 않는다…… 라는 걸까요?”

“그렇군요. 만만찮은 상대. 무시무시한 상대. 분명 세상은 멸망해버릴지도 몰라요.”

하지만. 검의 처녀는 속삭이고서, 볼에 손가락을 대고 꽃이 흐드러지듯 입술을 풀었다.

“그 분이 사람을 구한다면, 저희들은 세상을 구해야겠죠.”

제5장 『정글 크루즈』

Goblin Slayer
He does not let anyone roll the dice.

짹짹짹. 새가 지저귄다. 창문에서 쏟아지는 햇살. 깊은 숲 특유의 짙은 녹음의 향기.

소치기 소녀의 의식을 잠에서 각성시키기에는 모두 충분했지만, 그것이 직접적이지는 않았다.

"응, 쿠, 후, 아아아아……."

담요를 걷어내면서, 크게 하품을 했다. 이른 아침의 냉기가 실오라기 한 점 안 걸친 맨살에 편안했다.

그렇지만 그것을 탐닉할 틈은 없었다.

그녀의 각성을 재촉한 것은 다른 것이 아니다.

철커덕, 철커덕. 배당 받은 객실 밖에서 들리는, 쇠가 스치는 소리.

"……좋아!"

소치기 소녀는 자신의 양 볼을 짝 두드려 기합을 넣고 풍만한 몸을 의복에 넣었다.

급하게 속옷을 입고, 셔츠 버튼을 잠그고, 그리고…….

—바지, 바지는……!

그렇게 살이 찐 것도 아닌데, 아무래도 잘 안 들어간다. 서두르는 탓인지 손가락이 꼬였다.

"아앙, 차암……!"

어차피 평소에도 그렇게 신경 쓰지 않으니까 괜찮지 않을까? 혀를 한 번 찼다.

소치기 소녀는 속옷 위에 셔츠만 입은 차림으로, 거실로 이어지는 천을 단숨에 열었다.

"—아, 안녕!"

"음……."

그곳에 예상대로 그가 있었다.

평소와 같은 싸구려 철 투구, 지저분한 가죽 갑옷, 허리에는 어중간한 길이의 장검, 왼팔에는 자그마한 원형 방패.

잡다한 장비가 든 가방을 메고 언제든지 출발할 수 있는 모습.

"저기……."

그녀는 뭔가 얼버무리는 것처럼 중얼거리고 자신의 팔을 스스로 꼭 안았다.

"……벌써, 가는구나?"

"고블린의 소굴은 십중팔구 강 상류니까."

그는 고개를 끄덕였다.

"독이라도 흘리면 못 당해낸다."

"그건, 싫다—."

그렇게 말하고 소치기 소녀는 애매하게 웃었다.

머릿속에는 날씨라든가, 해님이라든가, 백부님에 대해서 빙글빙글 돌고 있었다.

돌고, 돌지만…….

"저, 그게……. 조심해야 돼?"

결국, 목에서 나온 것은 그런 무난한 말이었다.

그는 고개를 끄덕이며 말했다.

"그래."

그리고 성큼성큼 거침없는 발걸음으로 입구를 향해 걸었다.

소치기 소녀는 그 등을 향해 몇 번인가 입을 열고, 결국 아무 말도 못한 채 다물었다.

"너도……."

문에 손을 대고 뭔가 말하려던 그는, 미약하게 고개를 옆으로 저었다.

"너희들도다."

그리고 소리를 내면서 문이 열리고, 또 소리를 내며 닫혔다.

소치기 소녀는 숨을 내쉬었다.

얼굴에 손바닥을 붙이고 그대로 자기 머리칼을 마구 헝클었다.

아아, 정말이지. 그런 가녀린 신음 소리가 입에서 흘러나왔다.

"……가버렸나요."

문득, 등 뒤에서 희미하게 천이 스치는 소리와 목소리가 들렸다.

"……응."

소치기 소녀는 작게 고개를 끄덕이고 얼굴을 쓱슥 닦았다. 그리고 천천히 돌아보았다.

"인사 안 해도, 괜찮아?"

잠옷 차림인 접수원은 「이야아」 난처한 표정으로 볼을 긁적이고 힘없는 웃음을 지었다.

"화장 안 한 얼굴…… 보이기 싫었어요."

“마음은 이해가 가지만.”

화장도 안 하고 머리도 정돈하지 않았다. 그러나 접수원은 언뜻 봐도 평소의 미모를 유지하고 있었다.

그러나, 소치기 소녀도 한창 나이의 아가씨다.

마음은 이해한다. 쓰라릴 정도로 이해한다. 그러나, 그래도.

“나는 역시, 평소와 같은 얼굴을 봐줬으면 좋겠어.”

“…………그 용기가 부럽네요.”

접수원이 어쩐지 쓸쓸한 기색으로 숨을 내쉬었다.

소치기 소녀는 얼버무리듯 손을 흔들었다.

“생각하지 않도록, 하는 것뿐이야.”

이것이 마지막일지도 모르니까— 라는 것은.

두 사람 다 말하지 못했지만.

§

엘프의 항구— 강 가운데까지 선착장처럼 가지가 뻗은 곳에, 이미 모험가가 모여 있었다.

“후, 뮤우…….”

쿠아. 고양이처럼 눈을 가늘게 뜨고 크게 하품을 한 엘프 궁수는 아직도 꿈나라에 한 발 들이고 있었다.

그러나 다른 모험가들은 이미 바쁘게 배에 짐을 옮기며 출발 준비를 갖추고 있었다.

엘프의 배는 은색의 가지를 가진 자작나무가 우아한 눈물방울 형태로 모습을 바꾼 것이었는데.

"영치기, 영차. 으랏차. 으라차차."

드워프 도사가 뱃전에 나무 판을 이용해 마련한 울타리를 늘어놓고, 투박한 전투선으로 바꾸었다.

"……조금 더 우아하게는 안 되는 건가?"

"이것만은 어떻게 할 수가 없느니라. 즉석에서 급하게 하는 데다가 수도 부족하다. 보이는 꼴은 고집할 수 없구먼."

떫은 표정을 짓는 빛나는 투구의 엘프에게, 드워프 도사는 불만스레 코웃음을 치면서 하얀 수염을 쓰다듬었다.

"인정하는 것은 석연찮지만, 나라고 좋아서 괜한 것을 덧대고 있는 것이 아니지 않느냐?"

시간이 있다면 모를까, 급하게 하는 거다 보니 이것이 고작이라는 것일까?

그 점은 엘프도 인정하는 부분인지 더는 쓴 소리를 하지 않고 그가 바람에 손을 뻗었다.

"《바람의(실프) 처녀여, 처녀여. 입맞춤을 다오. 그들의 배에 행운을 내리기를》."

휘리리, 휘리리. 엘프의 노래에 맞추어 선풍이 춤을 추더니, 배를 감싸고돌기 시작했다.

"나도 엘프인지라 정령과는 가깝지만, 본분은 탐색자, 사냥꾼이다. 과도한 기대는 하지 말아다오."

"안다, 아느니라."

드워프 도사가 씨익 심술궂게 웃고서 곁눈질로 힐끔 엘프 궁수 쪽을 보았다.

"사람은 할 수 있는 일과 없는 일이 있는 법이니라."

"……우이우……."

쓱쓱 눈가를 비비면서 한심하게 기다란 귀를 늘어뜨린 엘프 궁수는 얼마 동안 일어날 기색이 없었다.

"그래서, 녀석의 언니는 어디 있느냐?"

"……어젯밤에 늦게까지 자매가 이야기를 했다고 하더군."

"아직 꿈의 정령(샌드맨)에게 붙들려 있는 게냐?"

빛나는 투구의 엘프는 깊숙하게 숨을 내쉬더니 두통을 억누르는 것처럼 미간을 누르며 신음했다.

"흠은 근면하다. ……우리 자매도 본받아주면 좋겠군."

그의 시선 끝에서는 이미 배에 올라탄 성직자 2명이 각자의 신에게 기도를 바치고 있었다.

"자비 깊은 지모신이여. 부디 그 손으로, 땅을 벗어나는 우리들을 이끌어 주소서……."

"백악의 뜰을 거니는 위대한 양이여, 영구히 전해지는 투쟁의 공적, 그 일부나마 내려주소서."

석장에 매달려 무릎을 꿇고 지모신에게 모험의 무사를 비는 여신관.

기괴한 합장으로 시작되는 몸놀림 손놀림으로 선조에게 전공을 약속하는 리자드맨 승려.

그곳에는 신들에 대한 기적의 탄원은 없지만, 분명히 신의 가호가 있었다.

"……후우."

한 차례 기도를 마친 여신관이 강의 흐름에 흔들리는 배 위에서 땀을 닦으며 일어섰다.

"신을 의지하는 건 그다지 좋지는 않지만요. 먼저 스스로 노력하고, 부족한 부분에서 의지하는 거니까요."

"뭐, 이렇게 소원하는 것뿐이라면 그렇게 눈총을 주는 일은 없을 걸세."

휘청거릴 것 같은 그녀의 가녀린 몸을 비늘 돋은 손으로 지탱하며 리자드맨 승려가 수긍했다.

"건곤일척의 대전, 온 힘을 다하고서도 승리를 주지 않는 신 따위 기도할 가치 없음이라."

"그렇게까지 말하는 건 또 다르다는 생각도 들지만요."

한쪽은 지모신을 섬기는 경건한 신관.

한쪽은 무시무시한 용인 선조를 모시는 용사제였다.

두 사람이 믿는 신이 다른 이상, 그 생각 또한 또 다르다.

그러나 다르다는 것은 적대하고 있다는 것이 아니다.

"하지만, 노력해요."

그녀는 마음을 담아서 고개를 끄덕이고 석장을 고쳐 쥐었다.

"끝났나."

성큼. 고블린 슬레이어가 선착장에서 모습을 드러냈다.

식량이나 침구 같은 것을 나르고 있던 그는 뱃전에 늘어선 방패에 빙글 시선을 돌렸다.

"아, 네. 방패도 실었고, 기도도 했고, 바람의 수호도 해주셨어요."

"그런가."

고블린 슬레이어가 중얼거렸다.

“덕분에 살았다.”

“아뇨!”

기특하게 미소를 짓는 여신관에게 고개를 끄덕이고, 고블린 슬레이어는 성큼성큼 선착장으로 내렸다.

그의 장비도 아울러진 무게를 받아내자, 굵직한 가지가 미약하게 흔들리며 수면에 파문을 일으켰다.

“신세를 졌다.”

“대단한 일은 아니다.”

빛나는 투구의 엘프는 태연하게 대답했으나, 「하지만」이라며 미약하게 말을 흐렸다.

“감사를 한다면, 의누이동생을 부탁하지.”

“알았다.”

고블린 슬레이어는 주저 없이 대답했다.

철 투구를 돌린 곳, 당사자인 엘프 궁수는 아직도 비틀거리며 위태로웠다.

드워프 도사가 「차라리 강에 빠뜨리는 것이……」라고 하는 것을 여신관이 달래고 있었다.

“받아들이지.”

“그러한가.”

빛나는 투구의 엘프는 언뜻 보기에도 안도한 기색으로 볼을 풀고 황급히 다시 긴장했다.

그리고 허리에 매단 주머니를 뒤져서 금색의 꿀이 찰랑이는 작은 병을 꺼냈다.

“엘릭서다.”

엘프들의 구운 과자와 함께, 비전으로 전해지는 비약이었다.

갖가지 약초, 나무들의 수액, 과즙을 합해서 정령에 대한 의식을 바치며 만드는 것이다.

병에는 임금님풀을 몇 겹으로 거듭한 봉인이 되어 있고, 한 번밖에 못 마시도록 되어 있었다.

고블린 슬레이어는 그것을 묵묵히 받아 허리의 가방에 집어넣었다.

“내가 돌아오지 못하면, 둘을 부탁한다.”

“받아들이지.”

“그리고, 고블린 놈들도.”

“물론이다.”

빛나는 투구의 엘프가 고개를 끄덕였다. 그리고 뭐라고 말해야 할까 생각한 다음, 신중한 어조로 말을 이었다.

“……저래 봬도 오래 함께한, 의누이동생이다. 부탁하지.”

“내가 할 수 있는 한은.”

오랜 세월을 살아온 엘프에게 고블린 슬레이어의 말은 뜻밖이었다.

그는 「가볍게 말하지는 않는군」이라며 희미하게 표정을 풀고, 나무들에게 들리지 않도록 목소리를 죽였다.

“원로들이 물의 도시에서 어떤 소식을 받았다.”

“호오.”

“……나도 하이 엘프로서는 미숙하다. 원로들이 어떤 수를 쓸 지는, 아직 읽을 수 없다.”

엘프의 사고는 머나먼 시간 너머까지 이른다.
사소한 한 수, 무의미하게 보이는 것이 몇 년이나 지나서 의미를 이루는 일도 있다.
아마 이번 행동도 그 중 하나이리라. 빛나는 투구의 엘프는 이를 갈았다.
소식이 무엇이었는지, 다음 대의 수장인 그에게마저 밝혀지지 않은 것이다.
물론 예측하지 못할 것은 없었다. 그러나 예측은 예측이다. 사실이 아니다.
수면에 일어나는 파문이 무엇을 그리는 건지 모르는 이상, 그는 입을 닫는 수밖에 없었다.
그리고 입을 다물어 버린 엘프를 보더니, 고블린 슬레이어는 낮게 신음했다.
그리고 천천히, 마치 아무 일도 없었던 것처럼 입을 열었다.
"그리고, 강을 조심해라."
"조심해야 하는 건 그쪽이야."
담담하게 이어지는 말에, 빛나는 투구의 엘프는 우스움을 느끼고 농담을 했다.
"오늘은, 안개가 낄 테니까."
그는 조릿대 같은 기다란 귀를 흔들면서 바람을 듣고, 아침의 어슴푸레한 어둠이 차오른 하늘을 보았다.
"이 숲에서는 고블린 놈들뿐 아니라, 자연마저도 때로는 적이 된다. 마음에 새겨둬라."

어쨌든. 낮게 으르렁대는 고블린 슬레이어와 함께, 빛나는 투구의 엘프는 밀림 안쪽으로 눈길을 주었다.

“이제부터 가는 곳은, 어둠 속이다.”

“어둠 속.”

고블린 슬레이어는 조용히 그 말을 반복했다.

강의 근원으로 이어지는 수해에는 앞이 보이지 않는 어둠이 입을 벌린 채 기다리고 있었다.

미지근한 바람이 축축하고 습기 찬 공기를 날라왔다.

마치 고블린의 소굴 같다. 고블린 슬레이어는 그렇게 생각했다. 그리고 그것은 사실이었다.

그렇다면, 어떻게 해야 할까? 그는 눈을 깜빡이는 사이에 생각하여 책략을 정리했다.

“……또 하나 부탁이 있다.”

“뭐지?”

고개를 갸웃거리는 빛나는 투구의 엘프에게 고블린 슬레이어가 말했다.

“배를 한 척 더 준비해줬으면 한다.”

“받아들이지.”

빛나는 투구의 엘프가 고개를 끄덕이더니 엘프의 예의범절에 따라 맹세의 동작을 취했다.

“그러고 보니.”

문득, 고블린 슬레이어가 생각난 것처럼 말했다.

“전부터 신경 쓰였다만, 엘프에게 정리정돈의 개념이 없다는 것은 정말인가?"

"있다."

빛나는 투구의 엘프는 대단히 지친 목소리로, 그러나 확실하게 잘라 말했다.

"그러나, 없는 자매도 있다."

"……그렇군."

§

안개는 그야말로 하늘이 내린 은혜였다.

햇살은 막히고, 모든 것이 하얀 어둠에 뭉개지고, 조금 떨어진 것은 애매모호해져서 알 수가 없다.

고블린은 안개를 하늘의 은혜 따위로 생각지 않고 오히려 당연하다고 생각하지만.

녀석들은 자신들에게 어떤 좋은 일이 일어나도 누군가에게 감사하지 않는다.

평소에는 고통을 받고 있으니까, 이런 일이 일어나야 하며 일어나는 게 당연하다고 생각한다.

이때도 그랬다.

밀림 속을 흐르는 강. 그것을 감시하라는 명령을 받은 고블린이 맨 먼저 깨달았다.

그 고블린은 일을 땡땡이치고 꾸벅꾸벅 졸고 있었기에, 소음 때문에 깨어나자 끽끽대며 짜증을 냈다.

엷은 안개에 뒤덮여 감춰진 태양은 이제 막 솟아오른 **밤의 입구**였다.

강의 재잘거림에 섞여서 끼이, 끼이, 삐걱대는 소리가 다가오고 있었다.

고블린 파수꾼은 지저분한 눈을 커다랗게 홉뜨고서, 눈에는 힘을 주고 안개 안쪽을 향해 귀를 기울였다.

—찾았다.

끼이, 끼이. 그 소리는 틀림없이 하류, 엘프의 마을이 있는 쪽에서 들렸다.

언제나 역겹게도 이쪽을 깔보는 엘프 놈들이 태평하게 강을 올라오고 있었다!

"GROORB."

늘씬하고 길쭉한 수부(水夫)의 윤곽을 안개 너머로 보고, 고블린은 살짝 입술을 핥았다.

남자 엘프라면 때려 죽여서 먹어 치우자.

여자 엘프라면 두들겨 패서 임신 주머니로 삼자.

—어느 쪽이든 내가 제일 먼저 발견했으니 제일 먼저 즐길 권리가 있겠지?

고블린은 동료가 있어야 그 결과가 있다는 것은 전혀 생각지도 않았다.

"GRORO! GROOBR!!"

고블린이 손가락을 입에 넣고 서툴기 짝이 없는 휘파람을 휘리리 불었다.

"GROB?!"

"GOORBGROOR!"

잠들려는데 억지로 깨어난 고블린 놈들이 투덜투덜 불평불만을 흘리며 움직였다.

그러나 그들의 졸음도 엘프의 배를 보여주자 단번에 날아갔다.

엘프다! 모험가다! 사냥감이다! 먹이다! 여자다!

"GORBBR!"

"GOBGOROB!"

그들은 목소리를 죽여서 입을 모아 자신의 욕망을 속삭여대며, 무구를 손에 들고 애기(愛騎)에 올라탔다.

아니, 애기라고 부를 수도 없다. 그들은 늑대를 그리 소중히 여기지도 않으니까.

"GOROB!"

파수꾼이 대장 행세를 하며 호령을 내리자, 고블린 기병대는 신속하게 강가를 달리기 시작했다.

말과 달리 늑대는 발굽 소리를 내지 않는다. 재갈을 물리면 짖지도 않는다.

홉 고블린같은 개체라면 몰라도, 보통의 고블린 놈들은 말에도 탈 수 있는 체격이다. 하지만 늑대는 말 이상으로 도움이 된다.

고블린 놈들은 잔학한 방법으로 늑대의 옆구리를 상처 내서, 거품을 물게 만들며 몰았다.

"GROOROGGR!!"

우선 선장을 해치운다. 사공을 해치운다. 그리고 나서 배에 올라타 천천히 해치운다.

고블린 놈들은 당황해 허둥대는 엘프 놈들의 꼴사나운 모습을 상상하며 역겹게 웃었다.

오만한 엘프 놈들이 배에서 내장을 흘리며 몸부림치는 모습은 무척 유쾌할 것이다.

고블린 놈들은 어두운 망상을 뇌리에 그리며 손마다 무기를 쥐었다.

조잡한 석기를 이용한 창에 활과 화살, 그리고 돌팔매.

원시적이라고 할 수 있는 무구들이지만 목숨을 빼앗기에는 충분한 위력이 있었다.

"GGRO! GRRB!"

파수꾼이 팔팔하게 새된 소리를 지르자 다른 고블린 놈들이 낮게 혀를 찼다.

우쭐거리고 있으니 조만간 저 녀석을 교육시켜줘야지.

"GRORB!"

"GGROORB!"

고블린들은 파수꾼의 목소리를 무시하며 제각각 무기를 들고, 겨누고, 현을 당겼다.

파수꾼은 불평했지만, 아무도 자기 말을 듣지 않자 분연하게 짧은 창을 들었다.

고블린들이 늑대를 몰며 일제히 공격을 시작했다.

끼이끼이 노 젓는 소리를 의지하여 노렸다. 통제가 안 되는 공격이다.

"GORB! GBRROR!"

뿔뿔이 쏟아져 내리는 화살 비 중 일부, 절반에 가까운 수가 첨벙 첨벙 강물에 쏟아졌다.

그렇지만 일부 화살과 창, 그리고 돌멩이가 선상의 사공들에게 맞았다.

"……!"

해치웠다. 그 자리에 있던 고블린 놈들 누구나 그렇게 생각했다.

쾌재를 올리는 놈도 있었다.

그렇지만.

"—?"

사공의 움직임은 흔들림 없고, 노를 계속 움직이는 소리도 끊어질 기색이 없었다.

공격이 느슨했나? 아니면 운 좋게 치명상을 피한 걸까?

어라? 하고 고블린 놈들이 다음 공격을 위해 무구를 손에 집은 직후.

"하나……!"

지저분한 가죽 갑옷의 전사가 뛰어들어서 파수꾼의 목젖을 한 칼에 찢어 버렸다.

"GBBOOROB?!"

고블린 슬레이어는 비명을 지르며 무너지는 파수꾼을 차서 강으로 떨어뜨렸다.

첨버덩. 물보라가 오르는 것이 신호가 되었다.

"푸, 앗!"

앞서가는 배에 **끌려오는** 또 한 척.

뱃전에 방패를 늘어놓고, 바람의 정령이 수호하는 이쪽 배에는 화살 따위가 일절 날아오지 않았다.

갑판에 엎드려 있던 엘프 궁수가 위장용으로 뒤집어쓰고 있던 모포를 떨쳐 내며 일어섰다.

“아~ 정말. 이 자식들. 잘도 이렇게 내 집 근처까지 왔구나, 고블린!”

그녀는 한쪽 무릎을 세우더니, 준비해온 대궁을 우아한 자세로 당겨서 나무 눈 화살을 쏘았다.

휘잉, 바람을 가르며 날아간 화살은 합쳐서 3개.

“GOOB?!”

“GROBO?!”

차례차례 눈두덩이나 목이 꿰뚫린 고블린의 기수 놈들이 마치 익사하는 것처럼 늑대에서 굴러떨어졌다.

엘프 궁수의 숙달된 기량은 배의 흔들림이나 시야를 가리는 안개 따윈 문제도 되지 않는 모양이다.

쫑긋, 쫑긋. 잘게 흔들리는 기다란 귀가 전장의 소리를 빠짐없이 듣고 있었다.

“오르크볼그! 오른쪽에서 와!”

대답 대신 「GBOR?!」이라는 고블린의 비명이 들리고, 엘프 궁수는 만족스레 고개를 끄덕였다.

“그러나 두 척을 이어서 노 젓는 소리를 미끼로 삼다니, 너무 수고를 들이시는 것 아닌가…….”

드래곤 투스 세일러
“용아수병(龍牙水兵)님 덕을 보는구먼.”

제대로 보이는 것이 없구나. 드워프 도사가 손도끼를 뽑아 방패 안에서 바깥을 들여다보더니 숨을 내쉬었다.

앞장서는 배의 갑판에는 외투를 뒤집어쓴 용아의 병사가 하나, 둘.

충실한 병사인 그들은 공격을 받고서도 노를 쥔 손으로 계속 배를 젓고 있었다.

빈틈투성이 골격의 온갖 곳으로 화살이나 창이 통과하거나 걸려 있었다.

"아, 하지만 속도를 늦춰야죠……."

여신관이 조심조심 몸을 움츠리면서도 석장을 쥐고서 입술에 검지를 대었다.

"고블린 슬레이어 씨는 건너편으로 가버렸으니까요."

"음. 소승도 가야 하니 차근차근 일러주게나."

전투 준비를 갖추며 《용아도》를 쥔 리자드맨 승려는 강변의 고블린 놈들을 향해 포효했다.

"이이이야앗!!"

소리를 지르자마자 꼬리를 흔들며 뛰어들더니, 짓밟은 고블린의 목뼈를 부러뜨린다.

"히약!"

삐걱. 배가 도약의 충격으로 커다랗게 흔들리자 여신관이 비명을 지르며 방패를 붙잡았다.

"좀 더 얌전히 뛰지 못하겠느냐? 안 떨어졌느냐?!"

"괘, 괜찮아요!"

여신관과 드워프 도사는 눈먼 화살도 피할 겸, 배에 고블린이 달라붙었을 때를 대비해서 대기하는 역할을 담당하기로 했다.

"뭐, 이쪽으로는 못 오게 할 거니까, 안심……해!"

엘프 궁수는 전혀 흔들리지 않는 사격자세로, 화살을 안개 속으로 3개 쏘았다.

그리고 비명이 세 번. 엘프의 사격은 마법과 거의 동등한 것이다.

"아홉…… 열!"

"GROOBOO?!"

먼저 안개 속으로 뛰어든 고블린 슬레이어는 어차피 다 맞는다 생각하는지 왼쪽 방패를 휘둘렀다.

날카롭게 연마한 원형 방패 테두리가 고블린의 안면을 파헤쳐 버렸다.

비명 소리를 의지해서 파고들고, 검을 휘둘러 목젖을 한 번에 찔렀다.

고블린이 칼날을 뽑으려고 팔을 휘두르는 것을 차서 넘어뜨리며, 고블린의 허리띠에서 단검을 낚아챘다.

늑대의 으르렁거림이 다가오자 고블린 슬레이어는 단검을 빼앗자마자 돌아보았다.

그 동안 왼손이 가방에 들어가서 양쪽 끝에 돌을 매어둔 가죽끈을 꺼냈다.

"흥."

꺼내자마자 던진 끈이 회전하며 땅바닥을 기듯 날아갔다. 그러자 안개 너머에서 늑대의 비명이 들렸다.

"GORB?!"

이어서 무언가 넘어지는 소리가 나고 고블린의 외침.

투척된 무게추가 달린 가죽끈(볼라)이 늑대 다리를 휘감은 것이다.

고블린 슬레이어는 곧장 그쪽으로 뛰어들어 낙랑한 고블린의 목을 찔러서 숨통을 끊었다.

안개 때문에 시야가 불확실한 것은 그에게는 동굴의 어둠과 큰 차이도 없었다.

"열에 하나."

따라서 한복판에 뛰어들어 버리면 오히려 고블린 슬레이어가 유리했다.

고블린 놈들은 서로가 적인지 아군인지도 모르는 것이다.

무기를 잘못 휘두르면 서로 벤다. 동굴 안과 달리, 숫자로 밀어붙이는 것이 어렵다.

고블린은 딱히 동료 의식이 있지는 않지만 자신을 지키는 방패가 줄어드는 것을 꺼린다.

"……파수꾼이라. 우발적 조우(랜덤 인카운트)로군."

"GOROOB?! GROBOR?!"

"역시 그렇게 생각하는가?"

리자드맨 승려는 기수 한 마리를 때려서 떨어뜨리고 짓밟더니, 늑대의 턱에 손을 대고 힘으로 찢어 버렸다.

목소리에 희색이 어린 것은 전투의 흥분 탓이지만, 리자드맨의 머리는 핏속에 있을 때 비로소 맑아지는 법.

"잠복치고는."

고블린 슬레이어는 열둘이라고 중얼거리며, 넘어진 고블린의 연수를 찔러 파헤쳤다. 탁한 비명이 울려퍼진다.

"공격수단이 부족하다."

그리고 일어서면서 뽑은 단검을 안개 속으로 던지자 키악, 소리가 들렸다.

“살려서 돌려보낼 필요는 없겠지.”

“하하하하. 본래 그럴 셈이었다네.”

리자드맨 승려가 꼬리를 휘두르고, 후방의 고블린을 커다란 나무에 내동댕이쳐서 등뼈를 부러뜨렸다.

열셋. 나머지 여섯, 일곱 마리인가? 고블린 슬레이어는 발치의 창을 집었다.

“그렇다면…….”

방패를 들고서 앞으로 나선 고블린 슬레이어는 안개에 가려진 고블린의 독 단검을 튕겨내고 창을 뻗었다.

손맛이 약하다. 곧장 손바닥으로 창을 밀어 넣어서 움직임을 막아내고 방패로 안면을 때렸다.

이마가 쪼개진 고블린이 쓰러지는 것을 내버려두고, 고블린 슬레이어는 그 목을 짓밟아 부쉈다.

열넷. 고블린 슬레이어는 숨통을 끊은 고블린에게서 창을 뽑아냈다.

“……안개가 걷히기 전까지 끝낸다.”

그리고, 그 말대로 되었다.

§

“……꽃이라도, 피어있는 걸까요?”

여신관이 조용히 중얼거린 것은 파티가 고블린 기병대의 습격을 버텨내고 얼마 지난 다음이었다.

소리는 물소리, 노를 젓는 소리, 다섯 명의 모험가가 내는 미약한 호흡 소리.

상류로 올라갈수록 수해에 사는 생물들마저도 숨을 죽이는 것 같았다.

햇살이 높아지고 안개는 흐려져가고 있는데, 뒤덮어 우거진 나무들이 어두운 그림자를 내린다.

밝음이 도통 돌아오지 않고 동굴 안쪽으로 들어간 것처럼 으스스함이 떠돌았다.

문득 서서히 강해지는 달착지근함을 느끼고, 여신관이 자신도 모르게 소리를 낸 것은 그런 이유 때문이리라.

매달리는 것처럼 석장을 쥔 그녀에게 엘프 궁수가 고개를 옆으로 흔들어 저었다.

"모르겠지만……. 이런 냄새의 꽃은, 없을 거야."

"놈들의 영역이 가깝군."

고블린 슬레이어는 담담하게 말하더니 고블린 놈들에게서 빼앗은 무기를 허리띠에 끼웠다.

그것은 나무를 깎아서 만든 곤봉으로, 군데군데 검붉은 얼룩이 점점이 흩어져 있었다.

사람의 두개골을 부순 결과이며, 고블린의 두개골을 부순 결과이기도 했다.

결국, 20여 마리의 고블린과 늑대들의 주검이 강으로 버려졌다.

들판에 방치하면 다른 집단에게 발견될 지도 모르고, 그렇다고 매장할 여유도 없었다.

어차피 하류로 간다면 상류의 고블린 놈들이 눈치 못 챌 것이고…….

얼추, 육식 물고기가 다 먹어 치워줄 것이다.

여신관은 다소 난색을 표했지만, 리자드맨 승려는 그것이야말로 공양이라고 잘라 말했다.

안개 속을 들여다보던 리자드맨 승려가 낮은 목소리로 말했다.

"안개도 걷히기 시작했으니, 어느 정도 대비하는 것이 좋겠네."

그는 손짓으로 선도하는 배의 사공, 용아병 둘 중 하나를 뒤로 물렸다.

뼈의 수부는 노를 끌어올리더니 그것을 끌어안으며 자리에 앉았다.

"또 다시 노 젓는 소리에 발각되면 참으로 귀찮아 지니 말일세."

"아,《사일런트》의 기적을 소원할까요……?"

"아직 괜찮다."

조심조심 묻는 여신관의 물음에 고블린 슬레이어는 고개를 옆으로 저었다.

"이미《용아병》두 번,《용아도》한 번을 썼다."

확인하는 것처럼 투구를 돌리자, 리자드맨이 커다랗게 턱을 흔들며 고개를 끄덕였다.

파티가 보유하는 기적은 합쳐서 7회. 남은 기적은 4회고, 그밖에 남은 주문은 드워프 도사가 가진 마술 4회뿐.

주술적 자원이 풍부한 파티이긴 했지만 기적과 주문의 수는 귀중하다.

그리고《사일런트》만으로 전투를 확실하게 피할 수 있는 것도 아니다.

"아직 아껴둬라."

"알았어요. ……?"

지난번 전투에서 그다지 도움이 안 됐던 몸이다. 여신관은 어쩐지 힘없이 고개를 끄덕였다.

그러더니 눈을 깜빡이고, 눈꺼풀을 비비고, 가만히 뱃전에 늘어선 방패 틈으로 고개를 내밀었다.

"어허, 위험하지 않느냐?"

그녀의 허리띠를 붙잡아 지탱해준 드워프 도사에게 「네」라고 말하면서도, 여신관은 눈에 힘을 주었다.

안개 속에 떠오른 기다란 그림자를 봤기 때문이다.

나무가 아니다. 수목 같은 것치고는 너무나도 이질적인 윤곽이다.

강변에 드높이 매달린 그것은, 일그러진, 마치 때까치가 사냥감을 꿰어놓은 것 같은—.

"……저건…… 토템…………?!"

말하던 여신관의 목 안에서 「흐익」 하는 갈라진 비명이 흘렀다.

그것은 사람의 시체였다.

다리 사이에서부터 꿰뚫려 입으로 창끝이 튀어나온, 누군가의 주검.

미지근한 장소에 오래 방치된 탓인지, 썩고, 즙이 뿜어져 나오고, 간신히 사람의 형상을 하고 있을 뿐이다.

녹이 슬었지만 원형을 유지한 갑옷의 형태로 짐작하건대 여성이리라.

그 주검은 본래 종족이 무엇이었는지도 분명치 않을 정도로 벌레에게 먹히고 있었다.

"우에……엑."

엘프 궁수가 무심코 구역질을 했다가 치밀어 오르는 것을 다시 삼켰다.

고블린 놈들이 시체를 방치하는 이유는 명백했다.

악의.

이곳은 우리들의 영토라는 것을 드높이 외치고, 다가오는 자를 비웃는 악의.

겁먹고, 소란을 떨고, 공황 상태에 빠지는, 혹은 격앙되는 꼴을 보고 싶을 뿐이다.

아니라면…… 이렇게 방위에 무의미한 전리품을 문 앞에 세워둘 이유가 없다.

"산 채로 꼬치가 되었는지, 죽은 다음에 장식한 것인지……."

리자드맨 승려가 말하고, 주변 일대를 향해서 기괴한 손놀림으로 합장을 보냈다.

왜냐하면— 토템은, 하나가 아니었으니까.

"……하다못해 자연으로 돌아갈 수 있는 것이 불행 중 다행일세."

강의 양쪽, 꼬치에 꿰인 사람의 시체가 마치 가로수 같은 것처럼 주르륵.

이미 뼈밖에 안 남은 자도 있고, 피부가 썩지 않은 것도 있었다.

생생한 상처가 수없이 남아 있는 것도 있고, 우스꽝스러울 정도로 가스가 차올라 부풀어 오른 것도 있었다.

상인 같은 모습의 시체가 있는가 하면, 모험가로 보이는 백골도

장식되어 있었다.

몇 명이 살해당했을까?

몇 명이 고블린의 장난감이 되었을까?

"우……."

여신관이 무심코 입가를 누른 것도 무리가 아니었다.

핏기가 가신 표정으로 웅크리고, 떨어뜨린 석장이 덜커덩 갑판을 굴렀다.

"우, 에에에에에……엑!"

기어이 여신관은 뱃전에 매달려서 위의 내용물을 토했다.

달착지근한 냄새가 썩어가는 시체가 뿜어내는 냄새임을 알았을 것이다.

1년 반 동안 고블린의 잔혹함을 보면서 마비되어 가던 감성으로도 견딜 수 없었다.

철벅철벅 토해낸 토사물이 강의 흐름에 가라앉았다.

"옛다. 이거라도 씹어라. 물을 마시거라."

자신의 등을 쓰다듬는 드워프 도사에게, 여신관은 타 들어간 목에서 갈라진 목소리로 대답했다.

"……우, 에. ……죄, 죄송합, 니다."

여신관은 드워프 도사가 내민 향초와 물통을 양손으로 받아서 살며시 잎을 입에 머금었다.

"……우리들도, 지면 이렇게 된다는 거야?"

기분이 안 좋은 것은 엘프 궁수도 여신관과 거의 마찬가지이리라.

그렇잖아도 하얀 피부에서 핏기가 가신 그녀가 괜히 거친 태도로 내뱉었다.

"농담하지 말라 그래."

"그렇고말고."

고블린 슬레이어는 담담하게 말했다.

"농담이 아니다."

싸구려 철 투구는, 똑바로 진행 방향을 보고 있었다.

그곳에는— 안개가 낀 가운데, 산처럼 기이한 것이 우뚝 서 있었다.

검디검은 그림자로 하얀 안개 속에 떠오른 모습.

문득 느릿하게 축축한 바람이 불며 안개를 밀어냈다.

"……그렇구나."

엘프 궁수가 입가를 누른 채 대단히 멍한 목소리로 중얼거렸다.

"—강을 틀어막는 자라는 건, 그런 거구나……."

그것은 과연, 어찌 형용하면 좋을 것인가?

백아석을 쌓아 올려 구축한 신전, 사원— 혹은 제방.

신화시대 무렵부터 세월이 그 웅장하고 화려한 조각을 깎아내고, 이끼로 채색하고, 넝쿨이 뒤덮어 버리긴 했지만…….

강을 막으며 건축된 그것은 도무지 고블린에게는 어울리지 않는 유적이었다.

"네 고향 바로 근처 아니냐? 몰랐느냐?"

"그치만, 이 근처는 모켈레 음벰베의 영역이었는걸."

엘프 궁수는 입술을 삐죽거리며, 드워프 도사에게 항의하는 것처럼 기다란 귀를 부르르 떨었다.

"그야 마을의 할아버지 할머니들이야 알고 있을 테고, 언니도 들었을지 모르지만."

"아아, 너는 못 들은 게냐?"

"키익!"

드워프 도사가 비꼬자 엘프 궁수가 발끈했다.

평소와 같은 투닥거리는 대화— 아마도 의도적이리라.

무참한 말로를 본 직후. 분위기를 바꾸고 싶은 것은 누구나 마찬가지였다.

"이제는, 고블린의 성채다."

고블린 슬레이어가 투구를 돌렸다.

"배를 세워라. 안개도 걷힌다."

"알겠네."

리자드맨 승려가 곧장 손짓하여 용아병에게 지시를 내리자, 해골이 노를 사용해 배를 강가로 댔다.

고블린 슬레이어는 허리에 찬 곤봉에 손을 대고서 여신관 옆에 무릎을 짚어 앉았다.

"……어떤가."

"으…… 어떻, 게든."

그녀는 대단히 새파란 안색으로 힘없이 고개를 저었다.

"……어떻게든, 해야 해요."

"그래."

"이런 거, 그냥…… 내버려, 두면……."

"그래."

가는 목소리를 들은 고블린 슬레이어가 낮게 대답했다.

"내버려둘 수 있겠나."

고블린 슬레이어의 말에 여신관이 고개를 끄덕였다.

그녀의 손이 갑판으로 뻗는 것을 보고, 고블린 슬레이어는 바닥을 구르던 석장을 주워줬다.

여신관은 두 손으로 단단히 쥐고서, 끌어안듯 가슴으로 당기며 훌쩍 일어섰다.

그리고 굳어진 볼을 억지로 풀고 가만히 그의 철 투구를 올려다보았다.

"……고블린, 이니까요."

"그래."

고블린 슬레이어가 고개를 끄덕였다.

"고블린이다."

엘프의 배가 소리도 없이 접안하자, 드워프 도사가 묵직한 몸을 쑤욱 들어 올려 내려섰다.

"그렇지만서도, 카리키리마루야."

그는 두터운 손가락으로 재주 좋게 밧줄을 다루어, 근처의 나무에 묶어 배를 고정시켰다.

"안개도 걷힐 게다. 이제 곧 밤이 오지. 접근해서 숨어드는 것은, 다소 고생이겠구나."

"그거라면."

엘프 궁수는 손가락을 퉁기려고 두세 번 노력하고는, 한심스런 소리밖에 안 나는 것에 혀를 찼다.

"……그거라면, 나한테 좋은 생각 있어!"

§

잠시 뒤.

쌍둥이 달이 황황하게 비추는 아래를 그림자처럼 나아가는 파티가 있었다.

잔디를 뛰어넘고, 가지와 잎사귀 아래를 지나, 자세를 깊숙이 낮추고 질풍처럼 발 빠르게.

"《자비 깊은 지모신이여, 우리들이 널리 받아들일 수 있는 정적을 내려주소서》……."

여신관의 미약한 속삭임이, 기도가, 영창만이, 그들이 내는 유일한 소리였다.

완전한 정적이 가득한 가운데, 그녀는 이마에서 땀을 흘리며 양손으로 석장을 쥐고 열심히 달렸다.

그리고 다가감에 따라 고블린 놈들의 제방, 성채의 기이한 모습이 뒤덮는 것처럼 가까워진다.

돌을 쌓아 올리고 조각을 한 것은 드워프의 기술.

나무들을 그대로 건축에 이용한 것은 엘프의 술수.

전쟁에 대비한 위용은 리자드맨이나 흄의 지혜일까?

고블린 놈들이 군데군데 돌을 빼내어 더럽고 지저분해졌지만.

—무엇을 위한 건물이었던 걸까요?

문득 여신관의 뇌리에 그런 의문이 스쳤다.

신전, 사원, 요새, 성, 제방, 다리……. 그 모든 것 같기도 하고,

아닌 것 같기도 했다.

어쨌든지 고블린의 소굴에 도전하려면 자비 깊은 지모신이 내리는 기적만 가지고는 부족했다.

따라서 모험가들의 몸을 지키는 것은 또 하나.

슈우, 슈우. 저절로 뿜어져 나오는 하얀 연기였다.

뿐만 아니라— 지독하게, 더웠다.

밀림 속이니 다소 어쩔 수 없다고는 해도 도를 넘게 무더웠다.

여신관의 법의는 물을 빨아들여서 묵직해졌고, 흘러나온 땀에 옷이 달라붙어서 귀찮았다.

그녀는 망측하게도 옷자락을 걷어 올리고, 그럼에도 기도를 끊지 않으며 나아가고 있었다.

끊지 않고서— 그것은 드워프 도사도 마찬가지였다.

그는 투박한 양손으로 감싸듯 붉게 타오르는 화석을 들고 있었다.

열의 근원, 공기의 근원이 그곳에 있었다. —그곳에 있는 불도마뱀이다.

—《춤추거라 춤을 춰, 불도마뱀(샐러맨더). 꼬리의 불꽃을 나눠주거라》.

《틴더》의 술법으로 행사된 불의 정령이 공기의 정령이 품은 물을 증발시켰다.

과연, 이거라면 분명히 안개로 모습을 감추고 있는 것과 다름없었다.

엘프 궁수가 콧대를 높이며 「흐흥」 숨을 내쉬는 것을 드워프 도사가 미심쩍게 보았다.

—이 녀석도 꽤나, 카미키리마루에게 물들었구나.

어쨌든지 리자드맨 승려는 남방 출신, 엘프 궁수는 고향, 드워프 도사는 불과 친근한 종족이다.

오히려 열기를 쐰 모험가들의 움직임은 민첩하기까지 했다.

여신관은 하아하아 가쁜 숨을 내쉬었고, 고블린 슬레이어의 표정은 판별할 수 없었지만 말이다.

리자드맨 승려가 위쪽, 고블린의 제방요새에 있는 파수탑을 올려다보았다.

열을 보는 힘을 숨긴 눈동자가, 태평하게 창을 끌어안은 채 졸고 있는 고블린의 모습을 발견했다.

문제없다. 리자드맨 승려가 고개를 끄덕이자 고블린 슬레이어는 더욱 앞으로 나아갔다.

성채의 문은, 이제 코앞이었다.

그것은 엘프답게 오래되고 튼튼한 나무로 만들어진 중후한 대문이었다.

금속류는 전혀 안 보이지만 튼튼함은 생각할 필요도 없으리라.

그야말로 바윗덩이 같지만, 그 대문 오른쪽 구석에 네모지게 구분된 희미한 흔적이 보였다.

작은 문— 쪽문, 아마도 출입문이리라.

고블린 슬레이어는 동료들에게 수풀에서 기다리도록 손짓으로 전하고 허리띠에서 곤봉을 뽑았다.

엘프 궁수가 기다란 귀를 부르르 흔들며 나무에 뛰어 오르고, 잎사귀 하나 떨어뜨리지 않으며 가지 위에 자리를 잡았다.

대궁에 화살을 메기고 현을 끼리릭 당긴 그녀의 아래에서는 리자드맨 승려가 송곳니 칼을 고쳐 쥐었다.

그리고 여신관과 드워프 도사는 기도와 영창을 지속했다. 정적이 유지되고 안개가 피어오른다.

여신관의 입술이 미약하게 「조심하세요」라고 움직였다. 고블린 슬레이어는 고개를 끄덕였다.

정적이 가득한 공간을 벗어나자 곧장 밀림 속 생명의 술렁거림이 되살아났다.

잎사귀를 흔들며 부는 바람 소리. 강물의 재잘거림. 투구 안쪽에 울리는 자신의 호흡 소리.

"흠."

고블린 슬레이어는 문 앞에서 잠시 서 있다가 쿵쿵, 난폭하게 문을 두드렸다.

그리고 전신 갑옷이라 생각하기 어려운 민첩한 동작으로 문의 나무 틈에 손가락을 걸더니, 몸을 쑥 들어 올렸다.

얼마 안 가서 반응이 있었다.

"GROB?"

쪽문이 열리고 보초로 보이는 고블린 한 마리가 고개를 내밀었다.

엘프 궁수는 잡았다는 기색으로 화살을 쏘고자 했지만 고블린 슬레이어는 움직이지 않았다.

이어서 두 마리째, 세 마리째 고블린이 졸래졸래 쪽문에서 밖으로 나왔기 때문이다.

엘프 궁수가 혀를 차는 소리는 여신관의 기도에 가로막혀 울리지 않는다.

이윽고 네 마리째가 문에서 나타나고, 그로부터 5초 기다린 뒤에 고블린 슬레이어가 움직였다.

"GORAB?!"

위에서 뛰어내려, 가장 뒤에 있는 고블린의 등을 있는 힘껏 짓밟은 것이다.

등을 덮친 갑작스런 충격에 고블린은 숨이 막히고 목소리가 나오지 않았다.

고블린 슬레이어는 곤봉을 내리쳤다.

메마른 것을 부수는 소리가 울리고, 고블린의 머리가 간단하게 엉뚱한 각도와 엉뚱한 방향으로 꺾였다.

고블린 슬레이어는 경련하는 고블린의 허리띠에서 검을 뽑아 칼집에 넣었다.

"하나."

"GBBR?"

갑작스런 비명에 놀란 첫 고블린이 무심코 등 뒤를 돌아보다가—.

"GORB?!"

휭, 바람을 가르며 날아온 나무 눈 화살촉이 오른쪽 귀부터 왼쪽 귀까지 일직선으로 꿰뚫었다.

풀썩. 실이 끊어진 인형처럼 힘없이 무릎을 꿇고, 순식간에 고블린 두 마리가 숨이 끊어졌다.

물론, 나머지 두 마리 고블린도 기습에 당황하면서 행동을 시작했다.

그러다 그보다도 모험가들이 재빨랐다.

어쨌든지 등 뒤의 적에게 맞서려던 고블린의 안면에 곤봉이 때려 박혔다.

"둘에……."

"GRRB……?!"

고블린 슬레이어는 부서진 코를 누르면서 뒤로 쓰러지는 고블린에게 주저 없이 뛰어들었다.

이미 곤봉을 놓은 오른손이 칼집에서 지금 막 빼앗은 검을 뽑고 있었다.

그는 왼손으로 고블린의 입을 꾹 억누르고, 오른쪽의 검으로 무자비하게 목젖을 찔러서 파헤쳤다.

"이걸로 셋……."

그리고 나머지 한 마리.

그 고블린은 다른 놈보다 다소 영리한지, 적어도 동료가 살해당한 것을 이해하고 있었다.

따라서 놈은 지원을 부르고자 입을 커다랗게 벌려서 숨을 들이쉬고, 소리를 낼 틈도 없이 입 속이 화살에 꿰뚫렸다.

뒤통수로 화살촉이 튀어나온 고블린은 사격의 기세에 밀려서 뒤로 풀썩 무너졌다.

"……넷."

모두 숨이 끊어진 것을 눈으로 확인하고, 고블린 슬레이어는 재빨리 쪽문으로 내부를 보았다.

어둠 속이라지만 쌍둥이 달의 빛이 닿고 있었다. 문 안쪽은 광장이었다.

가까운 곳에 고블린의 모습은 없다.

그러나, 아무리 근면하지 않다지만 오랜 시간 파수꾼의 부재를 내버려둘 리가 없으리라.

고블린 슬레이어는 쪽문 아래 쐐기를 끼워 고정하더니 수풀을 향해서 손을 흔들었다.

후우, 숨을 내쉰 여신관이 우선 총총이 고블린 슬레이어에게 달려갔다.

"……괜찮으세요? 상처는—."

"없다."

그의 대답을 들은 여신관은 안도한 것처럼 가녀린 가슴을 쓸어내렸다.

이어서 리자드맨 승려가 땅을 기듯 달려오고, 드워프 도사가 뒤뚱거리며 그 뒤를 따랐다.

마지막으로 훌쩍 나무에서 뛰어내린 엘프 궁수는 그림자도 안 남을 만큼 빠르게 쪽문으로 달렸다.

다들 무사히 도착할 때까지 망을 보는 자가 발견되어서야 웃음거리도 못 된다.

"척후라기보다는 암살자(어쌔신)였지, 지금 그거. 그래서 다음은?"

"마음에 안 들지만, 정면으로 들어간다."

고블린 슬레이어는 고블린의 허리 천으로 칼날을 닦아내고 칼집에 넣었다.

그리고 고블린이 들고 있던 도끼칼을 집더니 한 번 붕 휘두르고 허리띠에 끼웠다.

“미안하지만 휴식을 취할 수는 없겠다. 전위를 부탁하지.”

“알겠네. 그러도록 하지. 본래 전투라면 소승도 앞에 서지 않을 수 없는 법.”

리자드맨 승려가 보유한 기적은 앞으로 한 번.

용아병은 배를 지키도록 남겨둔 이상, 그가 의지할 것은 수중의 용아도와 자신의 육체뿐이었다.

그리고 리자드맨에게는 그것만 있으면 아무 문제도 없으리라.

“이쪽은 앞으로 세 번이구나.”

드워프 도사가 수염을 쓰다듬으며 말했다.

“저는, 저기…….”

여신관이 가녀린 손으로 손가락을 꼽아 세었다.

“앞으로, 두 번이에요.”

“알았다.”

도합, 앞으로 6회.

보통의 모험가 파티라면 많은 편이다. 그러나 이 성채를 공략하는 데 충분할 것인가?

본래 11회였으니, 여기까지 2분의 1을 소모했다는 계산이었다.

“…….”

여신관은 고개를 붕붕 흔들어, 뇌리를 스치는 몇 가지 불길한 생각을 떨쳐냈다.

처음 모험을 했을 때 일도, 이곳에 오는 동안 본 시체도, 지금은 상관없는 일이다.

“저기, 불빛은 어떻게 할까요……?”

"안으로 들어갈 때까지는 못 붙인다."

고블린은 밤눈이 밝다. 불을 피우며 이동할 필요는 없다.

문 앞에서 횃불을 들고 돌아다니면 발견해달라고 말하는 거나 마찬가지다.

"안으로 들어가면, 거기서부터는 동굴과 마찬가지다."

"그러면, 횃불 준비, 해둘게요."

"부탁하지."

그리고 고블린 슬레이어는 자신의 단검을 뽑았다.

여신관이 「아」 소리를 흘렸다. 표정이 좀 굳어지고, 체념 섞인 한숨이 입에서 흘러나왔다.

"그건가요."

"당연하다."

고블린 슬레이어는 짧게 대답하고, 단검을 역수로 쥔 채 얼굴이 부서진 고블린의 시체로 다가섰다.

퍼뜩 깨달은 기색의 엘프 궁수가 황급히 자신의 옷을 툭툭 두드리며 장비를 점검했다.

얼굴에서 핏기가 싹 가셨다. 엘프 궁수는 기다란 귀를 한심스레 늘어뜨렸다.

"……어, 정말?"

"향주머니가 없다면."

"그, 그치만, 돌아올 때는 딱히, 고블린 퇴치는……!"

"참아라."

고블린 슬레이어는 생각지 못했다는 변명을 내치고 고블린의 배를 갈랐다.

김이 피어오를 정도로 따뜻한 내장을 끄집어내서, 무표정한 여신관이 내민 수건으로 감쌌다.

히익. 소리를 목에서 쥐어짜내며 뒤로 물러선 엘프 궁수의 손을 드워프 도사가 재빨리 붙잡았다.

"포기할 때를 아는 것이 중요한 법이니라."

"그야말로 단장(斷腸)의 심정이라 해야 하는가?"

퇴로를 막아선 리자드맨 승려가 유쾌하게 맞장구를 치고, 빙글 눈알을 돌렸다.

"어, 자, 잠깐만. 싫어. 하다못해 뭔가 좀 더 다른―!"

"소란 피우지 마라."

엘프 궁수가 비명을 참은 것은 경험의 결실이었다.

§

모험가들은 엘프 궁수를 척후로 삼아 살금살금 벽을 따라 조심스레 나아갔다.

유적, 혹은 요새의 안뜰은 거칠었다. 초목이 생을 구가하여, 숨어 있을 곳은 많았다.

―다시 말해서, 숨길 장소도 잔뜩 있단 말이구나.

엘프 궁수는 입술을 낼름 핥고서 수풀이 흔들리지 않도록 발치의 땅을 살폈다.

고블린의 보초에게 발견되는 것은 물론, 경보에 걸리면 재미없어진다.

"미안하군."

어머나. 엘프 궁수가 눈을 깜빡였다. 오르크볼그가 이런 말을 하다니.

어슴푸레한 달빛과 별빛만으로는 흄이 나아가기에 불안하다.

"이럴 때 흄은 불편하겠어."

"죄, 죄송합니다……."

"괜찮아. 문제없어."

여신관이 가녀리게 중얼거린 사죄에 엘프 궁수는 뒤로 돌린 손을 휘휘 내저었다.

"……아차."

그때, 그녀의 기다란 귀가 산들거리듯 움찔 흔들렸다.

슥 가늘어진 시선 끝에는 창을 짊어지고 태평하게 어슬렁거리는 고블린이 한 마리.

거리는 있다. 아직 눈치 못 챘다. 그렇지만 이쪽으로 다가오고 있다. 보초.

엘프 궁수는 화살통에서 화살을 꺼내 활시위에 메기면서 속삭였다.

"어떡할까?"

"쏴라."

대답보다 먼저 현이 울었다.

목젖이 꿰뚫린 고블린이 영문도 모른 채 손을 휘저으면서 쓰러졌다.

풀이 풀썩 흔들렸지만, 그러나 그뿐이다. 다른 보초가 눈치챈 기색은 없었다.

후. 입술에서 숨소리를 흘린 엘프 궁수가 이동을 재개하자 고블린 슬레이어 일행이 따랐다.

엘프 궁수는 고블린의 시체에 다가가서 자신의 화살을 쑥 뽑았다.

"우에……엑."

거무죽죽한 고블린의 피에 표정을 찌푸리며 화살을 붕붕 흔들어 떨쳐냈다.

"더 이상 더러운 건 싫으니까요……."

여신관이 대단히 가여운 목소리를 흘리자 엘프 궁수도 깊숙하게 고개를 끄덕였다.

"정말 그래."

젊은 나이의 아가씨 두 사람인데, 온몸이 검붉은 오물로 무참할 만큼 더럽혀져 있었다.

냄새나 질척한 감촉, 익숙하긴 해도 기분이 나쁘다. 필요하다고 해도 완전히 납득하기 어렵다.

"아아 정말. 촉이 나가 버렸어. 에잇…… 최악이야."

"어허. 최악이라 하면, 가장자리를 돌아갈 때는 이리 나아갈 수 있겠네만—."

네발짐승처럼 나아가는 리자드맨 승려가 파충류처럼 고개를 들었다.

"요새 안으로 들어가면, 다소 수고로울 걸세."

그의 눈동자는 요새의 내문으로 버티고 있는 거대한 나무문을 보고 있었다.

언뜻 보기에도 두꺼운 문이지만— 그것이 하나가 아니었다.

건물 외벽을 둘러싸는 것처럼 몇 개씩이나 주르륵 늘어서서 우뚝 서 있다.

"능묘에는 거짓된 입구를 마련하는 법이라고 들은 적이 있다네. 그런 것이 아닌가 싶군."

"저게, 전부 가짜인 건가요?"

여신관은 고블린이 눈치 못 채도록 살며시 고개를 내밀며 눈을 홉떴다.

어슴푸레한 가운데에 세월의 무게를 진 장엄하다 할 수 있는 문이, 도저히 가짜라고 생각하기 어려웠다.

"도저히 그렇게는 안 보이는데요……."

"조각 같은 것이라면 그나마 괜찮네만, 함정이라면 눈뜨고 봐줄 수 없을 걸세."

"……."

불과 몇 초, 여신관은 입을 다물고 가만히 유적의 문들을 보고 있었다.

뭔가 말하기 어려운 위화감이 있었다. 그녀는 그것이 무엇인지 알아내려고 했고…….

"……하지만, 그렇게 고민 안 해도 될 것 같아요."

잠시 지나 그녀는 키득 웃고는, 그 하얗고 가는 손가락으로 문 하나를 가리켰다.

"저기만 잔디가 흐트러져 있으니까요."

"어이쿠, 저것은 몰랐군……!"

고대의 엘프인지 누구인지가 생각한 거짓된 문도, 세월과 고블린의 어리석음 앞에서는 물거품이 되는 법.

고블린 놈들이 아무 생각 없이 입구를 사용한 탓에, 거기만 분명히 수풀이 흐트러져 있었다.

"그러면, 남은 문제는…… 결국 고블린이네."

엘프 궁수가 험하게 말했다.

멍한 표정을 한 고블린 문지기가 한 마리, 두 마리, 어슬렁거리며 걸어 다니고 있었다.

"파수꾼을 죽이고 열쇠를 빼앗아 문을 빠져나가는 게 빠르다."

"고블린 놈들이 열쇠를 가지고 다닌다는 것을 알고 있다면 좋겠노라만."

흐음. 드워프 도사가 수염에 걸린 잎사귀를 떨쳐내고 소리를 흘렸다.

"적어도 오른쪽, 왼쪽, 동시에 죽이지 않으면 들켜서 소란이 일어날 게다."

"문제없다."

고블린 슬레이어가 말했다.

"나는 소리를 안 내고 고블린을 죽이는 방법을 여덟 가지는 알고 있다."

"정말인가요?"

"농담이다."

눈을 깜빡이는 여신관에게 고블린 슬레이어는 천천히 철 투구를 좌우로 흔들었다.

"더 많다."

엘프 궁수의 「화살이 귀중해」라는 주장에, 공격수는 고블린 슬레이어와 드워프 도사가 되었다.

두 사람은 손에 슬링을 쥐고서 살그머니 거리를 좁히더니, 거의 동시에 자갈을 쏘았다.

휭 바람을 가르며 날아간 자갈이 빗나가지 않고 고블린의 목과 머리에 맞았다.

"GRORB?!"

"GBBO?!"

한 마리는 머리가 무참하게 부서져서 무너졌지만, 또 한 마리는 이마를 누르고 비틀거리며 일어섰다.

그러나 그 고블린이 뭔가 외치는 것보다 빠르게 리자드맨 승려가 덤벼들었다.

목젖을 용아도로 찢어버리면 목소리도 숨도 낼 수 없으리라.

문지기 놈들은 소리도 없이 숨이 끊어지고, 안뜰에는 변함없이 정적이 머무르고 있었다.

"……저도 슬링을 배우긴 했지만, 그다지 도움이 안 되네요."

여신관이 풀이 죽은 기색으로 중얼거리자 엘프 궁수가 등을 가볍게 두드렸다.

"에이 뭘, 적재적소야. 적재적소."

리자드맨 승려도 송곳니 칼을 커다랗게 휘둘러 피를 떨쳐내고, 고블린 두 마리의 주검을 끌면서 수긍했다.

"자신이 할 수 있는 것을 하면 된다네."

그는 그렇게 말하고 고블린의 시체를 수풀 속으로 밀어 넣었다.

그것을 엘프 궁수가 은폐하는 동안, 드워프 도사가 고블린의 무기인 창을 훌쩍 들었다.

달빛에 창끝을 비쳐 보니 철제 창은 충분히 날카로웠고, 반짝이며 빛을 반사했다. 녹도 안 슬었다.

"그건 그렇고, 고블린 놈들치고는 무기가 좋구나. 모험가한테 빼앗은 겐가?"

"살해당한 녀석들 중에 무기상인이라도 있었거나, 이 유적에 있었거나……."

혹은, 생각하는 고블린 슬레이어에게 「아닐게야」라며 드워프 도사가 고개를 옆으로 저었다.

"뭐라고 단정할 수가 없구나. 다소 오래된 만듦새다만, 유적에서 찾은 것을 상품으로 삼는 일도 있느니라."

"이곳에서 놈들이 벼렸을 가능성은."

"그건 없구나."

드워프 도사의 대답은 짧고 단적이었다.

"이곳에서는 불을 쓸 수가 없지 않느냐? 엘프의 특기인 주문이라도 아니면, 대장장이 일은 무리일 게다."

"……흠."

고블린 슬레이어는 낮게 신음했다.

"어쨌든지 고블린이 무장을 한 것은 분명하다. 열쇠는 있나?"

"자, 이거."

엘프 궁수가 던져서 건넨 것은 고블린이 목에 걸고 있던 건가 싶은 낡은 열쇠였다.

거칠게 꼰 마 끈으로 묶어서, 숫자가 새겨진 패가 함께 걸려 있었다.
"좋다."
고블린 슬레이어는 열쇠를 꼼꼼하게 조사하더니 그것을 단단히 쥐었다.
"안으로 들어가서, 가장 안쪽까지 간다."
"그것이, 그게, 작전인가요?"
"그래."
여신관은 여전한 그의 태도에 미약하게 볼을 풀었다. 그리고 재빨리 무릎을 짚고서 석장에 매달렸다.
"자비 깊은 지모신이여, 부디 그 손으로, 땅을 벗어난 자의 영혼을 인도해 주소서……."
이곳까지 오는 동안 죽은 고블린, 고블린에게 살해당한 자들의 영혼이 평안하기를 바란다.
모험가 파티는 그 진혼의 기도가 끝나는 것을 기다렸다가 재빨리 문으로 달려갔다.
고블린 슬레이어가 자물쇠에 열쇠를 꽂아 돌렸다. 덜커덕 소리가 울렸다.
"안 맞는군."
그렇다면, 어디 다른 장소의 문이란 것일까? 그는 혀를 차고서 열쇠를 뽑았다.
그것을 본 여신관이 서둘러 가방을 열어 공간을 만들며 말했다.
"아, 그거, 제가 맡을게요."
"부탁하지."

건네받은 열쇠를 단단히 수납하고서 한숨.

"그러면 내가 나설 차례네."

엘프 궁수가 의기양양하게 자물쇠 앞에 쪼그려 앉았다.

그녀가 취미 삼아서 배웠다는 자물쇠 따기 기술도 파티 안에서는 귀중한 기술이었다.

피크로 구멍을 더듬고, 미약한 소리에 주의하며 기다란 귀가 쫑긋쫑긋 흔들렸다.

"좋아."

이윽고 철커덕 소리가 나면서 자물쇠가 돌아가자, 그녀는 의기양양하게 가녀린 가슴을 내밀었다.

"열렸어."

"그러면, 열기 전에 말이다……."

드워프 도사가 훌쩍 숙이더니 촉매가 든 가방을 뒤져 천을 끄집어냈다.

여신관은 그것을 보며 신기한 기색으로 고개를 갸우뚱하더니 조심조심 물었다.

"뭘 하는 건가요?"

"기름을 쳐야 하느니라."

드워프 도사가 한쪽 눈을 감았다.

"끼이끼이 소리를 내면 안 되지 않느냐?"

"아, 도울게요!"

"그러면, 나는 오른쪽, 너는 왼쪽이니라."

드워프 도사가 옜다 하며 던진 누더기에 기름을 적셔서, 여신관은 작업에 매달렸다.

신전에서 일을 하느라 익숙해졌는지 청소하는 모습이 잘 어울리고 흔들림이 없었다.

얼마 안 가 정성스레 닦아 기름칠이 된 문은 소리도 없이 열리며 모험가들을 맞아들였다.

그들은 그림자처럼 틈으로 미끄러져 들어가서 손을 뒤로 돌려 문을 닫았다.

고블린 놈들은 동료가 살해당한 것조차 끝까지 눈치 못 챘다.

눈치를 챘다고 해도, 탄식하고 슬퍼하지는 않고 모험가를 괴롭히는 것밖에 생각지 않겠지만.

제6장 『어둠의 심부』

하트 오브 다크니스

Goblin Slayer
He does not let anyone roll the dice.

"우와아…… 곰팡내, 나……."

"오, 오래된 건물이니까요……. 아, 지금 불붙일게요."

고블린의 소굴과 유적의 냄새가 뒤섞인 썩은내에 엘프 궁수가 싫은 소리를 냈다.

"영차."

여신관이 귀여운 목소리와 함께 부싯돌을 때려 횃불에 불을 붙였다.

유적에는 엘프의 불 막이 가호가 있었다. 그런 곳의 한복판이었다. 불빛은 가늘고 약했다.

그러나 파티 모두를 비추기는 충분했다. 여신관이 모두의 얼굴을 둘러보고, 살며시 한숨을 내쉬었다.

대문을 빠져 나오자 대단히 비좁은 통로가 나왔다.

기어서 나아갈 정도는 아니지만, 넓게 대열을 짜기는 어려울 것 같았다.

고블린에게는 딱 좋을지도 모르지만…….

"꼬챙이 함정으로 일망타진 당할 것 같아서 싫다, 이거어."

"그보다도 소승이 걸리지 않고 나아갈 수 있을 지가 걱정일세."

"드워프가 끼일 것 같아."

뭣이라아? 드워프 도사가 반론했지만, 그래도 목소리는 낮았다.

"나아간다."

고블린 슬레이어가 낮게 말하자 일행은 진형을 짜고 걷기 시작했다.

선두를 엘프 궁수가 맡고, 그 다음에 고블린 슬레이어, 리자드맨 승려까지 전위.

후위는 석장을 쥐고서 조심조심 나아가는 여신관, 그리고 최후미를 드워프 도사가 맡았다.

숨이 막힐 것 같은 통로는 느슨하게 좌우로 구부러지면서 끝없이 깊게 뻗어 있었다.

쿠우우 메아리치듯 울리는 소리는 아마도 틀어막힌 강물 소리일 것이다.

—외길은, 싫은데.

문득, 그렇게 생각했다. 앞에서 고블린이 오면 도망칠 수 없다. 뒤에서 와도 그렇다.

축축한 공기. 싸늘한 그 감촉. 언젠가 어디선가 맡아본 그 냄새.

여신관은 정신이 느슨해지면 자신이 어디 있는지도 모르게 될 것 같아서 황급히 고개를 저었다.

"발소리는 걱정 안 해도 될 것 같아."

엘프 궁수가 조용히 농담을 하자, 무심코 안도의 한숨을 내쉰 것도 그 탓이었다.

훌쩍. 미약하게 공기가 가벼워진 것 같았다.

"벽을 뚫고 후방에서 기습도 걱정 안 해도 되겠구나."

"숨겨진 문이 없다면 그렇지."

"혹은 바깥의 시체가 발견되지 않는다면, 일세."

드워프 도사도 농담으로 받고, 고블린 슬레이어가 낮게 응답하고, 리자드맨 승려가 주석을 달았다.

"조심해서."

여신관이 침을 꿀꺽 삼키고, 떨림을 억누르는 소리로 말했다.

"가야죠."

"그래. ……특히 그, 뭐라고 했지……."

"모켈레 음벰베."

엘프 궁수가 발치를 살피며 말했다.

"맞지?"

"그거다."

고블린 슬레이어가 수긍했다.

"그것에 안장을 올린 놈이 있다. 판단이 어렵다."

리자드맨 승려가 송곳니 칼을 고쳐 쥐면서 고개를 돌렸다.

"고블린이겠는가?"

"고블린에게 용을 맡기는 놈이, 고블린 말고 있겠나."

"물건의 가치를 모른다는 의미에서, 고블린이 제일이니 말이다."

드워프 도사가 좁은 통로의 벽을 살짝 더듬고, 체념한 것처럼 고개를 좌우로 흔들었다.

"보거라. 벽화에 장식도 있었을 텐데, 이놈들은……."

아마도 이 유적의 내력을 기록한 것이나, 혹은 침입자에 대한 경고였을 것이다.

벽에 새겨진 색색의 벽화는 고블린 놈들의 학대 앞에서 덧칠 되고 부서져 있었다.

고블린 놈들이 꺼림칙한 이것을 모독하고자 한 것이 아니었다.

만약에 고블린 놈들이 혼돈의 무리로서 질서를 업신여기려 했다면, 좀 더 철저하게 했으리라.

저기를 부수고, 저기는 덧칠하고, 저기를 깨뜨리고, 일부는 방치, 이런 식이라면…….

"……놀다 지친 어린애, 같네요."

여신관이 으스스하게 중얼거린 것도 무리가 아니었다.

재미있고 즐겁고, 그저 그것만으로 다른 사람이 만든 것을 파괴했을 것이 명백했다.

그것이 살아 있는 자를 향했을 때 어떻게 되는지, 여신관은 몸소 알고 있었다.

"……."

공포인지 긴장인지, 굳어지고 떨리는 오른손으로 석장을 단단히 쥐고, 왼손의 횃불을 고쳐 들었다.

그녀는 입 속으로, 반복하고 반복하여 지모신에 대한 기도를 읊조렸다.

그래서, 일까?

그녀는 물소리에 섞여서, 유적의 안쪽에서 부는 바람에 실려 닿은 그것을 가장 먼저 깨달았다.

"……목소리?"

"왜 그러나."

중얼거린 여신관이 멈춰선 것을 고블린 슬레이어가 깨달았다.

여신관은 그저 그것만으로 어째선지 안심하게 되고 말았다.

그가 이쪽을 신경 쓰고 있다. 다른 모두도 마찬가지다.

무의식중에 **그들**과 비교해 버리는 것을 깨닫고, 여신관은 부끄러움에 고개를 숙였다.

"아뇨, 그게, 목소리가……."

"들렸나."

"……앞쪽에서, 인 것 같아요."

"흠."

여신관의 자신 없는 말에 고블린 슬레이어가 낮게 신음했다.

"어떤가."

"아차, 잠깐만 기다려. 바닥만 신경 쓰다 보니까……."

훌쩍 고개를 든 엘프 궁수가 기다란 귀를 쫑긋 세우고 귀를 기울였다.

쫑긋, 쫑긋. 미약하게 기다란 귀를 흔들면서 소리에 주의를 기울이기를 잠시.

"……응, 들려. 사람 목소리. 남자인지 여자인지는 모르겠지만."

"살아 있는 것이 고블린 놈들 말고도 있다는 게냐?"

드워프 도사가 있는 힘껏 표정을 찌푸렸다.

"기쁜 일이라면 기쁜 일이지만, 구해내는 수고를 생각하면 말이다."

"포로라고 정해진 것은 아닐세."

리자드맨 승려가 눈을 빙글 돌리고, 혀로 코끝을 핥았다.

"……하지만, 잡혀 있는 사람이 있다면."

여신관은 횃불을 있는 힘껏 들고서 두려움과 망설임을 떨쳐내듯 말했다.

"구해, 야죠……!"

"그래."

고블린 슬레이어는 한순간의 주저함도 없이 고개를 끄덕였다.

왼손의 방패를 확인하고, 오른손목을 한 번 빙글 돌려 검을 고쳐 쥐었다.

"해야 할 일은 변함없다. 간다."

잠시 지나서 일행이 도착한 곳은, 유적의 천장에서 지하까지 이어지는 뻥 뚫린 나선 회랑이었다.

그리고 거기서부터 사방팔방으로 뻗은, 그물눈 같은 무수한 통로들의 입구.

메아리치는 목소리는 머나먼 아래쪽— 나락의 바닥에서 올라오고 있었다.

§

"……고블린 소굴 특유의 냄새네."

파티는 엘프 궁수의 청각을 의지해서 수직통로를 내려가기로 했다.

돌로 만든 내벽을 빙 두르는 나선 형태의 계단이다. 발 디딜 곳이 좁고, 난간이 없다.

자연히 벽에 손을 대면서 조심스레, 조심스레 신중히 걷게 되었다.

그 내벽에서 요새 안으로 이어지는 몇 개의 옆 통로를 보고, 리자드맨 승려와 드워프 도사가 말했다.

"마치 개미굴을 닮지 않았는가."

"그것은, 그거대로 제법 요새로서는 좋은 구조가 아니더냐."

제방과 조합된 하천성채가 적어도 오랜 옛날부터 전쟁에 대비한 것은 분명했다.

그것을 소수, 고작해야 다섯 명이 함락시켜야 하니 다소 마음이 무거워졌다.

"히약!"

휘리리. 트인 공간을 통과하는 바람에 여신관이 무심코 눈을 감으며 벽에 매달렸다.

그 바람의 기세도 상당했지만, 그걸 타고 오는 비릿한 공기가 기이한 것을 연상시켰다.

"새, 생명줄을 묶는 편이……."

"아니."

고블린 슬레이어는 낮은 목소리로 여신관의 제안을 기각했다.

"외길이다. 앞뒤 어디서 고블린이 올 지 알 수 없다."

"더 이상 움직임이 방해되어서야 위태로우니 말일세."

최후미의 리자드맨 승려가 눈알을 빙그르 돌리며 꼬리로 바닥을 때렸다.

"뭘, 떨어져도 소승이 꼬리로 붙잡아 주겠네."

"가능하면 떨어지고 싶지 않지만요. ……네, 힘낼게요."

여신관이 석장과 횃불을 떨어뜨리지 않도록 양손으로 단단히 쥐고서 고개를 끄덕였다.

그런데— 그때, 엘프 궁수의 기다란 귀가 흠칫 떨렸다.

"고블린인가."

"그거 말고는 없잖아."

손바닥을 슥 내민 그녀를 따라 모두가 발길을 멈추고 각자의 무기를 고쳐쥐었다.

"불빛이 있으니까 거리가 줄어들면 눈치챌 거야."

"그냥 지나갈 수가 없군."

"어떡할까요? 고블린 슬레이어 씨."

"아래쪽에 포로가 있든 없든, 아래까지 내려갈 필요는 있다."

고블린 슬레이어는 낮은 목소리로 중얼거리고, 역겹다는 기색으로 말을 이었다.

"그 다음, 위까지 돌아가야 한다."

"갈 때야 좋지만 돌아올 때 무섭다는 것은 미궁 탐색의 기본이니라."

"흐흠."

드워프 도사가 농담조로 노래를 읊조리자, 리자드맨 승려가 묵직하게 고개를 끄덕였다.

"싸움을 피할 수는 없고, 그래서 만약 들킨다면……."

—어떻게 되는 걸까?

여신관은 볼에서 핏기가 가시는 것을 느꼈다. 발치가 불안해져서 휘청거릴 것 같았다.

찢어지는 의복. 여무투가의 비명. 외침. 붙잡힌 엘프의 무참한 모습. 꼬챙이.

섬광처럼 떠오르는 수많은 기억들에 숨이 가빠진다. 이가 떨렸다.

그것을 한껏 억누르고, 여신관은 열심히 호흡을 정돈했다. 부서질 것 같은 무릎에 힘을 주었다.

"……다시 한 번《사일런트》를 탄원해 볼게요."

귀중한 기적 한 번이다.

고블린 슬레이어는 재빨리 머릿속으로 생각을 정리했다.

"잘 해서 아래까지 가면, 쉴 수 있을지도 모르는 법이니라."

드워프 도사가 촉매가 든 가방에 손을 넣으면서, 방심하지 않고 계단 아래의 나락으로 눈길을 주었다.

"누가 뭐래도 고블린 놈들에게도 이 요새는 넓지 않겠느냐?"

"약탈의 규모를 봐서, 적의 수는…… 어떻겠는가? 소귀 살해자 선생."

"늑대도 있다."

리자드맨 승려에게 고블린 슬레이어가 응답했다.

"대규모인 것은 틀림없다."

"그러나, 이 성채를 완전히 유지할 정도는 못 될 걸세."

"그래."

"그럼 정해졌네."

엘프 궁수가 생긋 웃고, 훌쩍 팔을 뻗어 여신관의 어깨를 두드렸다.

"부탁할게."

"넵."

여신관이 입술을 깨물며 고개를 끄덕였다. 하지 않으면 어떻게 되는지 알고 있는 것이다.

그녀는 필사적으로 고개를 흔들어 머리칼과 함께 싫은 상상을 떨쳐냈다. 심호흡을 한 번.

양손으로 석장에 매달리면서, 천상에 거하는 지모신에게 영혼을

이었다.

"시체는?"

"떨어뜨려라."

리자드맨 승려의 물음에 고블린 슬레이어는 무자비할 정도로 주저 없이 대답했다.

"고블린이, 이곳에서 떨어지는 건 **자연스런 일**이다."

"기도할게요!"

여신관이 석장과 횃불— 그 빛을 의지하여 기도의 목소리를 높였다.

"《자비 깊은 지모신이여, 우리들이 널리 받아들일 수 있는 정적을 내려주소서》!"

그러자 소리가 끊어졌다.

횃불의 불빛만 따라서 달리기 시작한 파티를 보고, 측면 통로에서 나온 고블린이 눈을 부릅떴다.

그러나 고블린이 동료를 부르는 목소리도 비명도 말이 안 되고, 엘프 궁수의 화살이 꿰뚫었다.

공중을 헤엄치는 것처럼 손을 휘두르며 뒤로 넘어간 고블린을 고블린 슬레이어가 걷어차 버렸다.

어디까지나 깊고 어두운 나락 바닥으로 고블린이 떨어지고, 그리고 사라졌다.

계단을 달려 내려가면서 엘프 궁수가 기다란 귀를 흔들었다. 청각은 의지할 수 없다.

그녀는 눈에 힘을 주고, 저 너머에서 접근하는 고블린의 모습을 포착하고자 했다.

—있다.

재빨리 한 손의 손가락을 3개 세워 보이고, 화살통에서 화살을 집어 현을 당기고, 쏘았다.

소리 없이 날아간 화살이 창을 손에 든 보초의 눈으로 뛰어들어 투구에 박혔다.

비틀, 동료가 기울어져서 떨어지는 것을 가리키며 웃던 고블린이 소리가 안 나는 것에 고개를 갸웃거렸다.

그 옆을 엘프 궁수가 지나치고, 이어서 고블린 슬레이어가 도끼칼로 장작을 패는 것처럼 머리를 때렸다.

두개골이 부서지고 뇌수가 흩어졌다. 고블린 슬레이어는 두 마리째 고블린을 나락으로 떨어드리고, 앞으로.

세 마리째는 갑작스런 사태에 눈을 깜빡 거리면서도 손에 든 창을 움켜쥐었다.

드워프와 흄 계집. 두 사람 중에서 순식간에 계집으로 목표를 정한 놈이었지만, 그 공세를 드워프 도사의 손바닥이 막았다.

쥐고 있던 모래를 눈앞에 뿌리자 고블린이 뒤집어지고, 리자드맨 승려의 꼬리가 다리를 후렸다.

그대로, 이제는 떨어질 뿐이다.

나선의 회랑은 아직도 이어진다. 정신이 아득해지는 길이다.

소리가 사라지고, 보이는 것은 손에 든 불빛뿐이다. 소용돌이치는 물과 자신의 땀 냄새.

여신관은 현기증이 나는 감각을 느끼고, 한순간 몸이 비틀 기울어졌다.

아, 생각했을 때 공중에 떠오르던 몸을 리자드맨 승려의 꼬리가 휘감아 끌어올려주었다.

황급히 뒤를 돌아보자 리자드맨이 눈알을 빙글 돌리고 코끝을 혀로 핥았다.

—신경 쓰지 마시게, 라는 걸까요?

여신관이 고개를 붕붕 흔들어 석장과 횃불을 손에 들고 앞을 돌아보더니, 필사적으로 앞의 등을 좇았다.

드워프 도사가 속도를 늦춰주고 있었다. 고블린 슬레이어와 엘프 궁수는 경계를 늦추지 않는다.

—기도를, 계속해야 해요……!

여신관은 잡념을 떨쳐내고, 헉, 헉. 가쁜 숨을 쉬면서 계속 지모신에게 기도를 바쳤다.

동료 뒤에서 그저 기도만 바칠 뿐이라, 도움이 되고 있는지 망설임이 생긴다.

망설임은 때로 이렇게 죽음에 통하는 법이다.

하물며 신들에게 기도가 닿는 일은 있을 수 없다.

—모두가 있고, 모두들 안에 내가 있고, 그래서 지켜주고, 지킬 수 있다.

심호흡을 다시 한 번.

이 어두운 어둠의 바닥에서도 옆에 벗이 있고, 천상에 거하는 지모신과 영혼이 이어져 있다.

겁먹을 일은, 없을 것이다.

§

둥실, 둥실. 수면에 떠오른 고블린의 시체는 다섯인가 여섯.

나락의 끝은 수로였다.

낙하한 고블린들의 물소리가 울리지 않은 것은 《사일런트》의 결실일까 거리 탓일까?

틀어막히고, 쌓이고, 그런 다음에야 잉여분이 통과하는 물은 그대로 하류를 향했다.

"고블린 놈들, 독을 흘리는 것은 생각 못했는가?"

소리가 되살아난 세상에서, 리자드맨 승려가 조용히 중얼거렸다.

강 상류를 제압했다면 필연적으로 그 수를 생각할 텐데.

하물며 엘프의 마을, 그 앞에는 물의 도시마저도 있는데.

"고블린 놈들이 아니라, 놈들의 우두머리가 무슨 생각이 있을지도 모르겠느니라."

"일일이 고블린이 생각하는 것만 생각해 봤자, 어떻게도 안 되잖아."

엘프 궁수가 성가신 기색으로 표정을 찌푸리고 고블린 슬레이어의 철 투구를 콩콩 두드렸다.

"이런 식으로 되잖아."

"너는 좀 더 생각하는 편이 좋겠느니라."

고향 일이 아니더냐? 흘리는 드워프 도사에게 엘프 궁수가 「뭐—야」 하며 대들었다.

리자드맨 승려가 타이르지 않는 걸 보면 서로 목소리 크기는 죽이고 있었다.

고블린 슬레이어는 일절 신경 쓰는 기색도 없이 허리의 가방에서 물주머니를 꺼내 마개를 뽑았다.

투구 틈으로 벌컥 물을 들이켜고, 그는 그것을 쪼그려 앉은 여신관에게 던졌다.

표정이 창백하다. 필사적으로 호흡을 정돈하고 있는 그녀는 멍하니 그것을 받았다.

"마셔둬라."

"아, 죄, 죄송합니다."

"아니."

고블린 슬레이어는 고개를 옆으로 저었다.

"덕분에 살았다."

여신관은 약간 부끄러움을 느끼면서 양손에 든 물주머니를 입에 대었다.

에헤헤. 약간 볼이 느슨해졌다. 조금 긴장이 풀어졌지만 나쁜 일이 아니다.

난관 하나를 빠져 나온 것이다. 우선은 한 단락.

꿀꺽, 꿀꺽. 목을 울리며 두 입, 세 입. 숨을 한 번 내쉬고 마개를 닫았다.

"고맙습니다."

물주머니를 돌려주자 그는 묵묵히 그것을 가방에 넣었다.

고블린 슬레이어는 근처에 떠다니는 고블린의 주검을 도끼칼로 끌어당겨 허리띠에서 검을 빼앗았다.

그것을 칼집에 넣더니, 고블린의 허리띠에 도끼칼을 꽂아서 걸어

찼다.

"목소리는 끊어졌군."

"그렇네."

조용히 중얼거린 말에 엘프 궁수가 훌쩍 고개를 들고 수긍했다.

"내려오는 도중에는 몰랐는데, 지금은 안 들리는 것 같아."

"늦었군."

고블린 슬레이어의 낮은 말에, 의미를 짐작한 엘프 궁수가 표정을 찌푸렸다.

그녀는 재빨리 활의 현 상태를 확인하고 다시 걸더니, 화살통 안을 점검하고 일어섰다.

"……그렇다고 서두르지 않아야 될 건 아니잖아?"

"맞는 말일세."

리자드맨 승려가 수긍하고 송곳니 칼을 붕, 휘두르며 기합을 넣었다.

"소승들은 전투의 마음가짐, 상대는 정신이 느슨해졌다네. 그것을 노리지 않을 이유는 없는 법일세."

어디, 리자드맨 승려가 비늘이 돋은 투박한 손을 여신관에게 내밀었다.

"아뇨."

여신관은 의젓하게 미소를 짓고 석장을 의지하여 천천히 일어섰다.

"아, 횃불은……."

"……흠."

고블린 슬레이어는 낮게 소리를 내고, 이윽고 철 투구를 천천히 좌우로 흔들었다.

"맡긴다."

성큼성큼 평소처럼 앞서 걷는 모습에 여신관이 남몰래 한숨을 쉬었다.

응. 그러나, 곧장 그가 광원을 맡겼다는 사실을 깨닫고서 힘차게 고개를 끄덕였다.

"잠깐 부탁드릴게요."

여신관은 횃불을 드워프 도사에게 맡겼다.

그리고 자기 짐에서 랜턴을 꺼내더니 그것에 불을 옮겨 붙였다.

"허, 준비성이 좋구먼."

여신관이 아주 약간 자랑하는 투로 가녀린 가슴을 내밀며 말했다.

"모험할 때는 잊지 말고, 니까요."

모험가 세트— 도움이 되는 것 같으면서 뜻밖에 안 되는 일도 있지만, 이번에는 아니었다.

불빛이 새지 않도록 셔터를 줄이더니, 여신관이「에잇」하고 횃불을 수로에 적셨다.

치익 소리가 나면서 하얀 연기가 오르고 그걸로 끝이었다.

"……그러면, 갈까요."

파티는 고개를 끄덕이고, 발소리가 나지 않도록 고블린 슬레이어 뒤를 따랐다.

다행히도 수로를 흐르는 물소리 덕분에 다소의 기척은 숨겨질 것 같았다.

어슴푸레한 가운데, 고블린 슬레이어는 조용한 목소리로 엘프 궁수에게 물었다.

"전방, 어떤가."

"있어."

엘프 궁수는 허리를 낮추고 살금살금, 그러나 산토끼처럼 재빠른 발놀림으로 나아갔다.

"무슨 커다란 맷돌? 같은 거 옆에, 다섯, 여섯 마리…… 즐기는 중인, 모양이네."

"술법은 쓰지 마라."

고블린 슬레이어는 오른손으로 검을 고쳐 쥐었다.

"정리한다."

"그러나……."

리자드맨 승려가 낼름 혀로 코끝을 핥았다.

"어찌 공격할 것인가?"

"또 아까처럼 《사일런트》를 써?"

나는 그래도 되는데. 엘프 궁수는 화살통에서 화살을 뽑았다.

고블린 슬레이어는 핏기가 부족한 여신관을 슬쩍 보고, 고개를 옆으로 저었다.

"다른 수를 쓴다."

"저, 저라면……!"

"같은 수를 연속해서 쓰기 싫다."

고블린 슬레이어는 괜찮다고 말하려는 여신관의 목소리를 잘라내고 가방을 뒤졌다.

"**아교**는 있나?"

"오냐. 그런 거야 얼마든지 있느니라."

드워프 도사가 「잠깐 기다리거라」 하면서 촉매가 든 자기 가방을 휘저었다.

이윽고 그는 고개를 끄덕이더니 밀봉된 작은 병을 몇 개 손으로 집어 꺼냈다.

“좋다.”

고블린 슬레이어는 주저 없이 말했다.

“모두, 양말을 꺼내라.”

여신관이 얼굴이 빨개지며 허벅지를 확 누르고, 엘프 궁수가 의문스레 고개를 갸웃거렸다.

“그런 거, 뭐에 쓰게?”

“사용한다.”

리자드맨 승려가 묵직한 움직임으로 고개를 끄덕였다.

“소승 것도 말인가?”

“가진 게 있다면.”

§

일 하나를 끝낸 그 고블린은 고블린치고는 참으로 기분이 좋았다.

그는 술에 취한 적이 거의 없었지만, 취한 기분이 들었다.

술은 약탈했어도 도저히 마시기 힘들다. 이런 땅 깊숙한 곳까지 돌아오기 전에 죄다 마셔 버린다.

어쩌면 요새 위쪽에서는 제대로 배당이 정해져 있을지도 모르지만, 고블린이니까.

자기 뒤의 동료는 생각지도 않고 조금 넉넉하게 마시고 돌려서 순식간에 바닥난다.

그러나, 이 지하에 있는 고블린은 관대하게도 그것을 용서해줄 생각이었다.

물론, 자신들이 다른 계층에 있었다면 똑같은 짓을 할 테니까— 따위의 이유는 아니었다.

당연히 그는 자신도 슬쩍 할 것이란 사실은 제쳐두고, 참으로 나쁜 놈들이라며 짜증을 내고 있었다.

그래도 용서할 생각이 드는 것은 최하층의 일이기에 얻는 이득이 있기 때문이다.

그는 거창한 동작으로 사슬로 꿰어 목에 걸고 있던 목걸이 방향을 고쳤다.

그리고 동료들이 빙 둘러앉은 곳에 털썩 앉더니, 중앙의 식사에 손을 뻗었다.

썩어가는 팔에서 손가락을 뽑아내 입으로 던져 넣고, 씹어 먹으며 한숨.

그는 「이런 지하에서 일하는 건 참 힘들다」라며, 지극히 멋을 부리는 기색으로 불평을 흘렸다.

동료들이 곧장 「맞다」, 「맞다」라고 소리를 내더니, 식사에서 발을 억지로 뽑아냈다.

그것을 그냥 넘길 수 없는 한 마리가 불평을 하면서 서로 빼앗고, 무릎을 쪼개서 자기 몫을 확보했다.

고블린 놈들은 「높은 녀석들은 아무것도 모른다」라면서 투덜거리며 고기를 깨물었다.

누군가가 식사에서 예쁜 금색 눈알을 파내더니 「정말 그렇다」라면서 그것을 한입에 삼켰다.

고블린의 불평은 키익키익 신이 나서 이어졌지만 당연히 그렇게 가혹한 일이 아니었다.

그러나 「다른 녀석들은 우리들보다도 편하게 일한다」라고 단정하는 것이 고블린이다.

이윽고 한차례 설렁설렁 식사를 먹은 다음에, 고블린들은 어슬렁거리며 일어섰다.

어쨌든지 역시 레아보다는 엘프, 엘프보다는 흄이 먹는 맛이 있어서 좋다.

배도 채웠고, 그럼 다음 일이 올 때까지 적당히 한잠 자야겠다.

그렇게 생각하며 크게 하품을 한 번, 했는데…….

"——?"

뭘까?

발치에, 데굴데굴 불이 꺼진 횃불이 굴러오지 않겠는가?

이건 뭐지? 고블린이 고개를 갸웃거리고 멍하니 멍청한 표정을 드러냈다.

"……?!"

다음 순간, 그 안면에 무언가 축축하고 묵직한 것이 찰싹 달라붙었다.

무심코 소리를 내고자 했는데, 이번에는 그것이 또 하나 입으로 날아왔다.

벗겨내고자 손을 댔지만, 그 손이 묘하게 끈적거리는 그것에 달라붙어서 뗄 수가 없었다.

"GROBB!!"

"GRB! GBBOROB!!"

무심코 자세를 무너뜨리고 넘어진 그를 동료 고블린이 손가락질하며 킬킬 웃었다.

그들은 오늘 이상하게 많이 추락한 동포들에 대해서도 바보 같은 놈들이라며 비웃기만 했다.

"GBOROB?!"

그런데, 이번에는 그 고블린의 웃는 얼굴에 무언가 격돌해서 달라붙었다.

황급히 얼굴에 손을 대고 고통과 괴로움에 몸부림치는 고블린이 더욱이 두 마리. 합계 세 마리.

그제서야 비웃을 때가 아닌 것을 깨달은 나머지 두 마리가 약탈한 검을 손에 잡아 뽑았다.

그리고 한쪽이 경보로 쓰는 작은 피리에 입을—.

"하나."

—대고자 했을 때, 어둠 속에서 날아온 단검이 그 목을 꿰뚫어 뒤로 넘어뜨렸다.

뿜어져 나온 피가 피이이이 피리 같은 소리를 내면서 바람을 탔다.

"GOBBRB?!"

그 소리를 가르면서, 수로 안쪽에서 지저분한 갑옷 차림의 모험가가 달려왔다.

손에는 검. 왼손에는 방패. 고블린은 눈을 뒤집었다. 모험가! 원수! 이 녀석이다!

"GBRO! GGBORROB!!"

동료를 부르는 것도 돕는 것도 머리에서 빠져나가고, 고블린이 덤벼들었다.

그의 검은 모험가에게서 빼앗은 지 얼마 안 되어 날카로운 일품이었다. 녹슨 단검하고는 비교가 안 된다.

"흥."

그러나 고블린 슬레이어는 그것을 아무렇게나 방패로 받아냈다. 아니, 후려쳤다.

고블린이 공격하는 기세의 충격을, 방패에 검 끝을 파고들게 하면서 후방으로 흘려 떨쳐냈다.

"GOBB?!!"

땅에 떨어진 고블린이 낙법도 못하고 꼴사납게 비틀거리며 일어섰다.

콰득. 그 직후에 둔중한 소리를 들었다. 그리고 고블린은 영문도 모른 채 숨졌다.

자신의 뒤통수에 나무 눈 화살이 꽂힌 것은 도저히 생각 못했을 것이다.

엎드려서 쓰러진 고블린의 눈동자는 동료들의 꼴을 보고서도 움직이지 않았다.

"GOBB…… GRB?!"

"GROBBR?!"

간신히 얼굴과 입에 달라붙은 끈적한 덩어리를 떼어낸 고블린들은 소리도 내지 못했다.

다음 순간에 리자드맨 승려의 송곳니 칼이 몸통과 배를 양단하고, 고블린 슬레이어가 목을 꿰뚫었다.

다섯 마리 고블린을 처리하는데 불과 수십 초. 과연 훌륭한 솜씨였다.

"셋. ……넷, 다섯인가."

고블린 슬레이어는 고블린의 시체를 세더니 어둠을 돌아보았다.

"그런데, 잘 맞췄군."

"연습, 했으니까요."

타탓. 어둠 속에서 여신관이 석장을 손에 들고 나타났다.

그녀는 고블린 슬레이어의 담담한 목소리에 쑥스럽게 수줍은 표정을 지었다.

아무리 꺼진 횃불로 주의를 끌었다지만 던져서 맞춘 것은 그녀 자신의 성과였다.

칭찬을 받는 것은 그렇게 흔한 일이 아니다. —그렇지만.

"……이제, 이거 못 쓰겠어요……."

그녀는 질색한 표정으로 고블린이 떼어내 던져 버린, 예비 양말을 집었다.

아교에, 피에, 침에, 콧물. 솔직히 말해서 씻어도 신고 싶지 않았다.

"양말에 돌을 채우고 **아교**를 발라서 던져 맞춰?"

마찬가지로 자기 예비 양말을 제공한 엘프 궁수가 고블린의 시체에서 화살을 뽑으며 기다란 귀를 흔들었다.

"발상이 말썽쟁이랑 똑같아."

"그러나 효과적이다."

고블린 슬레이어는 짧게 말하고, 먹다가 흩어놓은 시체를 보았다.

남녀의 구분도 안 되는 피웅덩이 안에서 청색 인식표를 건져 올렸다. 남자였다.

"가족은 있었을꼬?"

훌쩍 옆에서 들여다본 드워프 도사가 그 검붉고 지저분해진 청옥의 판을 집어 들었다.

"어쩌면, 파티…… 솔로는 아니었을 게다."

"아마도."

그는 철 투구를 돌려서 고블린들의 **작업 도구**를 보았다.

이게 뭐야—? 콕 찌른 엘프 궁수가 이윽고 그것의 정체를 깨닫고서 펄쩍 뛰었다.

"……힉?!"

그것은 맷돌…… 아니, 압착기라고 해야 할 것이었다.

차륜 모양의 손잡이를 돌리면 기구가 움직여서, 장치에 끼워진 것을 슬금슬금 짓뭉개 짜낸다.

올리브 열매에서 기름을, 포도 열매에서 과즙을.

그러면, 고블린 놈들은 무엇을 짜내고자 했을까?

대답은 일목요연했다.

"우, 아……윽."

여신관이 목에서 떨리는 소리를 흘렸다. 떨어뜨릴뻔한 석장을 간신히 고쳐 쥐었다.

장치 틈에서 꿈틀꿈틀, 아직도 생명의 흔적처럼 떨리는 가는 손, 발.

그리고 유리알 같은 눈동자로 공중을 보며, 축 혀를 늘어뜨린 여자— 소녀의 머리다.

고블린 놈들이 무엇을 어떻게 압착했는지는 이미 말할 것도 없으리라.

고문이라기에는, 너무나도 조잡하다. 처형이라기에는 너무 취미적이다.

—아니.

여신관은 이것이 무엇을 의미하는지 금세 알았다.

구석에 쌓여 있는 무참하게 찢어진 여성용 가죽 갑옷.

고블린 슬레이어가 고블린에게서 빼앗은 잘 연마된 소검.

쓰러진 고블린이 가슴팍에 걸고 있던 취옥의 인식표.

기어이 힘을 잃고서 늘어진 팔의 단련도.

그녀는 틀림없이 모험가다.

그렇다면 이끌어낼 수 있는 대답은— **단순한 오락**.

"……."

구역질이 일어나는 광경이었지만, 얼굴이 창백해지면서도 여신관은 씁쓸한 물을 꾹 삼켰다.

익숙해진 건지, 익숙해지고 만 건지, 익숙해 져야 하는 건지. 그녀는 알 수 없었다.

지모신에 대한 기도를 속삭이는 발치에서 끈적한 액체가 찰팍 튀어 그녀의 하얀 장화를 더럽혔다.

장치로 짜낸 검붉은 즙이 질척거리며 바닥의 홈을 따라 흘러 수로에 떨어지고 있었다.

"흐흠."

리자드맨 승려가 눈알을 돌렸다.

"강에 흘리는 것이라면 독 같은 것이 아니겠는가?"

"독이기는, 하겠지."

고블린 슬레이어가 몸을 숙여서 수로에 흐르는 점액을 손가락에 묻혀 비볐다.

대하의 물에 비하면 너무나도 미량이며, 한 개인에게는 치명적일 정도의 양.

"네놈들은 동료의 분뇨와 피가 든 물을 마시고, 몸을 씻고, 생활하고 있는 것이다. 라고."

"우, 에……엑!"

무심코 엘프 궁수가 구역질을 했다.

여신관이 반사적으로 내민 물주머니를, 그녀는「괜찮아」라며 사양하고 버텼다.

"그렇다면, 일종의 저주라고 보는 것이 좋을 걸세."

"역시 틀림없군."

고블린 슬레이어가 중얼거렸다.

"그, 뭐라더라……."

"모켈레 음벰베 말인가?"

"그거다."

고블린 슬레이어가 수긍했다.

"놈을 붙잡은 것은, 주문술사 놈이다."

"고블린……."

여신관은 목을 떨었다.

어슴푸레한 동굴. 쓰러진 여자들. 옥좌에서 외치는 고블린 샤먼.

뇌리에 새겨진 수많은 기억들. 석장을 꾹 쥐었다.

"……샤먼?"

"어쨌든지, 상당한 솜씨다."

두 사람을 보고, 드워프 도사가 중얼거렸다.

"너희들은, 용케 멀쩡하구나……."

"살려서 괴롭히는 것은 우리들의 주의가 아니네만, 죽이는 것은 우리들의 생태가 아니겠는가?"

리자드맨 승려는 그 나름대로 찌푸린 표정이리라. 떫은 표정을 짓고서 천천히 고개를 좌우로 흔들었다.

"뛰어난 전사의 배를 갈라 심장을 먹는 것은, 하나의 소양일세."

"나는, 오늘내일까지는 고기를 먹고 싶지 않구나."

"드워프는 이렇다니까."

엘프 궁수가 의젓하게 웃었다.

고블린 슬레이어는 드워프 도사를 보더니 고개를 끄덕였다.

그리고 여신관 곁으로 성큼성큼 평소처럼 다가가 얼굴을 내려다보았다.

"고블린 슬레이어 씨, 저기……."

"이곳에서 휴식을 한다."

고블린 슬레이어는 천천히 말했다.

"공양을 하고, 조금 쉬어라."

§

갈리고 짜낸 모험가의 유해는 결국 수장하게 되었다.

무참한 모습을 감추는 천으로 감싼 다음에 강을 통해 수로로 흘린다.

"자비 깊은 지모신이여. 부디 그 손으로, 땅을 벗어난 자의 영혼을 이끌어 주소서……."

여신관의 기도를 통해 영혼은 하늘로 돌아가고, 리자드맨 승려의 기도로 천지를 돌게 되리라.

이 성의 최하층까지 순찰을 오는 — 애당초 고블린은 근면하지 않다 — 자도 없으리라.

일행은 다소나마 청결한 장소를 찾아서 제각각 모포를 두르고 잠이 들었다.

쉬고서…… 쉴 수 있다 쳐도, 몇 시간. 체력이 얼마나 돌아올 것인가?

그러나, 어쨌든 소모한 술사들의 정신력을 회복시키는 것이 무엇보다 먼저였다.

"……."

고블린 슬레이어는 고문방의 벽에 기대어 회수한 검을 끌어안고 앉아 있었다.

엘프의 결계로 효과가 감퇴하기도 하겠지만, 연기가 피어오르는 것을 생각하면 불도 못 피운다.

그들은 셔터를 닫아 빛을 한정시킨 랜턴을 중심으로 제각각 휴식을 취했다.

가부좌를 틀고서 손가락으로 인을 맺어, 명상하는 것처럼 눈을 감은 리자드맨 승려.

술을 들이켠 다음에 사양 않고 철퍼덕 누워서, 팔베개를 하고 커다랗게 코를 고는 드워프 도사.

그리고 구석에서 모포를 두르고, 작은 몸을 더욱 작게 움츠린 여신관.

멀리서 보기에도 소녀의 얼굴은 핏기가 가셔 창백했다.

"……왜 안 자?"

문득 말을 걸자, 고블린 슬레이어는 담담하게 응했다.

"쉬고는 있다."

먼저 불침번을 담당한 엘프 궁수가 기분 틀어진 것처럼 그 앞에서 있었다.

고블린 슬레이어는 천천히 철 투구를 들어 그녀를 보았다.

"한쪽 눈을 감고서."

"모른단 말야, 네 모습을 봐선."

넌더리가 난다는 기색이었다.

그녀는 허리에 손을 대고서 콧방귀를 뀌더니 기다란 귀를 흔들며 옆에 털썩 앉았다.

고블린 슬레이어에게 허가를 받으려는 기색도 없고, 사뭇 당연하단 태도였다.

"쟤, 꽤 힘든 것 같아."

"그것은, 그렇겠지."

엘프 궁수가 활의 현을 느슨히 풀고 꾹꾹 또 다시 팽팽하게 거는 것을 보면서, 그는 고개를 끄덕였다.

"행동만 보면, 고블린 놈들과 다르지 않으니까."

동포의 시체를 강에 흘려보낸다는 행동 한 점만 보면 말이다.

어쨌든지 그들은 불과 몇 분, 몇 시간, 며칠 늦었다.

그렇지 않다면, 포로가 된 모험가들 한두 사람이라도 아직 숨이 붙어 있었을 것이다.

언제나, 어떤 때든, 그 신전이나 수녀들처럼 되진 않는다.

"죽게 놔두고 강에 버린다. 다를 바 없다."

고블린 슬레이어는 단적으로 그렇게 결론을 지었다.

엘프 궁수는 미약하게 말문이 막히고, 입술을 깨물고, 어쩔 수 없다는 듯 고개를 옆으로 저었다.

"……아니야."

음. 고블린 슬레이어가 낮게 신음했다.

"고블린이랑은 달라. 그리고, 또 그 비슷한 말하면 화낼 거다?"

찌릿. 엘프 궁수의 눈동자가 게슴츠레 고블린 슬레이어를 노려보았다.

아예 걷어찰 거야. 그렇게 중얼거리는 어조는 진심이었다.

고블린 슬레이어는 언젠가 유적에서 그녀가 있는 힘껏 발길질했던 모습을 기억하고 있었다.

1년쯤 전이다. 그립기마저 하다.

그러나 엘프에게는 어느 정도의 시간일까?

"그런가."

고블린 슬레이어는 고개를 끄덕였다. 끄덕이고, 깊이 숨을 내쉬었다.

"……그렇군."

"그래."

그리고 두 사람은 입을 닫았다.

쏴아아 물이 흐르는 소리가 자리에 안 어울리게 시원스레 울렸다.

그러나 때로 머리 위 한참 높은 곳에서 고블린이 깔깔 웃는 소리가 들려와 현실을 잊게 해주지 않는다.

문득 엘프 궁수의 기다란 귀가 쫑긋쫑긋 흔들려 움직였다.

고블린 슬레이어가 흘끔 보자, 그녀는 아무것도 아니라며 고개를 옆으로 저었다.

"그런가."

숨을 내쉰 고블린 슬레이어는 한 번 단단히 입을 다물었다.

엘프 궁수가 「응?」 하고 고개를 갸웃거리자, 그는 미약하게 투구를 움직여 말했다.

"미안하다."

조용한 한마디였다.

엘프 궁수는 눈을 크게 깜빡였다.

—오르크볼그가 사과를 하다니.

그리 자주 있는 일이 아니다.

그녀는 미약하게 볼이 느슨해지는 것을 감추고자 괜히 표정을 찌푸리며 무뚝뚝하게 말했다.

"……뭐가."

"……결국, 또 고블린이다."

바보구나. 엘프 궁수는 키득 웃었다. 물의 흐름과 마찬가지로, 안 어울릴 정도로 경쾌하게.

"뭐야? 그런 거 신경 쓰고 있었어?"

대답이 없었다.

1년 조금 더 알고 지낸 거지만, 사람됨을 알기에는 그거면 충분하다.

—정곡이구나.

엘프 궁수는 방울처럼 목에서 웃음을 굴리더니 살며시 옆의 바닥에 대궁을 놓았다.

그리고 자신의 무릎을 끌어안더니 고블린 슬레이어의 어깨에 머리를 툭 기댔다.

"그거야…… 고블린 퇴치는 싫지만, 말야."

당연하다.

오르크볼그랑 만나기 전, 아직 백자였을 무렵에도 고블린 퇴치를 한 적이 있다.

그와 함께 행동하게 된 다음부터는 가속도적으로 그 횟수가 늘었다.

동굴 탐색은 딱히 괜찮다. 괴물과 싸우는 것도 괜찮다. 납치된 사람을 구하는 것도 나쁘지 않다.

—그치만, 역시 다르단 말이지.

오르크볼그와 가는 고블린 퇴치는 다른 모험하고는 뭔가 다르다.

달성감 따위 전혀 없다. 엘프 궁수가 보기에는 도저히 모험이라고 부를 수 없는 것이었다.

그렇지만.

“고향 일인걸.”

엘프 궁수는 뭘 당연한 소리를 하느냐고 말했다.

고블린 슬레이어의 철 투구가 미약하게 움직이는 것을 머리칼로 느꼈다.

엘프 궁수는 한순간만 눈을 감았다. 기름과 피 냄새. 정말로, 심한 냄새다.

“언니도 결혼을 한다는데, 가까운 곳에 고블린이 있으면 곤란해.”

“……그런가.”

“오히려 평소 내가 이것저것 불평을 해서— 아아, 아니다. 미안하다고 생각지는 않는데.”

“아니.”

고블린 슬레이어는 고개를 옆으로 저었다.

“신경 쓰지 않는다.”

“그래?”

엘프 궁수는 뜻밖이란 듯 고개를 갸웃거렸다. 기다란 귀가 파르르 흔들렸다.

“그래.”

고블린 슬레이어가 짧게 말했다.

“나는 모험하는 법을 모르니까.”

그렇구나. 엘프 궁수가 작은 목소리로 중얼거리고, 고블린 슬레이어는 그렇다며 낮은 목소리로 응답했다.

“그러면 말야.”

문득 엘프 궁수는 노래하는 것처럼 말하더니 검지를 척 세워서 빙글 돌렸다.

"서로 빚진 거 없다고 하면, 어때?"

"나는."

고블린 슬레이어는 뭐라고 말하고자 했는지 살짝 말을 망설였다.

그러나 찾고 있던 말은 결국 발견되지 않았나 보다.

그는 평소와 마찬가지로 담담하게 말했다.

"상관없다."

"좋―아."

엘프 궁수는 그것을 듣고 튕기듯 일어섰다.

우응. 소리를 흘리면서 고양이처럼 커다랗게 기지개. 유연한 몸을 가볍게 풀었다.

"그래서, 이제부터 어떡할 거야?"

후우 숨을 내쉬고 질문하자 고블린 슬레이어는 즉시 대답했다.

"준비를 하고, 위로 간다."

"준비?"

엘프 궁수는 눈빛을 반짝거리며, 귀를 흔들었다.

"금방 알 수 있다."

고블린 슬레이어가 무척 귀찮다는 기색으로 말했다. 엘프 궁수는 코웃음을 쳤다. 뭐 좋아.

"하지만…… 이번엔 올라가?"

"이런 건물에 진을 친 고블린이다. 생각하는 것은 대략적으로 상상이 된다."

"—?"

"가장 잘난 녀석은, 가장 아래나 가장 위라고 정해져 있다."

"아아."

납득했다. 엘프 궁수는 생긋 웃으며 수긍했다. 나쁜 녀석일수록 높은 곳을 좋아하는 법이다.

"문제는 그……."

"모켈레 음벰베?"

엘프 궁수가 한숨을 한 번.

"이제 그만 좀 기억해."

"……그걸 다룬 녀석이, 아마도 주문술사라는 것이다."

"주문술사라. ……흐음."

엘프 궁수는 그럴 듯한 표정으로 팔짱을 끼고 고민하다가 즉시 생각하는 걸 포기했다.

지금 필사적으로 생각해봤자 대답이 나올 리 없다.

어차피 대결해야 한다면 그때 생각하면 되는 것이다.

—고블린 샤먼이든 뭐든, 화살로 맞추지 못할 것 없다.

"마주쳐봐야 아는 거 아냐?"

"그럴 수도 없다."

딱 잘라 고개를 옆으로 저은 고블린 슬레이어에게, 엘프 궁수는 어쩔 수 없다며 고개를 옆으로 저었다.

"그럴 때도 있어. 지금 오르크볼그는 잘 자는 게 우선. 유일한 전업전위니까."

"……그래."

"두 눈 감고서."

"……노력은 하지."

"좀 지나면, 깨울 테니까."

"미안하다."

"그리고, 안 그러면 내가 못 자잖아."

"부탁하지."

엘프 궁수는 신경 쓰지 말라며 손을 내젓고, 발끝으로 훌쩍 들어올린 대궁을 잡았다.

그리고 경쾌한 발놀림으로 모두의 주변을 걷고, 이윽고 방구석을 자신의 위치로 잡고 앉았다.

곁에서 잠든 여신관이 두른 모포를 통통 가볍게 두드려 준다.

미약하게 떨리던 모포가 움찔, 떨리더니 잠시 지나 조용해 졌다.

엘프의 귀 앞에서, 아무리 모포로 억눌러도 감정을 감추는 것은 무리였다.

§

"왜 승강기(엘리베이터)를 안 만든 거야, 고대인……!"

몇 시간 뒤, 몇 가지 **준비**를 마친 일행은 하염없이 계단을 오르게 되었다.

엘프 궁수의 불평도 어쩔 수 없었다. 어제는 내려갔는데, 또 다시 헥헥대며 올라가고 있으니까.

아무리 다른 길로 올라가고 있어도 위안거리가 되지 않는다.

“모, 목소리가 너무 크면요……!”

들려버릴 거예요. 여신관의 걱정도 당연했다. 고블린이 나오면 격퇴하는 것 말고 도망칠 곳이 없다.

파티의 대열은 휴식하기 전 — 어제일까? 시간 감각이 애매했다 — 과 변함이 없긴 했지만…….

“뭐, 이 성채는 넓지 않느냐? 찾으면 있을 법도 하다만…….”

드워프 도사는 헥헥 숨을 내쉬며 말했다. 키가 작은 그가 가장 이동에 고생하고 있었다.

그는 허리에서 술병을 꺼내더니 마개를 뽑아 벌컥 들이켜고, 수염에 묻은 술 방울을 팔로 닦았다.

“나는 일 하나 끝낸 다음에 다시 헥헥대며 찾아다니는 건, 사양이니라.”

“그리고 움직이려면 열쇠가 필요할 지도 모르지 않는가? 파란 장식의 끈 같은.”

“아앙, 정말……!”

리자드맨 승려의 냉정한 말도 아우러져 세 명이 반대하자, 엘프 궁수는 귀를 짜증스레 흔들었다.

“오르크볼그, 뭐라고 말 좀 해봐!”

“있다면 사용하겠지만 찾을 시간이 아깝다.”

끄덕도 안한다. 딱 잘라 내쳐버리자, 엘프 궁수는 「흥이다」라며 계단을 나아갔다.

누구 한 사람 경계는 게을리 하지 않았다.

여신관마저도 조심조심, 양손으로 석장을 쥐면서 주위의 기색을 살피고 있었다.

흘끔. 흘끔. 후방을 확인하는 것은— 과거의 싫은 추억이 되살아났기 때문이리라.

뒤에서 올지도 모른다.

눈치 못 채는 사이 고블린이 벽을 부수고 밀려들어올지도 모른다.

숨겨진 문은? 못 보고 지나치지 않았을까? 다들 눈치 못 챘을 뿐이고—.

"……어머."

그때 엘프 궁수가 말을 걸어서 여신관은 움찔 몸을 떨었다.

"무, 무슨 일인가요?"

"계단, 끊어졌어."

"아……."

말을 듣고 보니 과연 그랬다.

내벽을 빙글빙글 나선 형태로 따르던 계단이 조금 앞에서 무너져 일부가 끊어져 버렸다.

뛰어넘으려고 생각하면 넘지 못할 것도 없지만, 떨어졌을 때를 생각하면 오싹해진다.

저 멀리 아래쪽에서 쏴아아, 물소리가 몇 겹으로 반향하며 울리고 있었다.

한 단 아래 계단을 붙잡는다면 모를까, 안 그러면 낙하하여 목숨을 건질 수 없다.

잘 하면 즉사. 잘못하면 허리가 부러져 굶어 죽는다. 어느 쪽이든 여기서 모험은 끝이다.

고블린 놈들은 돌아서 가는지, 아니면 무모한 시도를 계속하고 있는지 모르겠다.

"……보초가 안 나오는군."

고블린 슬레이어가 말하고, 낮게 중얼거렸다.

"지금이 낮이라면 이해가 되지만, 마음에 안 든다."

"어느 쪽이든 그보다 먼저 여기를 어떻게 해야 할까, 잖아?"

엘프 궁수는 표정을 찌푸리고 엄지를 하나 세우더니, 팔을 뻗어 눈어림으로 반대쪽의 거리를 재었다.

"나라면 한 번 뛰어 갈 수 있지만, 안 되는 사람도 있을 거야. 드워프라거나 드워프라거나 드워프라거나."

"야 이것아."

드워프 도사의 항의도 쇠귀에 경 읽기. 엘프 궁수는 팔짱을 끼고서 우응 신음했다.

"로프를 이어놓을까? 돌아서 가도 되겠지만, 시간이 없으니까."

"그렇네요. 지금 준비할게요!"

끄덕끄덕. 여신관이 재빨리 짐 속에서 갈고리 밧줄을 꺼냈다.

모험가 세트. 일단 필요하지 않을까 생각해서 구입한 장비가 도움이 되는 것은 꽤 기쁘다.

덧붙여서 그녀가 모두에게 도움이 되고 있다는 것은 여신관에게 위로가 되는 일이었다.

"이걸로, 닿을까요?"

"해봐라."

네에. 고블린 슬레이어에게 대답을 하고서, 엘프 궁수가 갈고리 밧줄을 붙잡아 가볍게 뛰었다.

일부 수인과 다크 엘프를 제외하면, 민첩함에 있어서 엘프를 당해낼 자는 없었다.

엘프 궁수는 암사슴이 떠오르는 움직임으로 반대쪽에 내려서더니, 「앗차차」 하면서도 자세를 유지했다.

"이거, 어딘가에 걸면 되는 거지."

"그래."

고블린 슬레이어가 고개를 끄덕이고, 자신 쪽 끝 부분인 로프를 손에 잡았다.

"허리띠에 꿰어서 묶고, 뛰면 되겠나."

"나는 떨어지면 술법을 써야 하느니라."

드워프 도사가 나락의 바닥을 들여다보며 어려운 표정을 지었다.

"까놓고 작전을 생각하면, 쓰고 싶지 않다마는. ……비늘 친구는 어쩌겠느냐?"

"뭘, 벽에 손이고 발이고 디딜 곳이 있으면 소승은 어떻게 된다네."

리자드맨 승려는 양손발의 날카로운 손톱발톱을 선보이며 죔죔 손가락을 움직였다.

"오히려 술사 선생과 신관 선생이 뛰어서 건너기에는 다소 위태롭다네. 소승이 데리고 가는 것이 좋을 걸세."

"그러면, 한 사람씩이다."

고블린 슬레이어가 말했다.

"갈 수 있나?"

"아, 네!"

맨 먼저 내민 로프를 쥔 것은 여신관이었다.

"영차."

그녀는 정성스럽고 신중하게, 가는 허리에 로프를 둘러 단단히 묶었다.

석장도 떨어뜨리지 않도록, 로브와 등 사이에 끼웠다.

"그, 그러면, 부탁드릴게요……!"

"음. 가볍군, 가벼워. 어디……."

여신관을 등에 업은 리자드맨 승려는 양손에 돋은 손톱을 석벽에 콱, 걸고 몸을 들어 올렸다.

"히약?!"

"단단히 붙잡으시게나. 오오 영도룡이여, 내 솜씨를 지켜보소서!"

그 다음은 뭐, 참으로 훌륭했다.

발톱과 손톱을 재주 좋게 석재 틈에 꽂아서, 그야말로 벽을 기는 도마뱀 같은 움직임이었다.

그렇지만 민첩하다고 할 수는 없었기에 나선 계단 어딘가에 궁병이 있다면 좋은 표적이 된다.

고블린 슬레이어와 엘프 궁수는 서로 어둠 속에 눈길을 향하며 망을 보았다.

얼마 안 가 반대편 계단에 도달한 여신관은 리자드맨 승려에게 꾸벅 고개를 숙였다.

"죄, 죄송합니다. 정말 고맙습니다……."

"뭘 이 정도를. 오히려 조금 더 살집을 불리는 편이 좋겠네."

"……노, 노력할게요."

부끄러움에 고개를 숙인 그녀에게 「음」 고개를 끄덕이더니, 리자드맨 승려가 로프를 풀어 손에 들고 돌아왔다.

이어서 드워프 도사를 등에 지고 옮기자, 고블린 슬레이어가 모두 도착한 것을 확인한 다음 뛰었다.

갑옷과 투구에 사슬 갑옷 등 일행 가운데에는 그가 가장 중장비였지만, 비거리는 충분했다.

그래도 착지할 때에 살짝 비틀거린 것을 여신관이 다급하게 팔을 끌어 지탱해주었다.

"괘, 괜찮으세요?"

"그래."

고블린 슬레이어는 짧게 응답하고 덧붙였다.

"문제없다."

"좋겠다—. 나도 업힐걸 그랬어."

"핫핫핫하, 언젠가 또 기회가 있을 걸세."

"꼭이야!"

카랑카랑하게 웃는 리자드맨 승려에게 말하던 엘프 궁수가 문득 발길을 멈추었다.

그녀의 기다란 귀가 움찔 크게 흔들리고, 형태 좋은 하얀 손가락이 벽의 한쪽으로 척 뻗었다.

"아, 저기, 있다! 이거, 승강기!"

"호오."

고블린 슬레이어는 흥미롭다는 태도로 소리를 흘리고 빤히 그 장치를 들여다보았다.

양쪽으로 열리는 문이 벽에 매몰되어 있고, 바로 옆에는 조작판으로 보이는 것이 붙어 있었다.

과연, 분명히 유적에서 자주 보는 종류의 승강기였다.

"고블린 놈들은 이것을 사용하고 있었다, 라는 건가?"

"글쎄다. 뭐라고 하기 어렵구나……."

"움직이기는 하는 모양일세. 그렇지만…… 음, 이것은?"

문득 깨달은 리자드맨 승려가 조작판에 붙은 건반을 손톱 끝으로 찔러 조사하기 시작했다.

네모로 구분된 그곳에는 숫자가 새겨져 있는데, 아무래도 그것을 누르는 장치인 것 같았다.

"이것은 어허. 열쇠가 아니라 암호 같은 것일세."

"아."

그것을 본 여신관이 손뼉을 톡, 치고 주섬주섬 짐을 뒤졌다.

그녀가 꺼낸 것은 성의 입구에서 고블린을 해치우고 빼앗은 열쇠였다.

그곳에는 숫자가 새겨진 금속판이 끈으로 꿰어 매달려 있었다.

"이거, 어떨까요? 처음에는 이 숫자, 열쇠 관리번호 같은 거라고 생각했는데요……."

"하긴 고블린 놈들이 그런 재주 좋은 짓을 할 리가 없어."

엘프 궁수가 어깨를 으쓱거리며 말하자 고블린 슬레이어가 수긍했다. 그렇다면 틀림없으리라.

"시험해 봐라."

"넷."

여신관은 금속판을 손에 들고, 신중한 표정으로 세 자리 숫자를 타건했다.

미약한 진동과 함께 낮은 곳에서 으르렁거리는 소리가 올라오더니, 이윽고 경쾌한 음색과 함께 기계가 멈췄다.

그리고 승강기 문이 스윽, 소리도 없이 저절로 열렸다.

"정답, 인가 보네."

후우. 여신관은 가녀린 가슴을 쓸어내리며 숨을 내쉬었다.

승강기 안은 내벽과 같이 돌로 만든 상자 형태를 하고 있었다.

관이 연상될 정도로 좁지만, 파티 모두가 탈 수 없지는 않았다.

움직이는 것이 마술에 의한 것인지 기계에 의한 것인지는 판별이 안 되지만…….

"함정, 있을 것 같아?"

"적어도 고블린이 만지작댈 정도로 간단한 구조는 아니겠지."

안을 들여다보고, 손에 든 검 끝으로 피트 막대 대신 찔러보고, 그는 결론을 내렸다.

"그러나, 우물에 두레박을 매단 녀석들을 본 적은 있다."

"그거 좀 오싹한데."

좀 그만둬. 엘프 궁수가 손을 흔들었다.

타고 있는 와중에 장치가 끊어져 최하층까지 낙하하는 건 상상하기도 싫었다.

"……가요."

여신관이 양손으로 석장을 꼭 쥐고 결단적인 어조로 말했다.

표정은 약간 파랗고, 굳어지고, 미약하게 떨리고 있었지만.

"고블린은, 해치워, 야 하니까……."

분명히 한 그 말에, 고블린 슬레이어는 망설이지 않고 대답했다.

"그래."

여신관의 얼굴이 미약하게 느슨해졌다.

고블린 슬레이어는 모두를 빙 둘러보았다.

당연하다는 태도로 가녀린 가슴을 내미는 엘프 궁수.

신경 쓰는 기색 없이 촉매 가방을 점검하는 드워프 도사.

기괴한 손놀림으로 합장하고, 눈을 돌리는 리자드맨 승려.

모두의 얼굴을 바라보며 자신의 방패, 갑옷, 투구, 검을 점검했다.

문제는 없다.

수는 썼다.

그러면 대답은 하나.

"고블린 놈들은, 몰살시킨다."

모험가들은 고개를 끄덕이고, 승강기에 올라탔다.

"위로 가는 거겠지만, 난리가 나겠지."

"그렇겠지."

긍정하는 고블린 슬레이어에게, 엘프 궁수가 미약하게 입술 끝을 끌어올리며 얄궂은 기색으로 중얼거렸다.

"지옥이다, 지옥이다. ……라고 해야겠네."

그리고, 소리도 없이 문이 닫혔다.

제7장 『피를 깨끗이 하라』

승강기가 낮은 소리를 내면서 모험가들은 위로 위로 옮겨졌다.

속도가 빠른 것인지 느린 것인지도 모른 채, 바닥에 꾹 눌리는 감각이 파티를 덮쳤다.

좁은 상자 안, 제각각의 위치에 선 그들은 각각의 장비를 손에 들고 긴장한 기색이었다.

어쩌면 이 승강기 안에서마저, 고블린 놈들의 기습을 받지 않는다고 장담할 수는 없으니까.

"……우?"

그때 문득 엘프 궁수가 「응?」이나 「우응?」 처럼 고민스런 소리를 내면서 귀에 손을 댔다.

꾸물꾸물 진정하지 못하는 기색으로 기다란 귀를 만지작거리더니 불쾌하게 표정을 찌푸렸다.

"……뭣이냐. 고블린 놈들의 발소리라도 들리느냐?"

"응, 그게 아니라. ……아앙, 정마……알!"

드워프 도사의 말에 대답하지도 않고, 엘프 궁수는 짜증스럽게 기다란 귀를 파르르 떨었다.

그러자 승강기 구석에서 가방 안을 점검하던 고블린 슬레이어가 조용히 말했다.

"침을 삼켜라."

엘프 궁수는 의문스럽게 고개를 갸우뚱했다.

"침?"

"귀가 편해진다."

정말이야? 의심스런 기색이지만 엘프 궁수는 순순히 목을 꿀꺽 울리며 침을 삼켰다.

"……아, 정말이다."

그러자 귀에서 공기가 빠졌는지 그녀는 순식간에 볼을 느슨히 풀고 기다란 귀를 위아래로 움직였다.

그것을 본 여신관도 꿀꺽 침을 삼키고「오오」라며 눈을 깜빡였다.

"정말. 귀가 편해지네요."

"이 성채는 밖에서 보기에도 상당한 높이였으니 말일세."

리자드맨 승려가 승강기 내벽에 손을 대고 위치를 재는 시늉을 했다.

물론 그걸로 확실하게 위치를 알 수 있을 리 없었지만, 귀에 위화감을 느끼면 대답은 하나.

"무사히 위로 올라간다는 증좌일세. 선재 선재라."

"하지만."

여신관이 가는 손가락 끝을 입술에 대었다.

"중간에 멈춰버리면, 어떻게 하죠……?"

"그때는 문을 열고 수직굴을 등반하면 된다."

고블린 슬레이어는 딱 잘라 말했다.

이미 높이 올라왔다면 그다지 수고도 아니리라.

망설임 없는 대답이 예상한 그대로라서, 여신관은 엘프 궁수와 눈짓을 나누며 볼을 풀었다.

"네 로프를 빌린다."

"아, 네!"

여신관은 조바심 내면서 황급히 끄덕끄덕, 몇 번씩 고개를 세로로 흔들어 움직였다.

"어쩐지 이번에, 모험가 세트가 대활약 하는 것 같아요."

"모험할 때는 잊지 말거라. 금언이구먼."

드워프 도사가 그렇게 말하며 껄껄 웃자, 여신관이 「네」 하고 웃으며 고개를 끄덕였다.

그리고 대화가 끊어졌다.

승강기가 올라가는 소리만 몇 겹으로 메아리 치고, 발치에서 닥쳐오는 물이 흐르는 소리와 뒤섞였다.

싫증날 정도의 몇 초. 모두 아무 말 없이 그저 다음에 대처해야 할 사태를 생각하는 시간.

"……미안."

문득 조용히 흘러 떨어진 그 말은 엘프 궁수의 입술에서 나왔다.

파티의 시선이 자신에게 모인 것을 느꼈는지, 그녀는 꼬물꼬물 몸을 꿈틀댔다.

"그리고, 고마워. 그게…… 다들."

엘프 궁수는 미약하게 볼을 붉히고 수줍은 기색으로 웃었다.

정면에서 누군가에게 고맙다는 인사를 하는 것은 쑥스러운 일이다.

"언니의 결혼식이라고 불렀는데, 뭔가, 이런 일이 생겼으니까."

맨 먼저, 한순간의 주저 없이 대답한 것은 드워프 도사였다.

"뭘, 대단한 일은 아니니라."

그는 주섬주섬 촉매가 든 가방을 보란 듯이 뒤지며 엘프 궁수를 보지도 않았다.

"엘프의 마을에 빚이 생기는 것 아니더냐? 기분이 좋구먼. 그리고 뭐…… 뭐시냐."

드워프 도사는 자신의 하얀 수염을 꾹 당기고, 괜히 무뚝뚝하게 내뱉었다.

"동료 아니더냐?"

"아……."

엘프 궁수가 눈을 홉뜬 것을 보고, 리자드맨 승려가 그르릉 목을 울리더니 묵직하게 고개를 끄덕였다.

"언제나 탐색자 선생에게 이래저래 신세를 지고 있으니 말일세."

그는 유머를 듬뿍 품은 유쾌한 동작으로 눈알을 빙글 돌렸다.

"이 정도는, 가볍네 가벼워."

"그리고, 저기."

여신관이 양손을 탁, 마주치고 부드럽게 미소를 지었다.

"고블린이라고 들으면, 분명히 고블린 슬레이어 씨가 뛰쳐나가잖아요."

"음."

"그렇죠?"

그녀는 낮게 신음한 고블린 슬레이어에게 구김살 없이 웃었다.

"……그렇군."

잠시 지나, 고블린 슬레이어는 천천히 싸구려 철 투구를 세로로 흔들었다.

"고블린은, 몰살시켜야 한다."

"……정말이지."

후. 엘프 궁수는 어깨에서 힘이 빠진 것처럼 숨을 흘리며 볼을 풀었다.

"실제로 1년 조금 더 알고 지냈지만 말야. 정말로, 짙다니까."

"100년은 잊지 말거라?"

"바보구나, 드워프는."

엘프 궁수는 키득키득 웃었다. 가늘고 긴 손가락을 척 뻗어서, 공중에 원을 빙글 그렸다.

"잊을 리가 없잖아."

좋아. 엘프 궁수는 양 볼을 찰싹 때리며 기합을 다시 넣었다.

활을 손에 잡고 현을 점검하더니, 화살통에서 나무 눈 화살촉의 화살을 뽑아내 느슨하게 메겼다.

그리고 그녀는 하늘을 노려보며 기다란 귀를 쫑긋, 쫑긋 흔들며 진지한 표정으로 말했다.

"바람 소리. 발소리. 술렁거림. 아마 옥상이나 트인 공간. 잔뜩 있어."

"단숨에 돌파하고 싶다."

고블린 슬레이어는 칼집에서 검을 뽑아 손목을 빙글 돌려 고쳐 겨누었다.

"어떻게 보나."

"그렇다면 여기는 가장 전통적인 수로 가야 할 걸세."

리자드맨 승려는 한순간 눈을 감고 생각하더니, 음, 고개를 끄덕이고 심산을 정리했다.

"잘 들으시게. 소귀 살해자 선생이 전위, 소승과 술사 선생이 양옆, 신관 선생은 탐색자 선생의 뒤에."

"아, 네!"

―최후미.

등 뒤에서 고블린. 거꾸러진다. 소리치고. 날뛰고. 배에 단검이 박힌다.

"……윽."

뇌리에 스치는 광경을 떨쳐내는 것처럼, 여신관은 고개를 좌우로 붕붕 흔들었다.

"그 위치가 가장 적의 공격이 닿지 않으니 걱정 마시게."

꾹 입술을 깨물고 긴장한 표정의 여신관에게 리자드맨 승려가 고개를 끄덕였다.

"그러면, 나는 사방을 노려보면서 소리치고 엄호하면 되는 거구나."

"요체일세."

"알고 있어."

엘프 궁수는 가녀린 가슴을 내밀며 대답했다.

"이거야. 나는 일단 마술사인데 말이다만."

드워프 도사는 투덜거리면서 촉매가 든 가방을 단단히 어깨에 걸고 손도끼를 뽑아 쥐었다.

주문술사인 탓에 갑옷이야 입지 않았지만, 어엿한 전사와 닮은 풍모.

고블린 슬레이어는 힐끔 투구를 그쪽으로 돌리더니 짧게 중얼거렸다.

"그러나 의지는 하고 있다."

"안다, 알아. 드워프 사내가 든든한 사나이란 것을, 똑똑히 보여주마."

"하하하하하. 소승들 리자드맨은 일족이 예외 없이 전사일세."

가벼운 기색으로 웃는 남자들을 보고, 여성진은 어쩔 수 없다며 눈짓을 나누었다.

이윽고 덜컥 소리가 나면서 승강기가 멈췄다.

"갈 수 있나?"

철 투구 너머, 여신관이 자신을 향하는 시선을 깨달았다.

경계하는 것과 긴장하는 것은 다르다. 뜨거워지는 것과 머리에 피가 오르는 것도 다르다.

여신관은 스읍, 숨을 들이쉬고 하아, 내뱉었다. 가녀린 가슴에 손을 대고, 심호흡을 다시 한 번.

"……괜찮아요. 할게요."

"열리면 달린다. 준비해라."

고블린 슬레이어는 짧게 말했다. 앞을 보았다. 동료들이 고개를 끄덕이는 걸 보지 않아도 알 수 있었다.

"주문술사는?"

엘프 궁수가 현의 상태를 확인하면서 속삭였다.

"있을 거 아냐. 아마."

"발견하면 최우선."

고블린 슬레이어가 말했다.

"그것밖에 없다."

"내가 말하는 것도 그렇지만, 귀찮은 상대로구먼."

"상태이상을 일으키는 술법을 써도, 한 사람이라도 무사하면 그 녀석이 다시 재정비해라."

고블린 슬레이어가 태연하게 말했다.

"전멸하지 않으면, 방법은 얼마든지 있다."

"전멸하면……."

여신관이 목소리를 떨자 철가면이 찌릿 그녀를 보았다.

"하지 마라."

억지 부리는 말에, 여신관은 무심코 눈을 까뒤집고 말았다.

그리고 볼을 느슨하게 풀면서 키득 웃었다. 억지로, 였을지도 모르지만.

"……하는 수 없네요. 그럼 안 하도록, 할게요."

"그래."

고블린 슬레이어는 고개를 끄덕였다.

"술법은 쓰지 마라. 기적뿐이다."

"음."

"네!"

고개를 끄덕인 두 성직자가 각자의 인을 맺고 신에게 기도했다. 기적을 탄원한다.

"《영도룡(伶盜龍)의 갈고리인 날개여. 찢어발기고, 하늘을 날아, 사냥을 이루라》."

“《자비 깊은 지모신이여, 부디 나약한 우리들을 대지의 힘으로 지켜주소서》.”

마침내 문이 열리고—.

“간다!”

그들은 달리기 시작했다.

§

고블린 샤먼은 옥상에 모인 잠에 취한 눈동자의 부하 놈들을 바라보며 만족스럽게 고개를 끄덕였다.

누구나가 번쩍번쩍한 가슴 보호대나, 창이나, 검을 가지고 무장을 갖추고 있었다.

그는 무척이나 행운이 따르고 있었다.

어쩌다 보니 마법의 힘을 받았고, 무리를 이끄는 입장이 되었으며, 그리고 성채를 손에 넣었다.

술법으로 용을 몽롱하게 만들어(잠들지 않은 것은 예상 밖이었다), 엘프 놈들에게 보낼 수도 있었다.

그는 이것을 모두 자신의 실력으로 쟁취해낸 결과라고 믿어 의심치 않았지만, 운이 좋았던 것이다.

“GORBB! GOBROBBRBOGB!!”

어리석고 멍청한 동포들이 자신에게 조아리는 모습을 보는 것은 참으로 기분이 좋았다.

모두를 신천지로 이끌어주겠노라고 설교를 하는 것이 얼마나 우월감을 느끼게 하는가?

지금이라면 저 멀리 아래쪽에서 쏴아아 미쳐 날뛰는 물의 흐름마저 느껴질 것 같았다.

"GORROB! GOROOROOB!"

새벽의 어슴푸레함이 지평선 너머에서 흐릿한 보라색으로 변하기 시작했다.

수해에서 불어오는 미지근하고 축축한 바람이 고블린 놈들에게 참으로 기분이 좋았다.

"GBBORB!!"

준비는 되었다. 고블린 샤먼이 소리쳤다.

그 오만하고 타인을 깔보는 새침한 표정의 벌레 먹는 놈들에게 통감하게 해주마.

그들도 벌레를 먹는다는 것은 제쳐두고 대연설을 하고 있었다.

"GORB!"

"GBBRO!!"

맞다 맞아. 고블린 샤먼은 소란을 피우는 멍청이 놈들을 둘러보고 손에 든 지팡이를 들었다.

과거에 그가 죽인 모험가의 두개골을 끼운, 마음에 쏙 드는 지팡이다. 그 계집은 좋은 머리를 가지고 있었다.

"GOOBRGGOG!"

그가 고안한(이라고 생각하며, 그 생각에 아무 의심도 품지 않았다) 저주는 이루어졌다.

엘프 놈들도, 더욱이 하류의 흙 놈들도, 그들의 동포의 피와 분뇨를 마시고 있다.

상인도 사냥꾼도 모험가도 모두 먹였다. 꼴좋다.

고블린 샤먼은 자신의 저주가 성공했다고 믿어 의심치 않았다.

따라서 지금이라면 엘프를 쳐부수고 범하고 죽이고 멸망시켜주겠노라고 소란을 떠는 것이다.

만약 안 된다면 안 되는대로— 그 원인은, 이 동포 놈들이 바보이기 때문이 틀림없다.

쓰레기 놈들이 발목을 잡아끌지 않는다면 분명히 모든 것이 잘 된다.

고블린은 원한을 결코 잊지 않는다.

선조부터 계속해서 바보 취급을 해온 엘프에 대해서.

10년 전에 자신들과 적대한, 마신을 토벌한 검의 처녀를.

자신의 소행을 전부 제쳐두고서, 그저 하염없이 원망을 한다.

직접 당한 것이 아니라 전해 들었을 뿐이라도.

따라서 그는 진심으로 결심했다.

엘프 놈들을 유린하고 학살하여, 그 아름다운 공주를 남편의 수급 앞에서 임신 주머니로 삼아 주마.

물의 도시를 함락시키고 태워서, 검의 처녀를 두 번 다시 일어설 수 없을 때까지 욕보이리라.

그것은 소망이고 몽상이었으며, 그저 욕망을 흘리고 있는 것에 지나지 않는다.

그러나, 고블린에게 욕망 말고 무엇이 있으랴? 증오, 보신, 그것 말고 뭐가 있으랴?

고블린 샤먼은, 제대로 된 고블린이었다.

"GOROBOOGOBOR!!"

고블린 샤먼이 지팡이를 들어 올리고 외쳤다. 자, 출진이다.

그 전투의 외침(워 크라이)을 축복하는 것처럼, 안 어울리게 경쾌한 소리가 포옹, 울렸다.

—무슨 소리지?

다음 순간, 벽에 매몰되어 있던 열리지 않는 문이 개방되더니—.

"우선, 하나……!"

§

뛰쳐나간 고블린 슬레이어가 우선 방패로 고블린에게 부딪혔다.

원반 모양 옥상에는 고블린만 백은 있을까? 그것은 착각일까? 그러나 적어도 수십.

모험가들이 쏘아낸 화살처럼 그 한복판으로 돌진했다.

"GOROB?!"

사태를 따라가지 못하고 소리치는 고블린을 구타해서 왼쪽으로 흘리고, 눈앞에 닥쳐온 고블린의 목에 검을 찔러 넣었다.

"GOROBOOBGR?!"

피거품을 뿜어내며 몸부림치던 고블린은 그대로 자신의 피에 익사했다.

고블린 슬레이어는 검을 뽑으면서 고블린의 시체를 걷어찼다.

그리고 들어 올린 그 검을 뒤에서 우물쭈물 슬링을 겨누려는 고블린에게 투척.

"GROOB?!"

"둘."

드러누워 쓰러지는 모습을 한 번 보지도 않고, 고블린 슬레이어는 걷어찬 주검의 허리띠에 손을 뻗었다.

도끼칼을 빼앗아서 한 번 휘두른다. 나쁘지 않다.

"백악의 뜰을 걷는 위대한 양이여. 영구하게 전해지는 투쟁의 공적, 그 일부나마 내려주소서!"

왼쪽에서 떠들썩한 괴조음과 함께 리자드맨 승려가 양손의《용아도》를 휘둘렀다.

손톱, 손톱, 송곳니, 꼬리.

고블린 슬레이어가 방패로 비껴낸 고블린을 홀로 상대하는 것이다.

수가 많지만 주저할 여유도 없다. 리자드맨 승려는 전사로서 본능을 드러내며 울부짖었다.

"이이이이이이이이아아앗!!"

그에 비해 오른쪽에서 드워프 도사가 손도끼로 확실하게 일격을 펼쳐 그가 놓친 것을 해치우고 있었다.

"정말이지. 이거 평생 볼 고블린을 다 본 기분인데 비늘 친구는 잘도 기분을 내는구먼."

그 자신이 말하는 것만큼 백병전이 특기가 아니라지만, 어느 정도 여유를 가지고 있었다.

고블린 슬레이어의 검이 이미 한 번 상대하는 고블린을 줄이고 있는 것이다.

뿐만 아니라 여신관의 기도를 통해 내린 신성한 수호가 고블린의 공격을 막고 있었다.

전문 전위가 아닌 드워프 도사에게 이것은 상당히 고마운 일이다.

"저쪽!"

버텨내고야 말리라며 도끼를 휘두르는 그의 옆에서 엘프 궁수가 소리를 질렀다.

그녀는 화살 3개를 동시에 쏘아 세 마리를 처리하고, 더욱이 기다란 귀를 잘게 움직이며 적 탐색을 게을리 하지 않았다.

그 엘프의 눈이 무엇을 포착했는가 하면, 무리의 가장 안쪽에서 몰래 몸을 숙이고 있는 한 마리.

"지팡이 가진 녀석이 있어! 악취미적인 거!"

고블린 슬레이어는 여섯 마리째의 정수리에 도끼칼을 때려 박으면서, 등 뒤의 엘프 궁수에게 응답했다.

"샤먼이군."

고블린이 무너지도록 놔두면서 도끼칼을 놓고, 허리띠에서 검을 낚아채 빼앗았다.

발검의 동작, 그것의 연장선으로 고블린 슬레이어는 가까운 고블린의 목을 때려 베었다.

"일곱. 노릴 수 있나?"

"어려워!"

외친 엘프 궁수는 이미 화살을 메기며 당기고 있었다.

"일단 해볼게!"

여신관은 필사적으로 달리면서 따라잡았다. 그 모든 것이 마치 현실이 아닌 것만 같았다.

적의 수는 많고, 모험가들은 너무나도 적었다.

이 정도로 큰 무리를 직접 상대한 일은—.

—없었어.

히이, 하아. 여신관은 필사적으로 숨을 정돈하고 일행의 뒤를 따르며, 그것을 깨닫고 아연해졌다.

눈앞에 밀려드는 고블린들. 번개가 치는 것처럼 명멸하는 기억.

고블린 로드와의 싸움. 그때, 그녀는 고블린 슬레이어와 함께 적의 우두머리를 공격했다.

수확제가 습격을 받았을 때, 고블린은 분산해 있어서 한 번에 싸우는 수 자체는 적었다.

설산의 요새 때는, 달리면서 후퇴하고 있었다. 정면으로 돌진한 것이 아니었다.

커다란 무리 안에 똑바로 뛰어든다. 주위에서 울려 퍼지는 검격음. 비명. 절규. 피와 내장의 냄새.

—고블린 퇴치야!

—어서, 도망쳐.

—…………우, 여, …………줘.

우웅 머릿속에 메아리치는 것처럼 되살아나는 비명. 여신관의 이가 딱딱 소리를 냈다.

몇 번이고 몇 번이고 반복해온 일인데, 어째선지 다리가 움츠러들고 숨이 막혔다.

"우, 아……읏?!"

휭. 자갈이 스치고 날아가며 여신관의 볼을 살짝 베었다.

볼에 흐르는 열과 통증. 흘러내린 피의 미끈한 감촉.

기도가 끊어진 탓에 《프로텍션》의 효과가 약해지고 있는 것이다.

"……윽!"

문득 하반신에 미지근하고 축축한 감촉을 느끼고, 여신관은 입술을 꾹 깨물었다.

어째서 그녀가 최후미인가.

무엇을 기대하고 있는가.

이제 그녀는 그것을 모를 정도로 미숙하지 않았다.

꾸욱 양손으로 매달리는 것처럼 석장을 움켜쥐고, 치켜들며, 천상의 신들에게 마음에서부터 기도를 바친다.

"《자비 깊은 지모신이여, 어둠 속 길 잃은 우리들에게 성스러운 빛을 베푸소서》!!"

그것은 그야말로, 햇빛의 폭발과도 같은 빛이었다.

"GOBOGBO?!"

"GOOBR?! GOBOGR?!"

지모신의 성스러운 빛이 비추자 추악한 얼굴의 고블린 놈들은 비명을 지르며 몸부림치고 괴로워했다.

얼굴을 누르면서 도망치려다가 옥상에서 굴러 떨어지는 놈, 동료에게 짓밟혀 숨이 끊어지는 놈.

아비규환의 꼴에 여신관이 숨을 삼켰다. 그러나 그러면서도 열심히 《홀리 라이트》를 들어 올렸다.

그것은 역광이 되어 모험가들의 등 뒤에서 쏟아져 내렸기에 동료들의 행동을 저해시키지 않았다.

"좋아, 잡았다……!"

"GOBBRG?!"

엘프 궁수의 탁월한 기량으로 화살이 쏘아져 나갔다.

그것은 살아있는 것처럼 무리의 틈을 빠져나가 고블린 주술사의 어깨에 박혔다.

"GORBBBR……!!"

그것과 거의 동시에.

고블린 샤먼이 동료 뒤에 숨어 내민 지팡이에서 주문이 뿜어져 나왔다.

"ODUUUAAAARILLLLUPIRUUUUS!!"

흐릿한 보라색의 달착지근한 연기가 기세 좋게 뿜어져 나와 옥상에 소용돌이쳤다.

"……윽, 위험……해?!"

엘프 궁수가 비틀거리며 무릎을 짚는 것보다 빠르게, 먼저 휘말려 든 고블린이 풀썩풀썩 쓰러졌다.

"이것은, 《슬립 클라우드(수면 구름)》로구나……!"

"으……. 정신을 똑바로 차리게!"

입가를 막는 드워프 도사도, 엘프 궁수를 일으키고자 하던 리자드맨 승려도, 눈에 띄게 움직임이 둔했다.

—마치, 물속에 있는 것 같아.

눈꺼풀이 무겁다. 석장에 매달려서 간신히 몸을 지탱하며, 여신관은 멍하니 생각했다.

여행하는 가운데, 모두 함께 물놀이를 했을 때는 즐거웠다.

비틀, 비틀. 세상이 오른쪽으로 왼쪽으로, 기울고, 도무지 서 있을 수가 없었다.

—이제, 괜찮을까요?

의식이 한순간 끊어진 것 같았다. 그 한순간에 《프로텍션》이 완전히 사라졌다.

대단히 어두워지기 시작한 시야 속에서, 무릎을 짚은 엘프 궁수 너머에 누군가의 등이 보였다.

주문의 범위 밖에 있던 고블린 놈들이 몰려들어서 거꾸러뜨리고자 하는 그.

"아……."

엘프 궁수가 끌려쓰러졌다. 옷이 찢어진다. 멍한 그녀가 느릿느릿 팔을 휘둘렀다.

드워프 도사의 어깨에 곤봉이 맞았다. 느슨해진 손에서 도끼가 떨어지고 바닥에 튕겼다.

리자드맨 승려의 목에 고블린이 뛰어들었다. 손에 든 단검이 비늘 틈에 파고들어가고 있었다.

"……으."

고블린 슬레이어의 어깨에 검이.

피가.

"고블린 슬레이어 씨."

미약하게 중얼거렸다. 그렇지만 그걸로 충분했다.

"……윽! 으,"

숨을 들이쉰다. 어쨌든지 들이쉰다. 작은 가슴에 한껏 들이쉬고, 내뱉었다.

"으아아아아아아아아아아아아아아아아아아아……앗!!"

내가 이렇게 큰 소리를 낼 수 있었구나. 놀랄 정도의 목소리가 목에서 솟아 나왔다.

"여러분……! 고블린, 슬레이어, 씨……!"

대답이 없다.

석장을 휘둘렀다.

"고블린 슬레이어 씨!!"

대답이 없다.

"……읏!!"

이를 악물고 열심히 의식을 유지하는 여신관의 시야에 저 너머 살금살금 움직이는 고블린의 모습이 보였다.

지팡이를 들고 어깨에서 피를 흘리면서도, 히죽대며 비웃는 그 모습.

화살을 맞은 팔에서 흘러 떨어진 피가 찰팍, 고블린 샤먼의 발소리를 냈다.

—부정(不淨)이다.

그것은 이미, 직감 말고 아무것도 아니었다.

결단코 지모신이 내린 하늘의 지혜가 아니었다.

열여섯의 소녀가 고블린 슬레이어라는 모험가와 함께 걸어온 경험이 이끌어낸 답.

내가 뭘 할 수 있고, 뭘 하면 되는가?

“《자비 깊은 지모신이여, 부디 그 손으로, 우리들의 더러움을 정화해 주소서》!!”

과연, 기적이 일어났다.

“GORB?!”

이상을 깨달아도, 이미 늦었다.

“GOBOGGBOGOBOOGOGOBOGOOG?!?!?!”

몸 안쪽을 갉아내는 것 같은 고통에 고블린 샤먼이 절규했다.

역겨운 비명을 들은 여신관은 혼이 흔들리는 감각을 느끼며 퍼뜩 제정신을 차렸다.

“어, 아, 아……?!”

뚝. 뭔가. 실이 끊어지는 것처럼, 천상과 이어진 것이 사라진 것이다.

곧장, 단숨에 그녀의 귀에 소리가, 세상이 되살아났다.

—이제 두 번 다시 지금 그 기적, 《퓨리파이》를 이렇게 사용해선 안 된다.

“아, 아……앗?!”

혼을 직접 때리는 것 같은 충격은 그녀의 정신을 송두리째 뒤흔들었다.

터무니없는 일을 해버렸다.

자비 깊은 지모신님이, 영혼의 접속을 받아주시는 그 분이.

그녀의 행동에 대해 엄격한 목소리를 내린 것이다.

“아아……악!”

덜커덕, 덜커덕. 석장이 옥상에 떨어져 튕겼다.

나락으로 떨어지는 것처럼 핏기가 사악 가셨다.

멍하니 가슴을 누른 여신관은 처음으로 자신의 눈에서 눈물이 흘러넘치는 것을 깨달았다.

"으아, 아아아아아아아아……악!"

그러나.

"잘했다."

어린애처럼 울부짖으려는 그녀의 귀에, 그 말이 닿았다.

고작 한 마디였다.

"아……."

그것만으로.

그저 그것만으로, 당장이라도 무너질 것 같았던 그녀의 다리에 힘이 들어갔다.

"……네, 네에……넷!"

"좋다."

고블린 슬레이어는 한 마디로 만신창이였다.

갑옷의 이음매, 사슬갑옷을 찢으며 박힌 단검. 구타의 흔적.

어깨에서 단검을 뽑아내 그 칼날에 끈적한 점액이 섞인 것을 보더니 그는 혀를 한 번 찼다.

그리고 허리의 파우치에서 끈을 감아둔 병을 뽑아 단숨에 벌컥 들이켰다. 잇달아 두 병.

엘릭서. 안티도트다.

그 빈 병을 가까운 고블린의 머리에 있는 힘껏 던졌다.

"GOOBOG?!"

돌아보며 왼쪽 방패를 때려 박아 엘프 궁수를 덮친 고블린을 박살.

"GROBO?!"

"스물하나. 일어서라!"

"윽, 아…… 오, 오르크볼그……?"

비틀거리며 일어선 그녀는 무참한 꼴이었다.

피에 젖었고, 상처를 입었고, 고블린의 뇌수를 뒤집어썼고, 옷도 찢어져 있었다.

그러나 살아있다.

충분했다.

"마셔라. —써라!"

고블린 슬레이어는 그녀에게 왼손으로 포션을 던지고, 오른쪽 검을 드워프 도사에게 던졌다.

"오, 오옷!!"

검을 역수로 받은 드워프 도사는 들어 올려서 내리치는 한 동작으로 고블린의 배를 갈랐다.

"GOBOGOOBOG?!"

"이쪽은 됐다, 카미키리마루!"

드워프 도사가 내장을 드러낸 고블린을 차서 쓰러뜨리고 다음 고블린에게 검을 번뜩였다.

오른팔을 축 늘어뜨리고 있지만 전의는 충분했다. 왼쪽 검은 또 한 마리 고블린을 해치웠다.

"으음……!"

그리고 제정신만 차리면 리자드맨 승려의 용력은 무쌍했다.

목에 칼날을 박으려는 고블린의 머리를 손으로 붙잡아 그대로 바닥에 때려 박는다.

"GOBORO?!"

목이 괴상한 방향으로 꺾이고, 고블린은 움찔움찔 경련하면서 숨이 끊어졌다.

그 동안에도 손톱이, 손톱이, 송곳니가, 꼬리가. 으르렁거리며 말 그대로 고블린을 날려버렸다.

"잘도오, 제멋대로 굴었군……!"

리자드맨 승려가 고블린의 피로 물든 턱을 소매로 쓱 닦고서 숨을 슈욱 내쉬었다.

"소귀 살해자 선생, 정비를 하겠네!"

"부탁하지."

고블린 슬레이어는 주저앉은 여신관의 팔을 붙잡았다.

"아……. 고블린, 슬레이어…… 씨."

여신관이 멍하니 보는 그의 모습.

철 투구는 쪼개지기 직전, 가죽 갑옷도 손상됐고, 피 냄새도 짙었다.

그렇지만 그는 투구 틈으로, 붉은 눈동자로 그녀를 똑바로 보았다.

"잘했다."

"……윽, 네, 네에……!"

반복된 말에 눈가의 눈물을 쓱쓱 닦고, 난전 탓에 떨어진 모자와 석장을 주웠다.

아직 끝이 아니다. 아직 고블린은 많이 있다. 싸움은, 끝나지 않았다.

"《상처 입고도 더욱이 아름다운 사발녀괴룡(蛇發女怪龍)(고르고스)이여, 그 몸의 치유를 이 손에 깃들이라》."

리자드맨 승려의 기도가 따스한 빛과 함께 파티 안에 활력을 되살렸다.

《리프레시(치유)》의 기적이다. 오오, 무시무시한 용의 가호가 있으라.

고블린 슬레이어는 상처의 치유 상태를 점검하면서 가까운 고블린의 목으로 검을 뻗었다.

"GOROBORO?!"

"스물에 둘. 앞으로 간다, 달려라. ……달릴 수 있나?"

피거품을 뿜으며 몸부림치는 고블린을 쓰러뜨린 고블린 슬레이어에게 엘프 궁수가 투덜거렸다.

"멀쩡해~. ……그리고, 이거 너무 써."

그녀는 찢어진 옷의 가슴팍을 끌어당기며 혀를 차고, 빈 병을 던지며 여신관에게 한쪽 눈을 감았다.

"자, 가자!"

"네! 저도…… 갈 수 있어요. ……갈게요!"

여신관도 뒤에서 접근하는 고블린에게 견제할 겸 석장을 휘두르면서 열심히 소리를 높였다.

"술사 선생. 준비는 됐는가?"

"오냐. 이걸 위해 절약을 하고, 일부러 고생을 한 것 아니더냐!"

리자드맨 승려와 드워프 도사의 대답을 듣고, 파티는 더욱이 앞으로 나아갔다. ―아니.

"GOROB!!"

"GRO! GRB!"

기어이 탑의 옥상, 그 끄트머리까지 **내몰렸다**고 해야 할까?

몇 걸음 앞으로 가면 높은 곳에서 수해를 한눈에 볼 수 있다. 단애절벽 같은 공간이 펼쳐진다.

《퓨리파이》의 혼란에서 회복한 고블린 놈들은 얼굴에 한 가득 역겨운 웃음을 짓고 다가섰다.

놓친 엘프를 다시 거꾸러뜨리고 범해라. 약아빠진 짓을 한 계집을 찢어발겨라.

남자는 죽여라. 여자는 범하고 죽여라. 죽어간 동포는 멍청이지만, 그것은 그렇다 치고 응보를 내려라.

어쩌면 고블린 놈들에게 동포의 죽음은 자신의 욕망을 긍정하는 이유에 지나지 않는지도 모른다.

손마다 무기를 쥐고, 사타구니를 부풀린 채, 눈에 욕망을 켠 괴물 놈들.

고블린 슬레이어는 그 큰 무리를 둘러싸고 태연하게 말했다.

"**뛰어라!!**"

모험가들은 차례차례 허공으로 몸을 던졌다.

아래쪽에서 위로 흐르는 공기가, 습기를 내쫓으며 전투로 달아오른 몸을 식혔다.

새벽의 빛이 지평선 너머에서 오르기 시작하고, 하늘에, 수해에, 일동에게 빛을 던졌다.

그러나 언젠가 중력이 일행을 땅에 던져서 무참하게 뭉갤 것은 명백했다.

"GBBRB!"

"GROGGB! GORRBGROB!!"

내려다보는 고블린 놈들이 깽깽대며 비웃는 가운데, 드워프 도사가 씨익 웃음을 지었다.

굵고 짧은 손가락이 공중에서 재빨리 번뜩이며 복잡한 인을 맺고 낭랑하게 외쳤다.

"《흙의(노움) 정령아, 흙의 정령. 물동이를 내려라, 천천히 내려라. 내려서 가만 놓거라》!"

갑자기, 낙하하는 기세가 순식간에 줄어들었다.

《폴링(강하) 컨트롤》의 주문— 절약한 보람이 있었다.

두둥실 공중에 떠오른 파티는 보이지 않는 손바닥으로 받친 것처럼 천천히 강하했다.

이러면 이제 땅에 떨어져도 상처 하나 입지 않으리라.

"와, 와, 와……."

여신관은 풍압으로 옷자락이 펄럭 뒤집히는 것을 황급히 누르고자 했다.

그 모습을 본 엘프 궁수는 안도하여 볼을 풀었다.

아까 전까지 팽팽하게 긴장됐던 표정은 그녀에게 어울리지 않는다. 짓지 않았으면 좋겠다.

—역시 고블린 퇴치는 좀 그래.

엘프 궁수는 훌쩍 손을 뻗었다. 여신관의 손을 쥐었다.

"아……."

"괜찮아?"

"죄, 죄송합니다……."

"괜찮아. 상관없어. —해냈구나, 드워프!"

"당연하지 않느냐?"

드워프 도사가 콧대를 높였다. 엘프 궁수의 씨익 웃는 표정을 보고 눈웃음을 짓더니 허리에 매단 술병을 꺼내 들이켰다.

아침 해, 아침 놀, 아침의 빛, 바람, 숲, 세상.

이 정도로 술이 맛있어지는 광경이 있을까?

"잘 되었네."

리자드맨 승려가 어이쿠야 하며 온몸을 이완시키고 대자로 떠오른 채 말을 흘렸다.

맥 빠지는 자세였지만, 눈은 위쪽의 고블린 놈들을 보고 있었다.

고블린이 이쪽을 가리키며 마구 소리쳐대는 것이 잘 보였다.

"한때는, 어찌 되는가 했다네."

"그래."

고블린 슬레이어는 올려다보며 말했다.

"고블린 놈들을 정리하는 데는, 이게 제일이다.

§

"G…… B……."

고블린 샤먼의 의식이 각성한 것은 그때였다.

괜히 강물 소리가 크게 느껴진다. 귀울림이라도 있는 것처럼 머리가 비틀거리며 흔들렸다.

숨쉬기 어렵고, 시야가 어둡다. 헉헉 헐떡대면서, 간신히 지팡이에 의지하여 몸을 일으켰다.

피의 일부가 물로 변하여 호흡이 몸을 제대로 돌지 못한 것이 원인이지만, 그는 알 리 없었다.

돌아보니 동포 놈들은 옥상 가장자리에서 아래를 내려다보며 캥캥 소란을 떨고 있었다.

"GOBOOGB……!"

이런 놈들이 있다니. 지도자를 구하려 하거나 공경하는 마음이 없는 건가?

방금 전까지 그 자신이 그들을 방패삼은 것은 제쳐두고서, 고블린 샤먼이 독설을 뱉었다.

덤으로 모험가도 놓쳐 버린 모양이다. 정말이지 못 써먹을 놈들이다.

"GORB! GROBOOGOBOGR!!"

"GBBGROB?!"

고블린 샤먼이 지팡이를 휘두르며 소리를 치자 몇 마리가 그를 돌아보았다.

그는 대답한 자가 있다는 것을 기뻐하기보다, 대답 없는 자가 있는 것에 대해 분노를 느꼈다.

역시 이놈들은 안 된다.

그 엘프나 흄 계집, 혹은 엘프의 마을에서 공주를 붙잡으면 자신의 아이로 무리를 다시 만들어야 한다.

물론 가장 잘난 것이 자신이니까, 마음에 든 암컷을 마음껏 임신주머니로 써도 되는 것이다.

그 정도 권리는 있다.

"GROROB……?"

그건 그렇고…… **이 물 소리는, 뭐지**?

"GROROBOROGBORO?!?!?!"

다음 순간, 고블린 샤먼의 몸은 승강기 입구에서 뿜어져 나온 탁류에 날아가 버렸다.

대포알 같은 물에 밀려나가 공중에 내던져진 그는, 생애 마지막 몇 초를 당혹한 채 지내게 되리라.

《터널(땅굴)》로 제방 요새에 구멍을 뚫었다는 것은 기어이 이해하지 못했다.

하물며 성의 최하층부터 최상층까지 수압으로 물을 끌어올린다, 따위는.

물이 낮은 곳에서 높은 곳으로 올라온다는 것은 고블린 놈들에겐 상상할 수 없는 일이 틀림없었다.

이 유적을 만든 자가 이 전말을 알게 되면 기도하지 않는 자들의 말로를 기뻐할 것이다.

물이 새지 않는 건물이었기에, 물이 채워지고 뿜어져 나오기 전까지 아무도 눈치 못 챘다.

고블린 샤먼은 허우적대면서 추락하고, 땅에 뇌수를 흩으며 죽었다.

그가 거기에 있었다는 흔적도 즉시 물줄기가 씻어내 사라져 버렸다.

걸맞은 최후였다.

§

물보라가 비처럼 쏟아져 내렸다. 반짝반짝 햇빛에 반짝이면서 떨어진다.

드문드문 밀려나간 고블린이 떨어지지만, 이 높이에서는 살 수 없으리라.

“이, 이거 괜찮은 거야……?”

엘프 궁수가 젖은 머리칼을 붕붕 흔들어 물을 떨쳐내며 당황한 기색으로 중얼거렸다.

고블린 슬레이어가 커다랗게 숨을 내쉬며 말했다.

“《터널》은, 곧 줄어들어 묻힌다. 건물이 부서질 일은 없다.”

“그게 아니라.”

귀를 짜증스럽게 흔들었다.

“안에 고인 물 말야.”

“그것만은 어쩔 수 없지.”

고블린 슬레이어의 대답은 태연했다.

“나중에 엘프의 마을에 말을 해서 대처하도록 부탁하는 수밖에 없다.”

엘프 궁수가 「흥」 하며 코웃음을 치고 입을 다물자 그것을 본 드워프 도사가 껄껄 웃었다.

“그래서, 돌아가면 결혼식이구나.”

그는 공중을 두둥실 떠돌면서 아침놀을 탐닉하며 술을 즐기고 있었다.

이 상황을 유지하는 것은 드워프 도사다. 문득 정신이 느슨해지면 모두 추락사를 면할 수 없다.

엘프 궁수가 믿을 수 없다는 눈길을 주었지만 드워프 도사는 가볍게 그것을 받아 흘렸다.

"너는 결혼 생각 없느냐?"

"앞으로 천 년은 생각 안 해."

"노처녀가 되겠구나?"

그 한 마디에 엘프 궁수가 「뭐라고—!」라며 외쳤다.

아침의 하늘에서 시끌벅적. 평소와 같은 대화가 울리는 것을 보더니 리자드맨 승려가 유쾌한 기색으로 눈을 돌렸다.

"소승이 용이 되는 날에는, 용의 신부로 맞아도 되겠는가?"

"그게 뭐야—."

엘프 궁수의 기다란 귀는 그런 농담을 놓치지 않는다.

새로운 장난감을 발견한 것처럼 씨익, 고양이처럼 눈을 가늘게 뜨고 웃었다.

"고백이야? 진심?"

"글쎄. 천년 뒤가 되어보지 않으면 이것만은 알 수 없다네."

여신관은 동료들의 대화를 멍하니 바라보고 있었다.

아까 붙잡고 있던 엘프 궁수의 손은 이미 떨어졌고, 그녀의 손을 잡은 자는 없었다.

공중에 떠올라, 모자와 옷자락을 누르면서 떠돌고 있을 뿐.

호오. 어쩐지 흘러나온 숨결에 고블린 슬레이어의 철 투구가 움직였다.

"지쳤나?"

"아, 아뇨! 그건……."

황급히 손을 내저은 여신관은 그것을 부정했다.

그렇지만― 그렇긴 하지만.

내젓던 손은 이윽고 힘없이 늘어졌다.

뭐라 말해야 좋을지 몰라서, 그저 툭 말이 흘러 나왔다.

"……하지만, 조금."

"그런가."

과연, 그건 괜찮았던 걸까요? 《퓨리파이》의 기적을, 그렇게 쓰는 것은.

―아니. 결코, 괜찮지 않았다…….

물을 정화하기 위한 기적을, 고블린이라지만 다른 자의 목숨을 빼앗기 위해 사용하는 것.

지모신 님이 응답해주신 것은 그것이 다른 자의 목숨을 구하기 위한 기도였기 때문이다.

그래서 자비 깊은 지모신 님이 자신의 행위를 꾸짖은 것이다.

이번 한 번뿐이다. 라고.

그 정도 일을 해버리고 말았다.

하지만…….

―기도에 응답해서, 기적을 일으켜 주셨다.

그것을 어떻게 해석하고, 이해하면 좋을까?

1년 전, 첫 모험에 도전한 그녀는 알 수 없는 일 투성이였다.

결국, 그녀가 알고 있는 건 고작 둘밖에 없었다.

그녀는, 아직도 모험가를 하고 있다는 것.

고블린 슬레이어는, 틀림없이 고블린을 몰살 시켰다는 것.

—저는…….

지모신님을 계속 믿을 수 있을까?

지모신님이 기적을 내려줄 만한 가치가 있는 존재일까?

알 수 없다. 알 도리가 없었다.

그녀는 1년 전과 비교해서 뭔가 조금이라도 성장한 것일까……?

"봐라."

"네……?"

문득 조용히 속삭인 말에 여신관이 황급히 고개를 퍼뜩 들었다.

눈부신 아침 해에 무심코 눈물이 나온 눈을 깜빡였다.

하얀 하늘. 어디까지고 펼쳐지는 것처럼 보이는 녹음. 그리고—.

"무지개다."

막간 「지옥을 나락으로 떨어뜨리는 이야기」

Goblin Slayer
He does not let anyone roll the dice.

"타, 아아~앗!!"

도약한 소녀의 외침 소리와 함께, 심연의 어둠에 닫혀 있던 지저(地底)세계를 태양이 찬란하게 비추었다.

그곳은 그야말로 지옥 그 자체였다.

대지의 3 정도는 암흑, 나머지 7은 검붉은 데몬 놈들.

더욱이 머리 위에는, 이 놀이판 세계를 먹어 치우는 거대 지네를 닮은 록 이터(암식괴충) 놈들.

그러나 높이 날아오른 소녀는 입술 끝을 씨익 올리더니 사랑스런 얼굴에 대범한 웃음을 지었다.

"새벽의, 일격어억!!"

태양의 폭발!

그녀가 손에 든 성스러운 검. 그 칼날이 취옥색 빛을 뿌리며 가차 없이 괴물 놈들을 파헤쳤다.

소녀를 한입에 삼키려고 몸을 뻗어오던 록 이터의 무리가 순식간에 파열했다.

소녀의 검은 머리칼을 더럽히고자 날아드는 체액은 녹광을 두른 성검의 남은 열에 증발했다.

지옥에 판치는 악귀 놈들을 상대로 한 걸음도 물러서지 않는 소녀는 아직 상처 하나 없었다.

"지옥(둠)이다, 지옥(둠)이다!"

공중에서 빙글 회전, 한 동작으로 착지점을 확인한 용사는 훌쩍 바위에 내려섰다.

그리고 곧장 기어오르는 악귀 놈들에게 성검을 겨누더니, 왼손으로 주인(呪印)을 맺었다.

"《카리브클루스(화석)…… 크레스쿤토(성장)…… 야크타(투사)》!!"

굉음과 함께 부풀어 오른 화염구가 잇달아서 두 번, 세 번 날아갔다.

날아가 버린 악귀 놈들의 타들어간 육체가 공중에 흩어지는 가운데, 용사는 소리를 높였다.

"나는 아직 할 수 있는데, 그쪽은 앞으로 얼마나 걸려~?!"

"아직 조금 더…… 걸릴 것 같군요!"

대답하는 목소리는 악귀의 무리 한복판.

양손으로 장검을 단단히 쥐고서, 다가오면 벤다는 기세로 버티고 있는 검성이었다.

아니, 실제로— 다가오면 벤다.

간격을 좁히고자 몸을 움찔거린 데몬이 다음 순간에 목이 날아간다.

진정으로 숙달된 전사이기에 기회 공격의 호기를 놓치지 않는다.

주시하지 않으면 알 수 없을 정도의 발놀림으로 상대의 공격선을 피하고, 다가오는 적을 찌른다.

화려함은 전혀 없는 싸움이지만 확고한 기량이 빛나고 있었다.

그렇게 그녀가 지키고 있는 것은 커다란 지팡이를 들고 의식을 집중하고 있는 마술사 한 명.

현자라고 불리는 그녀는 문득 감고 있던 눈을 뜨더니 저 멀리 위쪽 암반을 보았다.

"……위쪽에서 물의 흐름이 바뀌었어. 상대의 마법진이 부서진 것 같아."

"흐응? 다른 모험가라도 있었나?"

용사는 한 차례 주문을 쏘아 잔챙이를 처리한 다음, 그 틈으로 뛰어들었다.

『지옥의 문이 열리려 하고 있다』.

점토판에 새겨진 그 말은 신화시대에 가까운 무렵의 마술사가 남긴 경고문이었다.

과거 《전이》 주문을 연구하던 그들은 한 가지 실수를 범했다.

이어서는 안 되는 장소— 지옥으로 통하는 《전이》의 문을 열어버린 것이다.

봉인은 시행했지만 언젠가 다시 열리리라. 예측한 해, 예측한 날에—.

—그것이 이 타이밍이란 건, 내가 운이 좋은 건지 나쁜 건지!

용사는 등 뒤를 돌아보지 않고 일직선으로 달렸다.

그녀는 공부를 하긴 했지만, 도저히 세상의 섭리를 완전히 이해했다고 할 수는 없었다.

두꺼운 책 앞에서 법칙(룰)을 읽고 있으면 머리가 아프기 시작한다.

그래서 《전이》의 문을 봉할 수 있는 건 현자뿐이다.

듬직한 동료인 그녀는 아직도 정점에 서지 못했다고 불평을 흘리지만…….

“……엘프들 아냐?”

“글쎄요. 그들은 엉덩이가 무거운데 말이죠. 이렇게 빨리 손을 쓸까요?”

“……엘프가 가리키는 손은, 생각지도 못한 때와 각도에서 급소를 찌르는 법이니까.”

도저히 이해할 수 없다고 중얼거리는 현자가 누구보다도 공부한 것을, 용사는 잘 알고 있었다.

그저 검을 휘두르기만 하는 그녀에게 술리를 설명해준 것은 검성이었다.

용사는, 이 세상은 근사하다고 진심으로 생각했다.

그것은 딱히 그녀가 강하기 때문이 아니다. 용사이기 때문이 아니다. 결코.

그런 것으로 세상의 가치가 변해서 되겠는가?

친구가 있고, 고향이 있고, 좋아하는 것이 있고, 하늘은 예쁘고, 무지개 같은 것도 볼 수 있고.

“뭐, 아무래도 좋아! 이 녀석들을 해치우면 전부 해결이야!”

그렇기에, 이런 녀석들에게 건네선 안 된다.

눈앞— 잔챙이 악마를 해치운 너머에 거미 같은 역겨운 괴이가 보였다.

거대한 그것이 데몬 놈들을 한데 모으는 존재인 것은 명백했다.

무시무시한 괴물. 금속 다리는 분명 그녀를 간단히 꿰뚫어 죽이리라.

말을 함부로 하는 놈들이 말한다. 소녀가 그런 무시무시한 것과 싸울 수 있는 것은 그녀가 용사이기 때문이라고.

—그럴 리 없잖아.

소녀의 입술이 이를 드러내며 용맹한 웃음을 지었다. 먹잇감을 잡아먹는 상어의 웃음.

현자가 《전이》의 문을 봉쇄할 때까지 앞으로 조금.

그때까지 1초라도, 이 세상을 이런 녀석들의 손에 넘길까 보냐.

그렇기에 그녀가 싸우는 이유는 그녀와 친구들만 알고 있으면 된다.

"간다, 아아아아앗!!"

용사는 외치며 회심의 일격(크리티컬 히트)을 때려 박았다.

제 8 장 『한여름 밤의 꿈』

"그러면 각자, 서약의 말을."

연장자인, 그래도 젊디 젊은 모습인 엘프 장로가 상석을 향해서 공손하게 고개를 숙였다.

반딧불이 같은 야광충이 인광을 두르고 날아다니는 가운데, 엘프와 모험가들은 커다란 홀에 모여 있었다.

땅바닥에 직접 앉았고, 잎사귀 접시 위에는 요리와 과일. 술잔은 커다란 나무 열매.

주르륵 늘어선 방문객을 내려다볼 수 있는 상석은 커다랗게 튀어나온 대수의 뿌리 위였다.

그곳에는 투명한 비단 실과 꽃들, 나비들과 잠자리 날개로 장식된 신랑신부의 모습이 보였다.

그들 두 사람은 어쩐지 수줍게 시선을 나누더니 살며시 서로의 손과 손을 맞잡았다.

"ADINBAHESNEAM LUSUG LAHEKKMAH IHNOWGNUY AJAM ORUYRNAB LUMARAS I NUNAN!"

"ADINBAHESNEAM LUSUG LUSSI ETUYG IHUGGNUY AJAM ORUNUYPMAN LUMARAS I NUNAN."

빛나는 투구의 엘프는 당당하게, 화관의 숲 공주는 살며시 물든 볼을 감추듯 고개를 숙이며 말했다.

노래하듯 울리는 두 사람의 말을 듣고, 밤에 잎사귀를 펼치는 대수가 가지를 커다랗게 흔들어 응답했다.

사륵, 사륵. 숲이 웃는다. 숲이 노래한다. 두 사람의 목숨에 축복 있으라. 두 사람의 삶에 행복 있으라.

"숲의 축언, 들으셨나?"

조용히 앞으로 나선 제사장의 말에, 두 남녀가 행복한 눈짓을 나누고 고개를 끄덕였다.

"음."

"분명하게."

"그러면, 답례를."

그리고 제사장이 대궁과 화살을 들어 올려 두 사람에게 내밀었다.

이 날을 위해서 마련된 주목나무 활과 나무 눈 화살촉의 활이다.

빛나는 투구의 엘프가 활을 집고, 화관의 숲공주가 화살을 손에 집었다.

제사장이 깊숙하게 인사를 하고 물러나자 두 사람은 마치 끌어안는 것처럼 서로에게 다가서서 활을 겨누었다.

남편이 들어 올린 활에 아내가 화살을 메기고, 둘이 함께 현을 끼리릭 당겼다.

하늘로 조준.

쌍둥이 달과 별들이 반짝이는 밤하늘로.

보아하니 홀의 지붕에 있던 가지와 잎사귀가 길을 열어 탁 트여 있었다.

밤하늘은 반짝거리는 보석 상자처럼 빛나고 있었다.

별이 신들의 눈동자라면, 세상에 이보다 더한 축복이 어디에 있으랴.

디잉. 금과 같은 음색을 낸 현에서 화살이 쏘아져 나갔다.

밤하늘의 저편에 거꾸로 흐르는 별똥별처럼 올라, 나무 눈 촉의 화살은 떨어질 기색이 없었다.

화살이 닿은 곳에서 다시 새로운 나무가 자라 우거지고, 이윽고 숲의 일원이 되는 것이다.

"서약은 이곳에 이루어졌다!"

대기하고 있던 제사장이 소리 높여 선언했다.

엘프와, 숲과, 신들 사이에 이 혼례가 인정되고 축복을 받은 것이다.

"오늘 밤은 『무지개가 나선 달의 밤』으로 오래도록 이야기가 전해지리라!"

곧장, 엘프들이 성대한 소리를 내면서 손뼉을 쳤다.

사랑은 숙명　숙명은 죽음

처녀를 거느린 기사라 해도　언젠가 죽음의 나락에 떨어지는 법

공룡을 벗 삼은 왕자님마저　사랑하는 소녀를 남기고 힘이 다하네

성녀를 사랑한 용병조차도　야망을 꿈꾸며 맞아 죽으니

무녀를 사랑한 국왕에게도　이별의 때만은 변함없구나

영웅담의 폐막은　인생의 끝이 아님이라

살아간다는 모험은　그 끝까지 이어짐이라

연심도 애정도　삶도 죽음도

벗어나는 일 따위　할 수 있으랴
그러면 무엇을 두려워할　일이 있으랴
사랑은 숙명　숙명은 죽음

엘프 백성이 어디선가 꺼낸 금과 북이 늘어서고 다들 떠들썩하게 노래를 불렀다.

본래 엘프는 음악과 춤을 즐기며 유쾌한 일을 좋아하는 사람들이다.

하염없이 나날을 그저 흘려보내기엔 그 수명은 너무나도 길다.

정신은 노쇠하여 달관해간다고 해도, 축제의 구실이 되는 기념일은 수없이 많다.

젊은 엘프들의 결혼도 그렇지만, 『아무것도 아닌 날』이 더욱 줄어드는 일을 그들은 성대하게 축하한다.

세상에 특별하지 않은 날 따위가 있으랴?

누구나 특별하고, 오늘 밤은 특별하다. 100년 뒤의 이 밤도 틀림없이 특별하다. 그것은 앞으로 영원토록 이어진다.

"그래서, 고블린 놈들의 함정에 걸렸을 때는 어쩌셨나요?"

"으, 어어. 그, 나랑 길쭉귀…… 아니지, 그쪽의 공주님이 말이다. 이렇게, 독이 뿜어져 나오는 구멍에……."

"형용키 어려운 눈깔 괴물이라면, 참으로 무시무시했겠죠!"

"음. 아니, 그건 뭔가 이렇게…… 그야 뭐 위험한 놈이고, 이상하게 울음소리를 내기는 했다마는."

"우리 공주님께서 항상 수고를 끼쳐 참으로 면목이……."

"아, 아, 그것은, 그 뭐냐. 그래도 눈썰미가 제법 좋아서 말이니라…….”

그 드워프 도사마저, 젊은 — 그래도 그보다 훨씬 연상인 — 엘프들에게 둘러싸여 있었다.

선조대대로 다투는 상대라는 건 알고 있어도, 실제로 드워프를 본 적이 없으리라.

하물며 모험가라면!

사방팔방을 엘프에게 둘러싸여서 모험담 따위를 이야기하게 되자 드워프 도사도 횡설수설.

그렇잖아도 드워프에게 엘프의 술은 지나치게 약한데, 이래서는 도저히 취할 수가 없다.

그는 기어이 비명을 지르며 두껍고 짤막한 양손을 커다랗게 들었다.

“어어이, 비늘 친구! 좀 도와다오!”

그 말을 들은 리자드맨 승려는 연회장 구석에 털썩 앉아서 거창하게 혀를 내두르고 있었다.

벌레 찜을 훌렁 해치우더니 벌커덕 포도주를 들이켜고, 주황색 과실을 붙잡아 한 입에 삼킨다.

커다란 턱을 벌리고 호쾌하게 먹는 모습에 엘프 부인네들 몇 명이 눈을 동그랗게 뜨며 놀라고 있었다.

“허허, 소승이 초식은 아니네만 딱히 잡아먹지는— 어허, 무슨 일이신가? 술사 선생.”

“나 혼자서 이 녀석들 상대하는 건, 도저히 도무지 무리로구나!”

“어디 보세.”

묵직한 엉덩이를 들어 올린 리자드맨 승려는 어슬렁어슬렁 엘프들 틈을 빠져나가 구원하러 갔다.

엘프와 드워프가 둘러앉은 자리에 털썩, 커다란 몸을 앉힌 리자드맨 승려는「어디」하며 턱을 열었다.

“그렇다하면, 엘프 선생들. 우리들 리자드맨의 강자인 검은 비늘, 폭풍을 부르는 자의 이야기는 어떠신가?”

“아아, 녀석은 알고 있다! 만난 적이 있어.”

약간 나이든 엘프가 손을 들어 말하자 리자드맨 승려는 커다란 눈을 빙글 돌렸다.

“하하하하. 그러면 백과 천 년 옛날 사실과 전설, 그 차이를 느긋하게 즐겨주시게나.”

때는 우기가 찾아올 것을 알리는 한 방울이
후두두 잎사귀에 떨어진 그 날의 일이라.
《지가게이 우로기르브(붉은 구름)》 왕과 《마카 와타(달콤한 바람)》가 뒤섞여
왕자의 알을 낳은 그 다음에　첩희 《헤하카 사파(검은 사슴)》가 벤 것은
파기될 것이 운명인 아이　부서져 깨진 껍질에서 기어 나온
그림자의 비늘을 가진 자　이윽고 파란 불을 뿜으며
형이 되는 용마저 쓰러뜨리는　숙명의 아이
마침내 마왕의 숨통을 물어뜯을
그 이름도 높은 《에헤나우노르(폭풍을 부르는 자)》…….

리자드맨 특유의 목 안쪽에서 으르렁거리는 노래에 엘프들이「오오」하며 기다란 귀를 쫑긋 세웠다.

높은 곳에 있는 신랑신부도 예외는 아닐지언정 다른 곳과는 다소 다른 분위기였다.

그것이 다 새신랑이 새신부의 손을 붙잡고 있기 때문이라. 그녀는 귀까지 빨갛게 물들어 고개를 숙이고 있었다.

"언니. 저건 진심으로 부끄러워하고 있네~."

엘프 궁수가 밤바람이 닿는 옹이 옆에서 깔깔 웃었다.

그녀는 가녀리고 하얀 몸을 반짝거리며 빛나는 투명한 순백의 드레스로 감싸고 있었다.

비단이리라. 누가 뭐래도 엘프들은 벌레를 다루는데 숙련자들이다.

포도주가 든 잔을 손에 들고 눈웃음을 지으며 밤바람이 머리칼을 쓰다듬는 대로 놔둔다. 그녀는 들뜬 기분이었다.

벽에 피어난 꽃이라는 말이 딱히 틀린 것이 아니라고, 고블린 슬레이어는 생각했다.

"너는, 가지 않아도 괜찮나?"

연회에서 떨어져 벽에 기대고 있던 그는 짧게 말했다.

"응~?"

돌아오자마자 장로들에게 「왜 안 가르쳐줬어!」라며 대들었던 그녀.

술에 볼을 살짝 물들이고 고개를 갸웃거리는 모습에는 그때의 험악함이 요만큼도 없었다.

어렸을 적에 들은 동화 속 요정을 문득 떠올리면서 고블린 슬레이어가 담담하게 말을 이었다.

"……고향 아닌가?"

"아아, 괜찮아, 괜찮아."

엘프 궁수는 그 말에 담긴 의미를 얼마나 이해하고 있을까?

그녀는 홀짝홀짝 핥는 것처럼 포도주로 입술을 적시더니 손을 내저었다.

"어차피 저쪽은 흄의 감각으로는 내가 집 나가서 2~3일만에 돌아온 느낌이니까."

"그런가."

"언니도, 차분해지면 편지를 쓴다고 했어."

신혼을 방해하면 안 되잖아? 엘프 궁수가 가녀린 가슴을 내밀며 자랑스레 말했다.

—그러고 보니.

문득 언제였던가 물의 도시가 뇌리를 스쳤다.

엘프 궁수는 그가 편지를 쓴 것을 멍하니 떠올렸다.

그래서 그녀는 방금 생각난 것처럼 툭 말했다.

"편지, 써보면 어때?"

그러고 보니 이 녀석은 언제나 고블린 고블린 하면서 목장과 길드와 동굴만 오가고 있었다.

"고향, 안 돌아갔지?"

"읽어줄 것 같지 않다."

그는 희미하게 웃은 모양이다. 철 투구가, 서서히 좌우로 흔들렸다.

"……나는, 못난 동생이다."

"그래?"

엘프 궁수는 그 대답에 살짝 한쪽 눈썹을 올리고, 하얀 손가락으로 공중에 원을 빙글 그렸다.

"잘 하고 있다고 생각하는데? 그리고, 일단 은 등급이잖아."

"그런가."

고블린 슬레이어는 반복하고, 고개를 끄덕였다.

"……그런가."

"정말이지, 오르크볼그는 정말로 『그런가』뿐이야."

키득키득 방울이 구르는 것처럼 웃은 엘프 궁수는 그를 남기고 춤추듯 창가를 벗어났다.

"가는 건가?"

"여자애는 여자애의 즐거움이란 게 있어."

"너의."

고블린 슬레이어는 낮은 목소리로 중얼거렸다.

물러가려던 엘프 궁수는 그 목소리를 듣고서 멈춰 섰다.

고개를 갸웃거리며 돌아보자 고블린 슬레이어는 홀로 멈춰선 채 입을 다물고 있었다.

엘프 궁수는 조금 기다리기로 했다. 엘프에게 시간은 얼마든지 있다.

잠시 지나서, 그는 그제서야란 기색으로 말을 이었다.

"너의 언니가 결혼할 수 있어서, 다행이라고 생각한다."

그것은 별 것 아닌, 재미 한 조각도 없는, 어쩔 수 없을 정도로 평범한 축하의 말이었다.

그러나 엘프 궁수는 멈춰선 채 눈을 부릅뜨고, 기다란 귀를 파르르 흔들었다.

"……고마워."

엘프 궁수는 어째선지 쑥스러워서 발 빠르게 연회의 소란 속으로

걸어가 버렸다.

오르크볼그가 그런 말을 할 줄은 몰랐다. 말할 수 있을 줄 몰랐다.

그 발걸음은 공중을 걷는 것 같았지만, 그녀의 날카로운 눈이 먹잇감을 놓칠 리 없었다.

엘프다운 민첩함으로 팔을 뻗어서 그녀의 팔보다도 한 사이즈 가는 팔을 덥석 잡았다.

"아……."

멍하니 벽에 기대어 서 있던 여신관의 팔이었다.

엘프들이 드레스나 다른 의상을 권하기도 했지만, 이것이 정장이라면서 거절하고 신관복을 입고 있었다.

"에이, 왜 그러고 있어? 기운이 없네."

"아뇨……."

얼굴을 한순간 숙인 여신관은 억지로 굳어진 볼을 움직였다.

"그렇지는, 않아요."

"거짓말 마세요."

"아윽……."

곧장 엘프 궁수의 검지가 여신관의 콧잔등을 때렸다.

"자, 풀 죽었을 때는 뭐든지 좋으니까 얘기해, 얘기. 축하연이잖아."

"그게……."

찌릿찌릿하는 코끝을 누른 여신관이 미약하게 눈물이 나온 눈을 깜빡거렸다.

"그러면…… 아까 그 기도의 말은 어떤 의미인가요?"

"아아, 그거?"

엘프 궁수는 「딱히 그렇게 거창한 건 아냐」라며 웃었다.
"그냥 단순히, 쭉 함께 하겠다고 약속하는 것뿐이야."
—나는 이 사람을 반려로 맞아, 영원히 함께할 것을 맹세합니다.
—나는 이 사람을 남편으로 맞아, 영구히 곁에 있을 것을 맹세합니다.
"물론, 엘프의 『쭉』이지만 말야."
그렇게 말하고, 엘프 궁수는 한쪽 눈을 감았다. 그리고 여신관의 소매를 쿡쿡 잡아끌었다.
"있지, 기도해줘."
"기도……인가요?"
"그래. 지모신님한테. 그 신은 엘프들도 그렇게 인연이 없는 게 아니거든."
그거야말로 여신관에게 고통의 근원이었다.
—저는…….
과연 지모신에게 기도할 자격이, 아직 있는 걸까요?
어렸을 때부터 결코 기도를 끊지 않았고, 고블린과의 전투에서도 간신히 버티고 있었다.
그러나 성채의 싸움에서, 기어이 직접 지모신의 기적으로 타인을 해치고 말았다.
물론 고블린이다. 소귀다. 쓰러뜨리지 않으면 어떤 꼴을 당할지도 알고 있었다.
지금까지도 간접적으로 목숨을 빼앗았다. 이제 와서, 죽여 버린 것을 후회하지 않는다.

—하지만, 그건 결코, 공정하지 않았어요…….

그렇기에 지모신님은 노하셨고, 그녀는 꾸지람을 들은 것이다.

"……알겠어요."

여신관은 입술을 피가 나올 정도로 깨물고 석장에 매달리듯 무릎을 짚었다.

—설령 제가, 이미 사랑 받을 가치가 없다고 해도.

이 자리에 있는 친구의 행복, 친구의 언니의 행복, 그 반려의 행복은, 부디 들어주셨으면 좋겠다.

그것이 자기 사정만 좋은 소원이란 것은 물론 알고 있었지만…….

"자비 깊은 지모신이여, 부디 그 손으로, 저 분들의 앞길에 풍족한 결실을……."

눈동자를 감고서 기도를 바친다. 그 순간, 여신관은 「아」 하며 미약한 소리를 흘렸다.

천상의 신들과 이어진 그녀의 영혼이 커다랗고 따스한 손바닥으로 자애롭게 휩싸인 것이다.

불과 한순간. 기적을 탄원할 틈도 없는 찰나였지만 결코 착각이 아니었다.

여신관은 멍하니 고개를 들고, 그러나 금세 볼을 느슨하게 풀며 웃음을 지었다.

"지모신님에게, 기도가 닿았어요……."

"좋—아. 이걸로 언니도 문제없겠네."

"네."

여신관이 짧게 대답하고 소맷자락으로 눈가를 쓱쓱 강하게 닦았다.

"그러면, 자, 가자!"

"어, 아, 와……앗!"

그 팔을 또 엘프 궁수가 붙잡아서 어라라, 하는 사이에 끌어당겼다.

"무, 무슨 일인가요?"

"금방 알 수 있어. ……아, 여기 있다. 자, 두 사람도 이리와!"

실례라고 말하며 연회 요리를 훌쩍 뛰어넘고, 꾸벅꾸벅 고개를 숙이는 여신관이 뒤를 따랐다.

떠들썩한 소란 속에서 어떻게 발견했는지 몸을 단장한 접수원과 소치기 소녀의 모습.

둘 다 엘프가 준비해준 얇은 드레스를 입고서 술 탓인지 볼이 상기되어 있었다.

이렇게 보니 같은 옷을 입고 있는데도 몸은 엘프 궁수보다 훨씬 풍만했다.

우음. 그녀는 한순간 입술을 삐죽거렸지만 금세 천연덕스레 웃음을 지었다.

그녀도, 한 백 년쯤 지나면 언니랑 똑같이— 될 거다, 아마도.

"이야아, 어쩐지 긴장해 버리네. 이런 파티는 처음이니까……."

"당당하게 행동하면 되는 거예요, 당당하게."

쑥스러운 기색으로 볼을 긁적이는 소치기 소녀에 비해, 접수원은 태연했다.

자신의 균형 잡힌 몸에 부끄러운 곳은 없다고 말하는 것처럼 당당하게 잔을 기울이고 있었다.

"어머, 의외로 익숙하네."

엘프 궁수가 놀란 것처럼 중얼거리자 접수원이 「후후후」 의미심장한 웃음을 지었다.

"친가에서 교육을 받았으니까요. 그리고 공무원 일을 하다 보면, 이런 행사도 참가할 기회가 있어요."

"후응."

소리를 낸 엘프 궁수는 이어서 접수원과 소치기 소녀의 손을 잡았다.

"뭐, 좋아. 자, 다들, 앞으로 가자!"

그대로 쑥쑥 끌어당겨서 앞으로 앞으로. 상석 쪽으로 걸어갔다.

끌려가는 꼴이 된 세 사람은 황급히 자세를 바로잡고 발 빠르게 뒤를 따랐다.

"있지, 뭐가 시작되는데?"

"남자들은 그다지 상관…… 아니 상관은 있구나. 뭐 보면 알 거야."

소치기 소녀가 흘끔 주위를 둘러보니 마찬가지로 엘프 아가씨들도 앞으로 나아가고 있었다.

물론 엘프의 연령은 알 수 없지만, 엘프 궁수와 크게 차이 없어 보였다.

"아아."

접수원이 납득하여 고개를 끄덕였다.

"새신부의 선물, 이란 건가요?"

"아, 그거라면 알아요."

잡아당겨서 흐트러진 의복을 허둥지둥 정돈하며 여신관이 말했다.

"분명히, 받은 사람이 결혼할 수 있다고…… 하죠. 결혼식 준비도, 도운 적이 있으니까요."

"어디든지 비슷한 풍습이 있는 법이구나."

엘프 궁수는 알겠다는 표정으로 말하더니 기다란 귀를 파르르 떨었다.

"기껏 받을 수 있을지도 모르니까, 안 받아두면 손해잖아?"

"헤에……."

—결혼이라…….

자신과는 인연이 없는 듯, 그렇지도 않은 듯.

소치기 소녀는 눈을 가늘게 뜨고, 상석에 있는 행복한 신부를 눈부신 듯 바라보았다.

주위에서 눈빛을 반짝이며 언제인지 고대하고 있는 엘프 아가씨들의 모습을.

그리고 마지막으로 멀리 벽에 기대어 서 있는, 뭔가 이상한 투구와 갑옷을 입은 그의 모습을.

그녀는 자연스럽게 자신의 볼이 키득 풀어지는 것을 알고서 어째선지 가슴이 크게 뛰는 것을 느꼈다.

바로 옆에 있는 접수원과 눈이 마주치자 그녀도 마찬가지 표정을 짓고 있었다.

소치기 소녀는 가볍게 어깨를 으쓱거렸다. 무슨 일이든 공평해야 한다.

그리고 바로 옆, 흥미는 있지만 한 걸음 나서지 못하는 여신관의 등을 살짝 밀었다.

한 걸음 앞으로 나선 그녀가 신기한 기색으로 돌아보기에 소치기 소녀는 손을 내저었다.

"이럴 때는 사양하지 않는 편이 좋아."

"아, 네, 네엣."

이윽고 화관의 숲공주— 아니, 이제는 숲의 왕비, 사모님이 된 여성이 천천히 일어섰다.

"사랑은 숙명, 숙명은 죽음."

노래하는 것처럼 읊조리고, 남편의 손에 이끌린 그녀는 살며시 자신의 머리칼을 장식하는 화관을 벗었다.

그리고 그것을 풍만한 가슴에 안고서 입을 한 번 맞추었다.

"그렇다면 다음 연심과 애정은, 죽어갈 운명의 처녀들에게!"

기도와 함께 던진 신부의 관이 밤바람을 타고 잘 날아갔다.

연심과 애정을 이어준다는 관. 그것은 행복한 신부의 선물이었다.

그것은 예쁜 궤적을 그리며 아가씨들 곁으로 날아가고, 그리고—.

왓, 환성이 올랐다.

§

그리고 사흘 밤낮으로 즐긴 다음, 모험가들은 변경 도시로 귀환했다.

그 뒤로 상당히 시간이 지났지만 아직 엘프 궁수에게 편지는 도착하지 않았다.

그러니 분명, 오늘도 연회가 이어지는 것이리라…….

■작가 후기

안녕하세요, 카규 쿠모입니다!

고블린 슬레이어 7권, 엘프의 숲에 고블린이 나와서 고블린 퇴치를 하는 이야기였습니다.

그러나 7권입니다, 7권. 위협, 습격, 복수, 희망, 역습, 귀환에 각성입니다.

숲의 나무 뒤에서 영치기영차하며 끝나는 느낌이지만 6권이어도 좋았을지 모르겠습니다.

있는 힘껏 쓰긴 했습니다만, 즐거우셨다면 다행이겠습니다.

요즘에는 지하 감옥이나, 용이나, 천사대전이나, 그림자를 달리거나, 활만 잘 쏘는 맨을 하고 있습니다.

참으로 TRPG란 것은 정말로 좋은 것이구나, 생각하고 있습니다.

그리고 고블린 슬레이어가 TRPG가 되는 것이 결정됐습니다. 해냈다.

앞으로 일생 무슨 일이 있어도 「내 작품이 TRPG가 됐다」고 자랑할 수 있을 겁니다.

TRPG를 추구하는 젊은이들에게 상어처럼 웃으며 룰북을 꺼내는 노인이 되고 싶습니다.

고블린 슬레이어는 그런 제가 좋아하는 것을 더할 나위 없이 집어넣은 작품입니다.

이 세상 어딘가에 한 명은 있을, 자신과 같은 것을 좋아하는 사람을 위해서 썼습니다.

그런 사람이 한 명이 아니라 수도 없이 많았다는 것은 정말로 행복한 일이구나 생각합니다.

그런 여러분의 응원 덕분에 애니메이션화가 결정됐습니다. 이럴 수가!

코미컬라이즈, 드라마CD, 외전, 외전 코미컬라이즈, TRPG, 또 하나의 코미컬라이즈.

그리고 애니메이션. 정말로 이제 그만 침대 위에서 눈을 뜨지 않을까 생각이 듭니다.

고블린 슬레이어가 고블린을 죽이는 애니메이션이 될 거라 생각합니다. 굉장할 거야! 아마도!

고맙게도 인사를 다 쓰지 못할 정도로 수많은 사람에게 신세를 지고 있습니다.

칸나츠키 선생님, 이번에도 근사한 삽화 정말로 고맙습니다!

쿠로세 선생님, 멋진 코미컬라이즈, 매달 와아! 하면서 기뻐 날뛰며 읽고 있습니다.

독자 여러분, 웹에서 응원해주시는 여러분, 언제나 응원 정말 고맙습니다.

정리 사이트 관리인님, 언제나 정말 신세지고 있습니다. 정말 고맙습니다.

게임 동료 여러분, 창작 관련 친구들, 언제나 고마워……!

편집부 여러분, 그밖에 관계자 여러분, 정말로 고맙습니다!

덕분에 다음 8권은 왕국의 수도에 가는 이야기를 예정하고 있습니다.

가장 깊은 미궁에 고블린이 나타나서 고블린 퇴치를 하는 이야기가 될 거라 생각합니다.

앞으로도 있는 힘껏 작품을 써나갈 테니, 부디 잘 부탁드립니다.

■역자 후기

빠바빠빠~ 빠~ 빠~ 빠바빠빰~ 빠~ 빠바빠빰~ 빠~ 빠빠빠빠~

써내려 가며 후기를 때워볼까 획책하는데….
플레이 영상이 나왔으니 그것에 대해서
이어 원 후기에서도 언급했던 게임의
그때 불현듯 TRPG란 단어에 꽂혀서
작가 후기에 업혀 갈 생각을 하고 있었다.
오늘도 후기에 무엇을 쓸 것인지 고민하면서,
완결이 난 시리즈라고 주장하는 역자가 있었으니….
그것은 본편 여섯 편과 외전 한 편으로 깔끔하게

어 숏 타임 어고 인 서울 클로즈,
쏘 클로즈….

다만 지난번과 다르게 특정 게임 하나만 콕 짚어서 찬양하는 건 좀 그렇지 않나 싶어서 망설이고 있습니다.

안녕하세요, 불초 역자입니다. 뒤늦은 인사로군요!

그런데 생각해 보면 고블린 슬레이어와 가장 어울리는 테마를 가진 게임이기도 하단 말이죠. 애당초 기반이 되는 작품도 TRPG거든요. 2013과 2020이 있었고, 이걸 기반으로 이번 2077이 제작된 겁니다. 왜 갑자기 2077까지 가냐 하면, 우리가 이미 2020으로는 만족할 수 없는 몸이기 때문이죠. 내후년이니까! 아무래도 원더키디는 실현되지 못할 것 같습니다. 아무튼 트레일러 영상도 그랬지만 플레이 영상을 보니까 입이 쩍 벌어지더군요. 본래 1인칭 게임은 멀미가 나는 경우가 있어서 망설이게 되지만, 이 참에 아예 3D 멀미를 극복하고자 전에 포기했던 다른 1인칭 게임을 도전해볼까 생각마저 하고 있습니다. 이상하게 포탈건은 멀미 안 나고 잘 쐈는데 사리프 산업 Aug만 하면 멀미가 나나 몰라요. 조정을 하면 되려나.

어디, 게임 이야기만 하다가 끝나면 섭섭하죠. 이번 7권이 한국에서 발매될 즈음이면 드디어, 고블린 슬레이어 애니메이션이 방영이 되고 있을 시기로군요. 다들 보고 계실 거라고 믿습니다. 역자도 꼬박꼬박 챙겨보고 있겠죠. 국내 방영은 어디서 할지가 궁금하군요. 언젠가 다른 작품 후기에서도 언급을 했지만, 역자는 가장 빠르게 볼 수 있는 외국 스트리밍 사이트에서 먼저 빠르게 보고서, 국내 방영분까지 결제해서 보기 때문에 국내 방영사에서도 신경을 써주셨으면 하는 소망이 있습니다. 후후후후.

그리고 나는 일에 치이고 있겠지. 하하하! 또 봬요!

고블린 슬레이어 7

1판 1쇄 발행 2018년 10월 20일
1판 2쇄 발행 2019년 2월 1일

지은이_ Kumo Kagyu
일러스트_ Noboru Kannatuki
옮긴이_ 박경용

발행인_ 신현호
편집국장_ 김은주
편집진행_ 최은진 · 김기준 · 김승신 · 원현선 · 권세라
편집디자인_ 양우연
국제업무_ 정아라
관리 · 영업_ 김민원 · 조인희

펴낸곳_ (주)디앤씨미디어
등록_ 2002년 4월 25일 제20-260호
주소_ 서울시 구로구 디지털로 26길 111 JnK디지털타워 503호
전화_ 02-333-2513(대표)
팩시밀리_ 02-333-2514
이메일_ lnovelpiya@naver.com
L노벨 공식 카페_ http://cafe.naver.com/lnovel11

ISBN 979-11-278-4667-1 04830
ISBN 979-11-278-4050-1 (세트)

값 9,800원